Sie kam aus Mariupol

Natascha Wodin

她来自马里乌波尔

[德] 娜塔莎·沃丁 著

[德] 祁沁雯 译

新星出版社　NEW STAR PRESS

Author: Natascha Wodin
Title: Sie kam aus Mariupol
© 2017 Rowohlt Verlag GmbH, Reinbek bei Hamburg, Germany
Chinese language edition arranged through HERCULES Business & Culture GmbH, Germany.
Simplified Chinese edition copyright: 2021 New Star Press Co., Ltd
All rights reserved.

著作版权合同登记号：01-2019-5733

图书在版编目（CIP）数据

她来自马里乌波尔 /（德）娜塔莎·沃丁著；（德）祁沁雯译. ——北京：新星出版社，2021.4（2022.3 重印）
ISBN 978-7-5133-4298-8
Ⅰ.①她… Ⅱ.①娜… ②祁… Ⅲ.①纪实文学-德国-现代 Ⅳ.① I516.55
中国版本图书馆 CIP 数据核字（2021）第 007482 号

她来自马里乌波尔

[德] 娜塔莎·沃丁 著；[德] 祁沁雯 译

责任编辑：白华昭
责任校对：刘 义
责任印制：李珊珊
装帧设计：董茹嘉

出版发行：	新星出版社
出 版 人：	马汝军
社　　址：	北京市西城区车公庄大街丙3号楼　100044
网　　址：	www.newstarpress.com
电　　话：	010-88310888
传　　真：	010-65270449
法律顾问：	北京市岳成律师事务所

读者服务：010-88310811　service@newstarpress.com
邮购地址：北京市西城区车公庄大街丙3号楼　100044

印　　刷：	北京天恒嘉业印刷有限公司
开　　本：	889mm×1184mm　1/32
印　　张：	9.75
字　　数：	200千字
版　　次：	2021年4月第一版　2022年3月第六次印刷
书　　号：	ISBN 978-7-5133-4298-8
定　　价：	58.00元

版权专有，侵权必究；如有质量问题，请与印刷厂联系调换。

献给我的妹妹

目 录

第一部 / 1

第二部 / 129

第三部 / 205

第四部 / 247

第一部

叶芙根尼娅·伊瓦申科（1920—1956）和她的母亲玛蒂尔达·约瑟夫芙娜·德·马尔蒂诺（1877—1963），约1938年

在俄罗斯互联网的搜索引擎上输入母亲的名字，不过是一场无意义的消遣。过去的几十年中，我总是一再尝试寻找她留下的足迹。我给红十字会和其他寻人组织①写过信，给相关档案馆和研究机构写过信，甚至给乌克兰和莫斯科素不相识的人也写过信，我甚至在各种褪色的牺牲者名单和登记卡中翻找过，可是从来都徒劳无功，没有找到哪怕任何一条线索的一丁点蛛丝马迹。我找不到任何一个模糊的证明，证明她在乌克兰生活过，证明她在我出生前的确存在过。

"二战"中，她二十三岁，和我的父亲一起，被从马里乌波尔运送到德国服强制劳役。我只知道，他们二人被分配到莱比锡弗利克康采恩下属的一家军工厂。战争结束后的十一年中，她居住在西德的一座小城市，离无家可归的外国人聚居地不远。"无家可归的外国人"，当时就是这样来称呼曾经的强制劳工的。除了妹妹和我，这个世界上可能再也没有其他人认识她。而就

---

① 寻找战争中或因逃亡失踪的军人和老百姓的组织。——译者注

算妹妹和我,其实也并没有真正了解过她。1956年10月的一天,她一言不发地离开家时,我们还只是小孩子。我十岁,妹妹才刚满四岁。她再也没有回来。在我的记忆中,她只不过是一个模糊的形象,我对她的感觉多过回忆。

几十年了,我早就放弃了寻找她。她是九十多年前出生的,只活了三十六岁。短短三十六年中,她饱经坎坷,经历了苏联的内战、大清洗和饥荒,之后是"二战"和所谓国家社会主义的残酷岁月。她掉入过两大独裁者的粉碎机里,先是斯大林在乌克兰的,然后是希特勒在德国的。数十年后,在被遗忘的战争受害者的茫茫人海中找寻一位年轻女性的足迹,无异于幻想。除了姓名,我对她的了解所剩无几。

2013年的一个夏夜,我无意间在俄罗斯的互联网上输入她的名字,搜索引擎迅速出来了一个结果。我的惊愕只持续了几秒钟。寻人的困难在于,我母亲的姓氏是个再普通不过的乌克兰姓氏,和她同姓的乌克兰女性成千上万。虽然屏幕上显示的人和母亲有着相同的父称,且全名也叫叶芙根尼娅·雅科夫列芙娜·伊瓦申科,但是因为和我外祖父同叫雅科夫的人太多,我的发现似乎没有任何意义。

我打开链接读道:伊瓦申科·叶芙根尼娅·雅科夫列芙娜,1920年生于马里乌波尔。我目不转睛地盯着这条显示结果,它仿佛也在盯着我。即使我对母亲所知甚少,但我知道她的确是1920年在马里乌波尔出生的。当年的马里乌波尔,那么小的城市,难道同年有两个同名同姓的女孩降生人间,并且父亲都叫雅科夫?

俄语是我的母语,我从来没在生活中彻底丢掉它,而且,自从我搬到两德统一后的柏林以来,我几乎每天都说俄语。尽管如此,我还是不确定屏幕上显示的是不是母亲的名字,或者这名字只不过是俄罗斯互联网里的海市蜃楼。互联网上的俄语对我来说几乎是外语,一种飞速发展的新兴语言,经常出现混合了大量美式外来语的全新词汇,即使转换成西里尔文音标也几乎难以辨认。而且,我现在正在浏览的网页名字是英文,叫"亚述的希腊人"。我知道马里乌波尔地处亚述海边,但是"亚述的希腊人"从何而来?我从来没听说过乌克兰和希腊之间有任何关联。如果我是英国人,我倒是能很应景地说一句:这些都是希腊文![1]

当时,我对马里乌波尔一无所知。在寻找母亲的过程中,我从没考虑过要去了解这座城市,了解她的出生地。马里乌波尔长达四十多年被称为日丹诺夫,直到苏联解体后才重新恢复旧称。在我心中,从来没有现实的光照进过这座城市。一直以来,在我对世界的认知和想象中,那里是我的家。外界的现实会威胁这个内在家园的存在,所以我尽可能地逃避。

我对马里乌波尔最初的印象是,在我童年时,苏联内部任何一个国家都没有区别,十五个成员国的所有居民全部是俄国人。这个印象根深蒂固。谈起乌克兰,我的父母就会提到俄国

---

[1] 意为:这简直就是天书!——译者注

起源于中世纪的乌克兰,起源于被称为"俄罗斯的摇篮"的基辅罗斯。乌克兰是俄国所有城市的母亲。可他们说的却好像乌克兰源于俄国一样,父亲声称俄国是全世界最大的国家,一个强大的帝国,从阿拉斯加延伸到波兰,占据了地球表面的六分之一。与俄国相比,德国不过是地图上的一个墨水点。

对我来说,乌克兰和俄国没有两样,每当我想象母亲在马里乌波尔的早期生活时,眼前总是她在俄国大雪中的画面。她身穿那件老式的带丝绒领子和袖子的灰色大衣,那件我见她穿过的唯一一件大衣,穿过灰暗的布满积雪的街道,走进一个深不可测的空间,那里永远刮着暴风雪。西伯利亚的大雪覆盖了整个俄国和马里乌波尔,一个永远寒冷的,由共产党人领导的神秘国度。

我在孩童时期对于母亲出生地的想象,几十年来被我封存在内心的暗室中。即便我早就知晓俄国和乌克兰是两个国家,而且乌克兰和西伯利亚没有丝毫关系,这些还是并没有触碰到我心中的马里乌波尔——尽管我没有一次能确认母亲是否真的来自这座城市,或者我把她和马里乌波尔联系到一起,只因为我非常喜欢马里乌波尔这个名字。有时我甚至无法确定,是不是真的有城市叫这名字,或者这根本只是我的发明捏造,就像其他许多有关我出身的事情一样。

一天,我翻阅一份报纸的体育版,正想往后翻,瞥到一个词——马里乌波尔。我接着往下看,一支德国球队赴乌克兰和马里乌波尔伊利奇维茨足球队比赛。马里乌波尔还有支足球队!

光是这件事就让我清醒过来，我心目中的马里乌波尔像一朵腐烂的蘑菇，顷刻间碎落一地。我对足球全无兴趣，可偏偏是足球让我第一次直面真实的马里乌波尔。我这才得知马里乌波尔是一座气候极其温和的城市，全世界最浅也最温暖的亚述海沿岸的港口城市。它有长而宽的沙滩，种植葡萄的山丘和无边无际的向日葵田地。德国足球运动员们在夏日接近四十度的高温下叫苦不迭。

我觉得现实比我的想象更不真实。自母亲去世后，她第一次成为我想象之外的另一个人。突然间，我眼中的她不在雪地里，而是穿着轻薄的浅色夏款衣裙走在马里乌波尔的街上，露出手臂和腿，脚上穿着凉鞋。一位不是在世界最寒冷最黑暗的地方，而是在克里米亚半岛附近，温暖的南部海边，在可与意大利亚得里亚海媲美的湛蓝天空下长大的年轻姑娘。对我而言，没有什么比把母亲和南方联系到一起更难以想象的事了，她和阳光还有大海也风马牛不相及。我不得不把对她生活的所有想象转移到另一种温度、另一种气候中。曾经的陌生人变成了新的陌生人。

多年后，一部我忘记了书名的俄罗斯小说展现了母亲生活时期的马里乌波尔的冬日实景：巴尔米拉酒店的窗外飘着潮湿的雪。百步之外是大海，我不敢说它是不是在沙沙作响。这片无足轻重、乏味的浅海在沉重地呼吸着，发出咕咕声。不起眼的小城马里乌波尔和她的波兰教堂及犹太教教堂紧靠在海边。发臭的港口，简易的仓库，沙滩上流动马戏团满是窟窿的帐篷，希腊式小酒馆和小酒馆门口孤独、暗淡的灯笼。对我来说，这像是对母亲的隐秘描述，是她亲眼见过的一切。她肯定不知何时经过巴尔米拉酒店，也许还穿着那件灰色大衣，也许就在那样潮湿的雪中，鼻子还闻到港口散发的臭味。

在我打开的网页上，我还获悉了马里乌波尔让人诧异的信息。在母亲出生的年代，这座小城还深受希腊文化的影响。18世纪，叶卡捷琳娜二世把小城送给曾经的克里米亚汗国的希腊基督徒。直到19世纪中叶后，其他种族才被允许到马里乌波尔定居。直至今日，仍有少数希腊人住在城里。母亲的姓氏让我鬼使神差地进入了一个希腊裔乌克兰人的论坛。我心里有种隐约的怀疑在暗涌。对于母亲讲述过的她在乌克兰的生活，我只有一丁点记忆，极其微弱，几乎想不起来，但在记忆中，我却坚定地认为她的母亲是意大利人。当然，这么长时间后，我自己也弄不清楚，这到底是回忆，还是我大脑里偶然留存的一点沉淀。也许，我觉得最有可能的是，早在孩童时期我就虚构了一位意大利外祖母，并把她当成了我虚构的惊险故事的主人公。意大利外祖母也可能来源于我迫切的愿望，用来对抗我的俄罗斯－乌克兰裔出身，以此显得与众不同。而现在，我问自己，我是不是根本就记错了，我的外祖母不是意大利人，而是希腊人？然而，这是不是鉴于我现在获悉的马里乌波尔的真实情况方才想到的？是不是因为意大利是我少年时一心向往的地方，所以随着时间流逝，我记忆中的希腊人才不知不觉变成了意大利人？

我的出身来历又陷入了一片新的黑暗中，仿佛我突然扎根在一块更陌生、最终无法辨认的土地上。我对着屏幕上母亲的名字发呆，我感觉，在我迄今为止的生命中东拼西凑的身份，像个肥皂泡般破灭了。瞬间，我的一切全部化为乌有。直到我想起，只有证明这个被发现的希腊裔的叶芙根尼娅·雅科夫列芙娜·伊瓦申科不是我母亲，我才能找回安全感。我从未从母亲口中听过 greki 一词，从来没有。我很确定。因为在我们那个既封闭又贫穷的棚屋世界里，"希腊"简直是不寻常的异国风情。另一方面，也是实在令人难以置信的一点，母亲绝口不提她家乡的希腊往事。最终，我还是从论坛里才得知了她家乡的历史背景，在她生活的时期，马里乌波尔还是非常希腊化的。

"亚述的希腊人"也为寻找亲属提供平台，尽管我的搜索经常落空，但我决定还是发一条帖子。发帖得先注册。我还从来没有在俄罗斯的互联网上这么干过，我以为我不可能逾越技术障碍，但让我惊讶的是，程序非常简单，比在德国互联网上还简单。一分钟之后，我获得了准入许可。

在搜索情况询问条中，我除了母亲的名字和出生地外，什么也写不出来。我没有填写她的父称，雅科夫列芙娜。我只知道她的父亲叫雅科夫，但不知道她母亲的婚前姓。我还知道母亲有一兄一姐，但并不知晓他们的名字。我有一张乌克兰的结婚证书，从证书上得知，母亲是1943年7月在被德军占领的马里乌波尔嫁给父亲的。在一张由莱比锡劳动局签发的劳工证上记录着，她和我父亲于1944年被运送至德国。这就是我知道的关于她的一切。

现在问题是，我到底要找谁呢？她的兄姐尚在人世的可能性几乎为零，即使还在世的话，也是相当高龄了。就算他们有孩子，如果他们有孩子的话，那我的这些表兄表姐，也和我一样上了年纪。他们也许并不认识我的母亲，甚至根本不知道她的存在，也不会有谁和他们提到过她。当时，甚至几十年后，和我母亲这样的人有亲属关系是件危险的事——一个人不知何故被自愿运送至德国，或者至少没有成功从敌方的强制劳役中逃脱出来，没有像斯大林要求的真正的爱国者那样，必要时采取自杀手段——这样的亲戚是被视为叛国者的，因为害怕受连累，当时的人甚至不会告诉自己的孩子。

以前，在输入俄语时我要把键盘转为西里尔文，逐个字母逐个字母地艰难对照，而现在，我可以在一个神奇的电脑程序的帮助下，直接在普通的拉丁文键盘上打字，程序会自动把拉丁字母转化为西里尔字母。虽然我怀疑在俄罗斯网页上，经过转化程序输入的留言帖能否成功显示，但是几次点击后，帖子在"亚述的希腊人"论坛上显示了出来。我还在留言中写下了我的电邮地址，然后点了发送。不知留言会发往何处，也许会发到僵死已久的某个地方，一个电子化的虚无之处，一个从来不会有任何人发现我的漂流瓶的地方。

几周前起，我住在位于梅克伦堡的工作驻地。这个小寓所位于沙尔湖湖畔，我和我的一位女性朋友轮流使用。今年，湖边的整个夏日几乎只属于我一个人。朋友吉拉是一名演员，她正埋首于一个舞台剧项目，此刻不知身在国外何处，九月份才回来。我正好刚写完一本书，正在发懒。我已经回忆不起上一次发懒超过半天是什么时候了。我的素材冰冷地排着长队，不允许我休息片刻，它们越发提醒我生命有限。通常，我在完成一本书的第二天就会开始新一本的工作，于我而言，不写作也不和文字斗争一番的状态通常持续不了多久。我生命的大部分时间就是这样度过的，我几乎没有察觉。现在突然间，除了坐在外面露台上，感觉空气轻缓地滑过皮肤，眺望夏日蔚蓝的大海，我什么也不想做。到了晚上，暑热退去，我撑着北欧手杖在湖边漫步，在这片孤独的湿润地带中，大片的云和饥饿的蚊子全向我扑来。回家的路上，我在渔夫那儿买我的晚餐，那里有新鲜的白鲑鱼和红点鲑鱼。

沙尔湖曾经被东西德边境线分割。湖的一部分属于梅克伦堡州，另一部分属于石勒苏益格-荷尔斯泰因州。几公里外有一个路牌，人们开车时往往会经过，上面写着：德国和欧洲在此处被分割，直至1989年11月18日16时。过去四十多年来，在东边的边境封闭区中，动植物自由自在地享受自己的生活，几乎从未被人类打扰，只有边境士兵才会经过这里。两德统一后，这片荒芜的地带被宣布为自然保护区，并被纳入联合国教科文组织国际生态保护区的名单，成为一片被管辖的野地。在此期间，来自汉堡的生态学精英们造访此地。在此处安家或在周末度假小屋居住的城里人为有机生态所动，开了有机产品商店、有机食物餐厅，经常举办有机集市，肯花五十欧买一股保护鹤类的股票，本地还建有一个名为"人与自然"的所谓未来中心。因循守旧的前东德居民依然只在廉价超市Penny和Lidl购物[1]，他们成了这一地区的陌生人，把自己禁锢在自己的世界中，蜗居在翻修过的前民主德国的小房子里。

从房子的落地窗看出去，除了沙尔湖别无他物。一整天，我沉醉地望向蔚蓝的湖水。湖水看上去深不见底，无边无际的深邃和冰冷，人在湖中的话，将会不停地下沉和吞下湖水。远处传来孩子们的笑声和叫声，他们在水边嬉戏。现在正值假期，这声音，这气息，童年夏日的美好，让人觉得永远不会到头。幸好摩托艇是被禁的，湖面属于生活在此的水鸟，只是偶尔能看到一艘孤独的小舟或者撑着白帆的小艇。几百只燕子飞过天空，有时候飞得那么低，低到它们的翅尖差点拂过坐在露台上看书或者观湖的我。湖面上好似无数的镜子在舞动，反射着银光。雁子排列成几何队列飞过天空，仿佛有看不见的线把它们彼此连接。雨燕互相追逐，在空中进行着疯狂的嬉戏。黄昏时分，水鸟们的音乐会开始了，鸭子嘎嘎不休，天鹅尖声引吭高歌，从野地里赶来觅食，夜间聚集在湖边的鹤群发出小号般高亢的鸣叫。有时还会出现一只白尾海雕——这是湖里所有鱼和其他居民惧怕的国王陛下，它可以伸展开巨大有力的翅膀在水上滑翔，而水面纹丝不动。我听人说，有一次有人在湖岸边看到一

---

[1] 德国超市分为廉价快捷超市、综合连锁超市、大型超市和洗化用品超市。其中廉价快捷超市一般规模小，经营理念就是廉价，主营食品，也有少量日化产品。Lidl和Penny均为德国知名的廉价超市，也常被贬称为"穷人超市"。——译者注

只白尾海雕正在撕咬一只鹤。当时是冬天，一只鹤站在浅水处睡觉，大概是觉得那里远离天敌很安全，酣睡中脚被冻在了水里。当白尾海雕向它俯冲而去时，它没能挣脱，被撕碎在冰上。

我是如此喜爱夏日的沙尔湖，以至于晚上无法入眠。有时我整夜坐在露台上，呼吸着凉爽的空气，欣赏月亮在漆黑的水面上投下的一条银色大道，湖面的空寂声我永远也听不够，只是偶尔会有一两只水鸟藏在漆黑一片的芦苇丛中，睡梦中发出咕咕声。

我以前从来没有见过和这个湖上一样的日出。刚过凌晨三点，地平线上的变化就已宣告日出即将到来。起初，湖面上方的天空中出现一抹几乎不易察觉的粉红色，渐渐地变成一次美得不真实的光影狂欢。让我惊讶的是，所有人都在睡梦中，看来除了我并无他人观赏这场演出。天空变幻出各种颜色，从淡绿色到金色、紫色和火焰般的红色，每天不尽相同，日日充满新意：太阳在空中进行光的演出，泼洒出超现实的绘画。我在露台这个宇宙包厢中，尽情欣赏每一分钟的变化。水鸟的叫声震耳欲聋，好似在等待世界末日的降临，等待一个人类感官范围之外的从未发生过的事件。天空的颜色越变越浓，浓烈到爆炸，然后开始消散，消失，幻化成白得熠熠生辉的光线，渐渐倾泻到湖面上。动物们停止鸣叫，危险已经过去，漫长而闷热的一天又开始了。我这才从露台的大沙发软椅上起身，刷牙，然后走进朝西的卧室。我在卧室窗外挂了彩色遮阳篷，以便遮挡白天的光线和暑气。即使在睡梦中，我也能听到湖面的空寂声,做着叙事诗般的梦。中午一醒,我便立刻跳下床,穿着睡衣奔向另一个房间的窗边,终于又见到湖面蓝色的波光。

距离我在"亚述的希腊人"论坛上发寻人帖已将近一周。正当我快要忘记这件事情的时候,收到了一封邮件,寄件人的名字无法辨认。我经常收到俄罗斯寄件人的电邮,但是这一次我的邮箱系统没有识别西里尔字母。一位有着希腊姓氏、名叫康斯坦丁的人请我提供有关母亲的更详细的信息。有人愿意帮我找人,他需要进一步了解要找之人。

我在寻亲过程中还从未到过这一步。一个远在马里乌波尔的男人愿帮助我,并且,如果我能给他提供更多信息的话,他还会继续帮下去。可是,我没法再给他提供更多的信息,我知道的全部都写上了。我为自己感到羞愧难当,就像一个无能的证明,一个耻辱。我对自己的母亲竟然所知如此之少。但是与此同时,我像得知了她的消息一般。借一位陌生人之眼,我望向马里乌波尔,好像陌生人是母亲以前的邻居,他每天经过母亲的家,带着我一起穿过她走过的街道,看她见过的房屋、树木、广场、亚述海,也许还有一直挂着的希腊式灯笼。事实上,她生活时期的马里乌波尔,旧物旧景所剩无几。德国军队在战争中把这座城市的大部分变成了瓦砾和灰烬。

我对这位友好的有着希腊姓氏的康斯坦丁表示了感谢,感谢他的热心肠,并向马里乌波尔送去了我的问候,同时我以为,在这一次失败的寻亲后,我的母亲将永远堕入黑暗。

事实上,我并不是出于偶然才在俄罗斯搜索引擎上按照母亲姓氏来寻人的。长久以来我有个念头，就是想写我母亲的一生，记录这位在我出生前居住在乌克兰，曾在德国劳动营里待过的女性。可是我对她几乎一无所知。她从未谈起过强制劳役的过往，她和父亲都没提过，至少我一次也回忆不起来。我记忆中她讲述的乌克兰的生活，也只剩下零星片段，如同模糊的磷火。我只能尝试利用诸如母亲生活过的时间和地点之类的已知事实，基于历史编纂来虚构她的生平。多年来，我一直在找一本过去强制劳工写的书，找寻一个文本化的声音，让我可以辨认方向，可一直徒劳无功。集中营的幸存者写出了世界著名文学作品，各大图书馆有关犹太人大屠杀的书籍比比皆是，然而，靠劳役躲过了灭绝屠杀的非犹太裔强制劳工，始终沉默着。几百万强制劳工被运进德意志帝国，整个帝国的康采恩垄断集团、企业、手工工场、农场、私人家庭，按照份额随意奴役这些"进口的"劳奴，他们花最少的开销，榨取最多的劳动力。他们在非人道的、类似集中营的条件下，被迫完成本该属于德国男人们的工作。而德国男人们正在前线，在这些背井离乡的劳工们的家乡毁掉他们的村庄和城市，屠杀他们的家人。这些被劫到德国的男人女人，在战争中被折磨致死，而他们的数量至今仍是谜团。战后的几十年中，六百万至两千七百万强制劳工的遭遇——不同来源的数目相差巨大——却只是偶尔出现在教会简报或者地方周日报纸的一篇单独且简短的报道中。而且大多只是顺便和犹太人一并提及，成为犹太人大屠杀的一个注脚。

我大半辈子时间里完全不知道，我是强制劳工的孩子。没有人告诉过我。我父母没有提过，我身边的德国人也没有，在他们的记忆中，从来没有过强制劳工这回事。几十年来，我对自己的出身一无所知。我不知道，和我们一起住在各个战后聚居区的是些什么人，他们是怎样来到德国的：罗马尼亚人、捷克人、波兰人、保加利亚人、南斯拉夫人、匈牙利人、拉脱维亚人、立陶宛人、阿塞拜疆人以及许多其他国家的人。大家虽然语言不通却能彼此理解。我只知道，我属于某种废物，战争遗留下来的某种垃圾。

在德国学校里，人们教我们的是苏联人侵略了德国，毁掉了一切，还夺走了德国人的半个国家。我坐在最后一排，英格·克拉博斯的旁边，虽然她是德国人，可也没人理她，她穿着脏兮兮的衣服，身上散发着怪味儿。女老师站在讲台前，讲苏联人用烧红的煤球烫坏了她未婚夫的眼睛，还穿着长靴踢小孩子。所有的脑袋全都转向了我，就连英格·克拉博斯也离我远了些。我知道，下课后，追捕又要开始了。

我撒的谎早就没法再帮我了，我不仅属于苏联野蛮人，而且还早被识破是伪装成体面人的骗子。为了能让自己在德国孩子中有面子，我和他们说，我引以为耻的父母根本不是我真正的父母，他们是在从苏联逃亡的路上，在路边的坟地里发现了我，然后把我带走的。其实我出生于富有的俄国贵族之家，拥有宫殿和财宝，可我疏忽了，没能解释作为贵族之女，我是怎样流落到街边的坟地里的。不过，在一天或者至少几小时内，我是被低估的神秘人物，享受着德国孩子们的惊叹和赞美。后来某天，他们看穿了我，然后开始驱逐我。这些没落的第三帝国的小复仇者们，德国战争寡妇和纳粹父亲的孩子们，把我当成苏联人一样追赶驱逐。我是共产主义者和布尔什维克的化身、斯拉夫低等人，我是人民公敌，在战争中被他们击败了，现在要逃命。我可不想像南斯拉夫人的小女儿德舍米拉一样死掉，德国孩子们也驱逐她，后来有一天她掉到雷格尼茨河里淹死了。我飞奔着，背后一片敌人的号叫声。我可是个练出来的飞毛腿，我在跑步时从没有岔气的刺痛感，大多数情况下，我都能成功甩开追我的人。我只需跑到采砂场，那里是德国人居住区和我们居住区的分界，采砂场后面就是我们的领土，一片"未知之地"，除了警察和邮差，没有一个德国人踏进过这片土地，德国孩子们也不敢闯入。采砂场前面，有一条从柏油路分出来的野路，通向"难民楼"。我不知道为什么德国人把我们的石头楼房叫作难民楼。可能是为了把我们和吉普赛人区分开，他们住在更远处的木头棚屋里。他们比我们还低一个等级，让我一想到就心生恐惧，可能就像我们在德国人心目中一样。

只要我越过神奇的边界线，就安全了。转弯后，追我的人看不见我了，我躺倒在草丛里，等跳得飞快的心恢复平静，等我又能重新呼吸。今天算是成功挨过了。至于明天，我现在还没去想。我慢腾腾地磨时间，能磨多久是多久。我在河边晃荡，拿些石头在雷格尼茨河上打水漂，把酸模草塞进嘴里嚼，从地里偷生玉米啃。我永远不想回家。我想离开，从我能思考开始就只想离开，我的整个童年只盼着长大，长大我就能彻底远走高飞了。我想远离德国学校，远离难民楼，远离我的父母，远离有关我的一切。这一切是个错误，把我困在其中。就算我能提前知晓我的父母是何人，以及和我有关的其他所有人都是谁，我也不想去了解，这些完全激不起我的兴趣，一点都不能。我和这些没有任何关系。我只想离开，把一切抛诸脑后，彻底挣脱，到外面的世界去过我自己的真正的生活。

我回忆起脑海中关于母亲的第一幅画面：我四岁左右，当时我们住在一家铁器工厂的简易仓库里，那是我父母在德国找到的临时避难所。离开工厂大院是要受罚的，但早在那时我就经常试图违反禁令。工厂大院后面，从宽阔的莱厄大街开始是另一个未知的世界。那里有店铺，有轨电车，有没有战后废墟我记不得了，我只记得有像宫殿一样的房屋，石头造的，有大而笨重的门和高高的窗户，还挂着窗帘。还有一片草坪，上面长着野梨树。我从来没吃过梨子，我想知道梨子是什么味道。可是我太小了，我够不到树枝。我尝试用一块石头去砸，石头砸断了一根树枝又飞向了我，像回旋镖一样在我脸上砸了个洞，与我的左眼有一厘之毫。我不记得我是怎样走回家的，只记得我站在工厂大院里，不敢走进我们住的仓库。热乎乎的血从脸上流下来，滴在我的衣服上。透过仓库开着的窗户，我看见了我的母亲。她正低头用搓衣板搓着衣服，一缕深色的头发滑落到她脸上。她抬起头，看到了我，我看着她。那幅画面是留在我记忆中关于她的第一幅。画面始于她的一声尖叫，然后剩下的只有她的眼睛。充满恐惧的双眼。这双眼睛成了她的化身。那恐惧来自远处，远远地越过我，不可捉摸，深不见底。那恐惧，伴随着她的念叨："如果你看见过我曾见到的……"这句话一而再，再而三地回响在我的童年中："如果你看见过我曾见到的……"

我有两张她在乌克兰照相馆拍的肖像照。其中一张照片里，她很年轻，十八岁左右，旁边是一位温柔的白发女性，我不知道她是谁。我母亲极其瘦削，或许是营养不良，她身穿一条朴素的夏季连衣裙，浓密乌黑的头发剪成了短刘海发式，也许这样在当时很时髦。显然，摄影师试图展示他的艺术技巧，给我母亲加上点神秘感，在她的左半边脸上打了阴影。她看上去像个孩子，但她脸上的无辜和无助却带着惊恐之色。难以置信，这样一个纤细脆弱的人能承受那样的惊恐——如同千钧系在一发上。她身边的白发妇人尽管看上去温柔亲切，但带有一些阳刚气，看她的年龄应该是我母亲的祖母。她穿着一条白色尖领的灰裙子，姿态端正，表情严肃，脸上带着被压迫者和被侮辱者的倔强。这张照片大概是1938年拍摄的，正处于斯大林恐怖统治、饥荒和恐惧盛行的时期。

第二张照片中，母亲明显大了些，照片很可能是"二战"时拍摄的，在她被运送之前。她双眼望向深不可测的远方，忧郁中带着一丝微笑。乌克兰民间风格的头巾包裹住她的头发，露出面庞。也许她是为了留下在乌克兰的最后一张照片才去拍的，留作纪念。

每个看到这张黑白照片的人都会感叹,好一个美人啊!自我童年起,母亲的美丽就是一个神话。我经常听到别人赞叹,好一个美人啊。与此同时又感叹,好一个不幸的女人啊。美丽和不幸看上去都属于母亲,谜一般交织在一起。

我的旧物档案里还有第三张来自乌克兰的照片。照片上是位衣着华丽的老者,他有一双聪慧而忧郁的眼睛,高高的额头,短短的大胡子,一半胡子花白。他站在两位坐着的女士身后:一位身穿密不透风的高领裙,知识分子面孔,鼻子上戴着副夹鼻眼镜。另一位年轻的女士穿着白衬衫,小女孩般羞涩,眼神里透着无助之色。这张照片背面有一行母亲手写的德语:外祖父和两位友人。我不知道到底是谁的外祖父,我的外祖父还是母亲的外祖父?我也不清楚为何母亲要在照片背后写下德语,她总是拒绝和我说德语而坚持说俄语。

除了这三张照片,我还有两份之前提到过的官方文件。为了能看清父母的结婚证书,我得把这张明信片大小的纸放在镜子前。证书是一份神秘的影印本,黑底上是左右颠倒的白色手写体。靠着镜面的反向我能辨认,我的母亲,叶芙根尼娅·雅科夫列芙娜·伊瓦申科,于1943年7月28日在马里乌波尔和我的父亲正式结婚。证书是乌克兰语的,印章已经褪色,但是德语词Standesamt(民政局)清晰可辨。每次我都卡在这个词上不明就里。是德国人在马里乌波尔的民政局留下的吗?或者占领区的日常就是如此?对此我所知甚少。这份不起眼的文件简直是个奇迹,它不仅经历了战争、流放、劳改营,还经过了战后多个营地的艰难辗转跋涉，而且在我多次搬家后也没丢失。一份跨越七十多年、经久牢固的证明，证明我父母那段并不长久、灾难般的婚姻。

母亲的德国劳工证已经下落不明，可能不知何时在我写字台的某个黑暗角落里化成了灰烬，但是我记得，她的劳工证上除了名字，其余的和父亲于1944年8月8日在莱比锡拿到的一模一样。而父亲的劳工证还在。一张肥皂大小、对折的纸片，严重破损泛黄。父亲的姓名、生日、出生地，父亲口中说出的甲，到了德国文书耳朵里变成了乙。证上写着：

国籍：不详，东方劳工
来源国：被占领的东部地区
地区：马里乌波尔
住址：/
工种：金属作业帮工
工作地点：ATG机械制造责任有限公司，莱比锡W32，舜瑙尔大街101号
时效：自1944年5月14日起

两枚帝国鹰鸷的印章，一枚来自警察总局，一枚来自莱比锡劳动局，另外还有一张父亲的照片，他的西装翻领上别着劳工编号。劳工证背面印有两枚指印，分别是左手及右手的食指指印。下面标注了一句：此劳工证只用于上述企业，离开上述

工作地点此证即失效。持有者须随身携带此证作为身份证明。有效期至另行通知前。保留撤销权。

两份历史久远的文件——结婚证书和劳工证，三张黑白照片和一尊母亲装在包袱里的古老圣像，就是我继承的全部家产。这尊圣像，纯金底上手绘的是俄国东正教最重要的圣人群像。每个细节栩栩如生，连圣人的指甲都看得一清二楚。

如果稍微仔细点，我还能忆起，母亲是怎样讲述她的家庭在乌克兰的贫困，还有长期饥饿的。在我的记忆中，对斯大林的恐惧和家庭贫困构成了她在乌克兰生活的基调。可是，贫困又如何和那尊从乌克兰带出来的贵重圣像联系在一起呢？这贵重之物竟也神奇地躲过了运送和劳动营，一路上既没丢失，也没损坏，没人把它从我母亲手中夺走或者偷走。在我们住过的每个棚屋里，圣像被挂在墙角，静默地闪烁着神秘的光芒，我曾向它献上我孩童时最热忱的祷告，当母亲又一次和妹妹以及我告别并决意赴死时，我绝望地请求神灵庇护她的性命。现在，这尊圣像挂在我柏林家中一张旧的天主教教堂座椅上方，椅子是我在阁楼里找到的。圣像也许是我拥有的最贵重的物品了。

我还有一些模糊可疑的回忆可以作为这份微薄档案的补充，一个孩子的回忆，可能根本不算什么回忆，而纯粹是些经过几十年发酵还留在记忆中的泡沫：

我记得一个俄语词"律师"——我的外祖父是律师。母亲总为他担忧，因为他有心脏病。有一天，当她被从学校课堂接出来的时候，她立刻明白过来，她的父亲死了。

我还记得"德·马尔蒂诺"这个姓——我的外祖母应该是这个姓氏。一位富有的意大利家族出身的女性，我不知道，在上个世纪或者上上个世纪，是什么风把她吹到乌克兰去的。家族的富裕和"煤炭店"这个词互相矛盾，而"煤炭店"和"德·马尔蒂诺"联结在一起。

还有"梅德韦日耶戈尔斯克"这个名字，德语叫"熊山"。记忆中这个地名是和我的姨母联系在一起的。此外我对她一无所知。留存在我记忆中的只剩下我的外祖母有一天动身去"熊山"，去那里的营地看望女儿，中途"二战"爆发了，外祖母再也没有回来。这应该是母亲生命中最大的灾难：她不仅失去了母亲，而且还不知道她到底发生了什么事。她还活着，还是在德军的轰炸中死去了？我童年的幻想里，是"熊山"的熊把外祖母给吃了。

母亲有个哥哥，据说是一位有名的歌剧演唱家，母亲深爱着他。她为他流的眼泪，几乎和为自己母亲流的泪一样多。

其实我根本就不相信这一切。富裕的意大利家庭、身为律师的外祖父、有名的歌剧演唱家，甚至还有煤炭店，全部可疑地指向我童年的渴望——渴望出身显赫，按照我当时的想法至少得是煤炭商人。歌剧演唱家也许来自后来的念想，当我还是个小女孩时，无比惊叹地发现了歌剧的魅力，我幻想自己有位叔伯舅父，吟唱我最喜欢的贝里尼和亨德尔的咏叹调。幻想有位姨母多半是来自孩童时期对于悲剧意义的渴求，或者单纯只是因为那个可怕的单词"熊山"，我把它和母亲给我讲的另外某个故事联系到了一起，可能是她给我讲过的众多童话故事中的一个。

可是，我还能清楚地记得母亲讲的关于一位女性友人的故事。她经常讲起这个故事，眼中带着令我害怕的恐惧。纳粹也在马里乌波尔捕猎犹太人，仅仅在1941年10月的两天内，纳粹就在城里射杀了八千犹太人。在犹太居民众多的乌克兰，到处发生着像在娘子谷那样骇人的大屠杀。[①] 母亲的朋友是犹太人，有一天她也被捕了。她被迫和其他犹太人一起挖一条长沟，然后面对着沟，背对德国人的机关枪站着。她成功在子弹打到她的前一秒先栽进沟里。一直等到黑夜降临，她才费尽全力从压在她身上的尸体堆里爬了出来，然后跑去我母亲家。她站在我母亲家门口时，浑身是血。

很长时间以来，我想破脑袋也想不通，战争中的母亲和德国占领者之间到底是怎样一种关系。被占领地区的所有居民必须为德国人劳动，无一例外。谁劳动，谁才能得到食物券，没有食物券就无法生存。可是战争爆发时母亲不过只有二十一岁，却得到了一份特殊的工作：被德国劳动局雇来专门招募送往德国的强制劳工。做这份工作，对于后来充当强制劳工的母亲，无异于自掘坟墓。况且，德国劳动局是德国占领者的重要权力及监管机构，每个人都必须在劳动局报到，没人可以逃过。那

[①] 娘子谷位于基辅西北郊外。1941年6月底，德军在此进行了"二战"中最迅速最残酷的大屠杀之一，短短两日内屠杀了至少3.4万犹太人及其他当地居民。——译者注

母亲在劳动局的具体工作是什么呢？难道她认为德国人可以战胜斯大林政权，解救大众，所以站在了德国人那边？她是因为信念在劳动局工作的，还是只不过是德国战争机器上一个偶然的微小齿轮？最终，她是像其他人一样被暴力遣送，还是自愿报名参加强制劳工运送的？她会不会也是无所不在的政治宣传下的牺牲品，轻信了去天堂德国就可以摆脱苏联统治下的贫困？但是，她怎么可能在1944年，也就是她被运送的那年，还相信这种政治宣传？其实每个人都知道被送走后会面对什么：每天有成千上万的人被抓，塞进运输牲口的车皮里运往德意志帝国。这个时候，不少人已经返乡，孱弱不堪，在德国严酷的工作和生活条件下身心双双被摧毁，成为纳粹再也不需要的无用的劳奴。倘若母亲真的是自愿被送走的话，很可能她知晓这一切，可是她别无选择。可以预见的是，就算苏联红军夺回马里乌波尔，她也只能逃走，因为作为德国劳动局曾经的职员，她很可能被视作内奸和叛国者而被处决。而且，有可能我父亲有更无法启齿的原因要离开苏联。也许，她不过是跟着他。他当时是母亲的保护者，是她唯一的慰藉。她自己或许太年轻，太不知所措，没法做出至关重要的决定来对抗所处时代的暴力。

现在，在美妙的湖边夏日里，伴随着惊惧的与日递增，我逐渐明白过来，我决意去做的是什么事。我几十年前出版的第一本书，是尝试撰写自传，但当时我对自己的生平并不了解，我还没弄清楚我的人生和其中的各种关联。母亲只是存留在我内心的形象，是我生平里模糊不清的一部分，为了这一部分我曾经虚构了各种政治的历史性关联，让自己置身于无人之境，成为一个无根无源的单一生物。很久之后我才意识到，我的父母是何许人，他们给我留下了怎样的"素材"。当下我的任务是弥补错失的过往，在我的书中，也许是最后一本书中，讲述我第一本书里就该讲述的故事。可是，我对母亲在生下我之前的生活几乎一无所知，甚至完全不知道她曾经在德国劳动营里的经历。我两手空空呆立原地，只能发挥想象力讲故事，这对挖掘主题毫无建树。

当那些被海尔曼·戈林称为"东方劳工"的人，于二十世纪九十年代提出赔偿要求时，东方劳工才进入德国公众的视野，或者至少是一半见光。在此期间，各种有关第三帝国强制劳役的专业书籍、报道和纪录片层出不穷，我读了许多，了解也有所加深。其间，我甚至找到了长久以来我一直找寻的那个文本化的声音，那是维塔利·塞明写的一本书，七十年代已出版问世，德文译本叫《一个标记的差别》。书中，这位俄罗斯作家讲述了一个未成年人的故事。他被从顿河畔罗斯托夫运送到德国服强制劳役，之后幸存了下来，因为他怀着一个信念，就是他不能让他目睹的和所经历的随着他一起逝去，他有责任向后世提供证据。在劳动营里，他写道，条件比集中营好，但是也仅限于不会被立刻杀死，而是被非人的工作量、饥饿、殴打和经常性的侮辱以及匮乏的医疗供给缓慢地置于死地。

我十分惊讶地发现，这本书的译者亚历山大·坎普菲，是我七十年代的朋友。他经常把他的翻译读给我听，很可能他给我读过维塔利·塞明书中的内容，而我回忆不起来是因为，我当时全然不知这本书的内容其实与我的父母有关，他们同样也佩戴过一个有别于他人的标记，衣襟上的OST标记（东方标记）把他们和种族上高一等的西欧强制劳工区分开。

我研究的时间越长，碰到的可怕事情就越多，而在此之前，我对这些事情几乎闻所未闻。对许多事一无所知的不仅是我，不少我认为通达、对历史有一定认知的德国朋友也不知道，在曾经的第三帝国土地上，到底有多少个纳粹的营地，有人说是20个，有人说是200个，还有少数人说有2000个。华盛顿犹太人大屠杀纪念馆的研究数据显示为42500个，小的营地和附属营尚未计算在内。其中30000个是劳动营。2013年3月4日发行的《时代周刊》中的一篇采访里，参与研究的美国史学家杰弗瑞·麦加吉（Geoffrey Megargee）表示：多得可怕的营地数量意味着，几乎所有德国人都知道这种营地的存在，即便他们不了解此体系的庞大规模或者营地内部的状况。又是老生常谈：无人知情。遍布42500个营地的国家完全是一个古拉格。

在世界史里，在二十世纪妖魔丛生的悲剧中，我越来越晕头转向。关于第三帝国强制劳役的报道完全是盲区，充满了无稽之谈和自相矛盾。我的主题明显不是我能一手掌握的，我头昏脑涨。我自问，是不是已经太迟了？我还能够得上那口气，把这些浩繁的材料都弄明白吗？究竟有没有文字记录这一切，记录籍籍无名的母亲的生平，而她的命运是百万千万人的命运写照？

我早将"亚述的希腊人"论坛忘诸脑后,此时却收到了论坛发出的一封电子邮件,寄件人那栏是奇怪的象形文字,是一位希腊姓氏名叫康斯坦丁的人。我读道:

非常尊敬的娜塔莎·尼可拉耶芙娜:

我再次查证后得出的结论是:我们档案里登记的叶芙根尼娅·雅科夫列芙娜·伊瓦申科,有非常大的可能就是您的母亲。请容我从头道来。19世纪,在马里乌波尔住着一位乌克兰大地主,来自切尔尼戈夫的一位贵族,名叫伊皮凡·雅科夫列维奇·伊瓦申科。他是您的外曾祖父。可能他是第一批迁居到马里乌波尔的非希腊裔居民之一。马里乌波尔当时还是亚述海边的一座商业小城,只有不到五千居民。他为自己和家人在米特洛波里斯卡亚大街上买了一栋房子,成了枢密官、船主和港口海关局的主事。渐渐地,他在城里购置了大量不动产,广开商铺,获得了很高的威望。他和一名叫安娜·冯·爱伦施泰特的女性结了婚。关于这位安娜,我们知道她出身于波罗的海东岸三国的德意志乡村贵族家庭,根据教区记事簿,她生于1845年,卒于1908年。

您的外曾祖父母有六个孩子,两男四女。大儿子是雅科夫,也就是您的外祖父,您母亲的父亲。据教区记事簿记载,他的弟弟莱奥尼德26岁时死于癫痫。关于叶莲娜和娜塔莉亚姐妹我们一无所知,但是我们知道,大姐奥尔加和著名的心理学家、哲学家格奥尔吉·切尔班诺夫结为连理,他家有希腊血统。这也解释了,为什么不仅您母亲的名字,而且切尔班诺夫妻子的整个家族介绍全部留存在我们的档案中。

您外祖父的第四个妹妹,您的姑婆瓦伦蒂娜,是马里乌波尔知识分子圈中最优秀的人,直到现在她仍然在城里声名远播。您可以通过邮件附文了解她的更多情况。

可惜,关于您的外祖母,我们什么也不知晓,只知道她叫玛蒂尔达·约瑟夫芙娜。您母亲的姐姐叫莉迪娅,教区记事录上记载她生于1911年。您母亲的哥哥名叫谢尔盖,生于1915年。他是一位歌剧演唱家,战时在前线唱歌剧,并因此被授予奖章。您可以在附件中看到获奖证书的电子版。

不久之前,一本关于格奥尔吉·切尔班诺夫的书出版了,书中多次提到他妻子的家庭,您的姑婆奥尔加饱受精神疾病之苦,43岁时在莫斯科跳窗身亡。我们会请此书的作者给您一本书。

您母亲的兄弟姐妹多半已不在人世。而且他们的子女也不好找,因为伊瓦申科这个姓氏太常见。关于您的姨母,我们除了知道她名叫莉迪娅,再无任何信息。寻找女性总是十分艰难,因为不知道她婚后姓什么。因此我建议您,首先把搜寻放在您的舅父谢尔盖以及他的子女身上。我们可以向《等着我》节目编辑部寻求帮助,这是一个同时在俄罗斯和乌克兰播出的家喻户晓的寻亲节目。

我看不明白这封邮件。这位康斯坦丁是谁?一个网络幽灵,一个爱胡说八道的人,还是一个投机取巧者?他是不是想给我弄个蓝血贵族的出身,然后为了继续证明他所言不虚,让我先给他钱?我是完全不会相信我母亲来自他描述的那个家族,来自高级阶层的。她是一个所有阶级之外的斯拉夫低等人,一个在大街上会被人扔石头的贫苦可怜虫。她当时哪怕能透露出一点贵族出身的影子,我都能在我贪婪渴求社会价值的绝望童年中好过一些。这封邮件的发信人如同窥见了我孩童时期的痴心妄想一样,他在向我讲述我曾经的谎言故事。很显然,我面对的是网络丛林中一朵分外可疑的花。

我打开第一个附件,文章的标题大写加粗:瓦伦蒂娜·伊皮凡诺夫娜·奥斯托斯拉夫斯卡娅——我们城市难忘的女儿。标题下方是一位女性的椭圆形肖像照。我的呼吸停滞了。我认识这个女人。从记事起我就认识她了。她是旧照片上的那个女人,我母亲在照片背后标注了"外祖父和两位友人"。我现在在电脑屏幕里看见的她,更年轻些,更瘦些,但是这张面孔不会错:高颧骨的知识分子的脸,面容严肃,略显骄傲的嘴角。在这张肖像照中,她也身穿深色、密不透风的裙子,戴着夹鼻眼镜。

我感到窗外的湖水在晃动。我身边的一切突然变得新鲜而陌生。我对着屏幕上的女人面孔发呆，像在慢镜头里一样，慢慢让自己明白过来这些意味着什么。这张照片是一个令人难以置信的、幻影般的证明，证明了我在"亚述的希腊人"论坛里询问并得到回复的叶芙根尼娅·雅科夫列芙娜·伊瓦申科，的的确确是我的母亲。照片里这位我认识已久，被我母亲称为友人的女人，事实上是她的姑母，我外祖父的妹妹。

我屏住呼吸迅速浏览这篇文章。文中写道，这位1870年出生的瓦伦蒂娜·伊皮凡诺夫娜创办了一所私立文理中学，专收出身贫寒的女孩。她是一位毕生致力于社会平等的斗士，她的付出值得感谢。由于她的努力，无数马里乌波尔女孩才能获得接受教育的机会，从而摆脱无知和贫穷。她和她的哥哥雅科夫，也就是我的外祖父志同道合。我的外祖父大学攻读法律和历史，早在大学时代就已在地下和布尔什维克共过事。他二十三岁时被沙皇的秘密警察逮捕并流放西伯利亚二十年。

瓦伦蒂娜·伊皮凡诺夫娜，我母亲的姑母，与瓦西里·奥斯托斯拉夫斯基结为夫妇。丈夫瓦西里出身出类拔萃的富裕俄国贵族家庭，家族因重视教育、开放和思想自由而声名在外。大革命之后，她的丈夫和几百万乌克兰人一样，在严重的饥荒灾难中丢了性命。瓦伦蒂娜创办的中学在内战中烧毁，随后不久，她死于当时蔓延欧洲的西班牙流感，死时只有四十八岁。她们的儿子，伊万·奥斯托斯拉夫斯基是一位知名的空气动力学专家，他的著作是全苏联所有学航空航天技术大学生的必修教材。另一张照片上是一位较年长的男人，看上去像圣伯纳德教派的教士，面部表情粗野，可双眼聪慧闪亮。瓦伦蒂娜的女儿伊莲娜·奥斯托斯拉夫斯卡娅高居公共教育部副部长之位，但在斯大林时期被作为人民公敌逮捕，流放西伯利亚。

邮件中我还获悉了其他一些事。我的外曾祖父伊皮凡是来自切尔尼戈夫的大地主，在马里乌波尔酗酒，逐渐散尽了家产。某天，他消失得无影无踪，撇下了他的妻子安娜·冯·爱伦施泰特和六个孩子，没留下任何钱财。有传言说他坐上一艘曾经属于他的货船逃往了印度。

我需要再给我一颗脑袋来装下所有这一切，接受并理解它们。我至今为止的经历全是，事实被证明是谎言。而现在，可笑的是，我童年的谎言却被证实是事实。

最让我震惊的是落差如此巨大。为什么母亲从没提过她的出身，而且是只字未提？为什么她甚至要否认和她姑母瓦伦蒂娜的亲戚关系，而把她称作友人？在我眼中，母亲一直是一个出身贫寒的平民女性，她真正的出身，到现在对我来说还像个荒诞的发明，给她的命运带来一层全新的残忍。我没法理解。

我用发麻的手指打开第二个附件。屏幕上是一份泛黄变色文件的数码影印本，我多次放大才能辨认出上面严重掉色的打字机写的俄语。我读道：

> 兹授予谢尔盖·雅科夫列维奇·伊瓦申科红星勋章。他于1915年生于马里乌波尔，党员。1939年加入红军，战争开始第一日即响应号召，毫不犹豫地从基辅奔赴前线。

作为红旗歌舞团的独唱家，伊瓦申科同志为俄罗斯经典音乐传播做出了贡献，他在前线为部队官兵们演唱俄罗斯歌剧中的唱段。他演唱的里姆斯基-科萨科夫的歌剧《萨德柯》中的《印度之歌》和亚历山大·鲍罗丁的歌剧《康斯坦丁伯爵》中的咏叹调，成为部队中最受喜爱的曲目。他从来不因危险和天气恶劣而退却，即便在最糟的逆境中他也继续演出，有时甚至冒着生命危险。前线的士兵们爱戴他、尊敬他，因为他的演出始终保持最高艺术水准。伊瓦申科同志以堪为榜样的职业道德和遵守纪律而出名，他忠于列宁、忠于斯大林，忘我地为社会主义祖国服务。他曾因保卫斯大林格勒的功绩被授予奖章。苏联政府特此授予他红星勋章。

新闻宣传部部长 B.F.普洛科夫耶夫上校

连续多天我一直处于一种惊愕状态。我继续做着之前的事。我坐在露台上，在海边散步，煮吃的，但是这个人不是我，我旁观着这个人做所有事。我观察她接连几个小时望着墙上的光影发呆，或者毫无来由地放声大笑。后来甚至发展到，我突然开始在心里、在我自己也不能理解的对话中，和看不见的人指手画脚、激烈地争辩或者赞同地点头。旁观者肯定会认为我疯了。

我反复回看康斯坦丁发来的邮件和附件，我必须一再告诉自己，这不是梦。我惊讶的目光停留在了外祖母的名字上：玛蒂尔达·约瑟夫芙娜。一个名叫玛蒂尔达的女人，父亲叫约瑟夫。这是一个我在俄语中还从没听过的女性名字。康斯坦丁有查看马里乌波尔教区记事簿电子版的权限，他告诉我，玛蒂尔达的宗教信仰一栏填写的是罗马天主教。宗教信仰结合玛蒂尔达这个名字已经清楚地说明了，外祖母来自意大利，尤其是，她的父称约瑟夫是意大利名字朱塞佩的俄语变体。但是，这些信息在我的意识中还很边缘化，信息一下子来得太多了。

我感到自己仿佛找到了外祖母一样。玛蒂尔达·约瑟夫芙娜，母亲为她流了那么多眼泪，她去找被流放的女儿莉迪娅，再也没有回来。我的发现如同逆转了母亲不幸的那一部分，她当时深陷母亲失踪的痛苦，几乎没法继续活下去。我一再地想象自己飞奔向母亲，告诉她：玛蒂尔达·约瑟夫芙娜，你的母亲，我找到她了！玛蒂尔达，你还能再认出她来吗？我真的找到她了，在这儿，你看……

姓名是有魔力的。母亲的姐姐和哥哥突然变成了鲜活的人：莉迪娅和谢尔盖。一切是那么理所当然，他们就应该叫这个名字而不是其他名字，让我惊讶的是，我自己怎么没想到。莉迪娅和谢尔盖，这两个名字好似母亲名字的天然互补。我的姨母莉迪娅和舅父谢尔盖。我一再地重读谢尔盖的荣誉证书，他被授予红星勋章的证明，试图从中找寻他人生的蛛丝马迹，寻找母亲人生的线索。

每次，当我想象那位幻想中的舅父，歌剧演唱家时，耳边就会响起男高音，像威尔第《茶花女》中的咏叹调《沸腾激动的心灵》或者《友善的森林》那样高亢，但是荣誉证书中的部分内容透露出，他是贝斯般的低音。在我脑海中和眼前出现的立刻变成了另外一个人，他体形巨大，大腹便便，嗓音柔和而低沉。一位前线歌唱家，一名党员，红旗歌舞团里的独唱家。荣誉证书夺去了歌剧演唱家舅父在我眼中的光环。很明显，他被授予国家勋章不是因为他的演唱功底，而是为了褒奖他忠于党的路线，给苏联人民做出了榜样。康斯坦丁认为这非比寻常。一个出身贵族家庭的人，能在当时加入联共（布），还能被授予国家勋章，按照康斯坦丁的说法，简直比骆驼穿过针眼还难。那么我母亲的哥哥到底是谁？他究竟做过些什么，能够"穿过针眼"？而且，姐姐莉迪娅之所以被流放到劳改营，毫无疑问是被视为人民公敌的人，对于弟弟谢尔盖来说，针眼又细了一半。还有，我母亲怎么可能那么爱他的哥哥，我能肯定她是把苏联共产党视为魔鬼的。我再仔细回想，父母对苏联政权的仇恨，对斯大林的仇恨，可能是他俩最大的共同点了。母亲从来没放下对苏联政权手眼通天的恐惧，在她眼中，世界上没有一个地方是安全的。苏联人是她生活一败涂地的罪魁祸首，苏联人杀人无数，毁了她的家园，逼迫她背井离乡。

现在的事实却是，连她的父亲也是社会主义者，是最早的布尔什维主义者，他因为信仰被沙皇政权流放二十年之久。我头脑开始混乱。这到底是个怎样的家庭？母亲的父亲是个布尔什维克，被长期流放，她的哥哥是个受褒奖的党员，她的姐姐还有她自己都是变节分子，姐姐被流放到苏联劳改营，而妹妹是苏联死敌的强制劳工，潜在的通敌者。这个家庭里面难道有个无底洞？母亲是怎样做到对苏联政权恨之入骨，同时又深爱着为苏联政权服务的父亲和哥哥的？

我对母亲家族的想象一片混乱，既不现实也不合情理。现在我知道的反而更少了。唯一知道的是，母亲跟我一直以来认为的完全不是同一个人，而我自己也不是我认为的那个自己。

她的父亲大学攻读的是历史和法律，倒是符合我记忆中"律师"这个词，但是这个词在我心目中是和一位可靠的中产阶层先生的画面联系在一起的，他整日坐在房间里，用俄国式的铜茶炊喝着茶，接待委托人，戴着长柄眼镜翻阅卷宗。二十年的流放生涯颠覆了这位"先生"的画面。他不再是个稳重的大学生，拼命补习法律条文，为他的职业生涯精心准备，而是一个年轻的，参加布尔什维克地下工作的反叛者，还是一位女士的哥哥，这位女士为出身贫寒的女孩们创办了文理中学。一对为社会平等而抗争的兄妹，为团结被沙皇政权压迫的人民和废除贵族阶级而奋斗，而他们自己却出身于这个阶级。为此，我的外祖父付出了沉重代价，被流放到西伯利亚不知何处的蛮荒之地长达二十年，这二十年可能占据了他生命中很大的一部分。这样一个遭受残酷命运的人，和我童年想象中的"律师"没有丝毫共同之处。

根据教区记事簿的记录，他生于1864年。如果他是二十三岁时被流放的话，那他1907年重获自由时已经四十三岁。十三年后，我母亲才出生，那他当时已经五十六岁了。这是我和母亲一个引人注意的共同点：我也有个年纪较大的父亲，他足足比母亲大了二十岁。那外祖父和我父亲一样，也是娶了一位比他年轻很多的妻子，不然也不会有我母亲的出生。可能他从西伯利亚回来后，娶了年轻的玛蒂尔达·约瑟夫芙娜，四年后生下了莉迪娅，我母亲的姐姐，又过了四年生下我母亲的哥哥谢尔盖。我母亲是三兄妹中最小的，一个迟来的孩子，最小的女儿。尽管当时，1920年，安乐窝很可能已经不复存在，家产早已被征收，也许还遭到了严重的报复，至少我母亲的哥哥和姐姐还经历了大革命前的最后几年，短暂地享受过来自他们出身的优越特权。与此相对，我母亲只经历了毁灭，从未享受过任何优越生活。她在内战、恐怖、饥饿和迫害中出生。这些贯穿了她在乌克兰生活的自始至终，除此之外，她没见过其他。

渐渐地，我终于理解了为何她绝口不提她的出身。在她生活的苏联时期，没有比贵族出身更糟糕的事情了。这种出身是一种罪行，一种原罪，是最大的耻辱，会置她于死地。也许她把恐惧、自我鄙视和羞耻混淆在一起，因为她慢慢地让自己相信了，像她这样的人是社会的低等赘瘤，不具有生存的权利，属于历史的垃圾。她不是在德国才被视作低等人的，早在乌克兰时她已被归为此类。我可怜的、矮小的、疯癫的母亲，她来自残忍嗜血的二十世纪最黑暗的年代。

另外一个版本我觉得也是有可能的。没有人告诉她，她到底是谁，身边的人为了保护她而选择了缄默。可能她像我一样，一辈子都不知道自己的出身来历。或许她没有听人说起过她的长辈，因为在苏联时期的乌克兰既不许"道听"也不许"途说"，况且她的社会阶级早在她的童年时期就被彻底铲除了，她在现实社会中根本不可能接触到。

可能她之所以在乌克兰带出来的照片上标注"外祖父和两位友人"，是因为她真的不知道照片上的两位女性是谁。第二位年轻些的、脸上带着羞怯微笑的女性，很可能也是她的一位姑母，是她父亲的姐妹之一。也许，那个时代的巨大毁灭将所有人抛入混乱，把人连根拔起、冲散，切断了一切联系，以至于谁也不认识其他人。或者，她在给照片标注时只是简单地想，照片中的两位女性对于妹妹和我来说没有意义，因为我们反正也不认识而且也不可能认识她们，因为她们生活的那个世界，没有任何东西能够在陌生的德国安全保存下来。

然而，根据我现在所知晓的一切，其中一件事是清楚的：照片中的男人不是我母亲的祖父，而是她的父亲，我的外祖父。母亲是从妹妹和我的视角来给照片标注的。不过比起我最近的想象，外祖父的形象更符合我以前想象中的他。我在他身上没法看出任何曾经的革命者和西伯利亚流放犯的样子。事实上，他的确让我回忆起很多我孩童时期想象中的那种中产阶级令人尊敬的律师的模样。他散发着沉静和温暖，有聪慧而温和的面容，还有和我母亲一样的充满忧伤的双眼。可能不只是因为他的年龄和心脏病，让我母亲担忧的还有第三个危险因素，这超出所有的生理因素：一个政治人物随时会坠入斯大林的死亡磨坊。没人可以从中逃脱，特别是像他这样不仅身负出身贵族之原罪，而且在沙皇时代已显示出反抗、不服从精神的人。在斯大林看来，任何对权力的反抗都是可疑的，无论反抗什么权力。康斯坦丁给了我查看马里乌波尔教区记事簿电子版的权限，当我重新查看时，我留意到一个意味深长的细节：其他家庭成员登记的死亡日期后面，都登记了死亡原因，只有我外祖父没有。仅能知道他的死亡年份是1937年。这或许是苏联历史上最可怕的一年，是大清洗的顶点，是人类历史上最骇人的政治大屠杀之一。当时，我的母亲十七岁。

后来，当我尝试厘清我活到现在却完全陌生的亲戚关系网，并且对比年份时，我意识到，作为外祖父最小的孩子，母亲不仅出生于充满暴力和毁灭的时代中，而且也出生于一种强大的虚无中。当时，不单她上一辈人的世界消失殆尽，她的上一辈人也所剩无几。枝繁叶茂的乌克兰－意大利家族几乎没有剩下任何人。她的姑母瓦伦蒂娜，女子文理中学的创办者，在她出生前两年死于西班牙流感。另一位姑母奥尔加，十四年前就已跳窗身亡。她的祖母安娜·冯·爱伦施泰特已长眠地下十二年；祖父伊皮凡，来自切尔尼戈夫的大地主，在很久以前离家远去。她的叔叔莱奥尼德在她出生前二十年死于癫痫。只有她的姑母娜塔莉亚和叶莲娜的死亡时间没有记载，教区记事簿上只记录了她们的出生日期。她们俩比我母亲早出生很多年，即使还在世，我母亲认识的她俩也是老者了。

罕见的奇迹在我身上发生了。生命的黑匣子在我年华老去时打开，向里望去，我看到一个新的黑匣子，而这个黑匣子里

39

面可能还藏了一个黑匣子，然后里面又藏了一个，像俄罗斯套娃一样，即便到了最后，我的问题也没有得到解答，而是又回到了原点。我第一次明白，我并非身处人类历史之外，而是在历史之中，和其他人并无二致。然而，到目前为止我获悉的一切，全是有关我的外祖父家族。外祖母家族那边，康斯坦丁和我始终徒劳无功。教区记事簿里既没有她的婚前姓氏，也没有她的出生年月，只有她的名字、她的父称以及宗教信仰。信奉罗马天主教的玛蒂尔达·约瑟夫芙娜，估计是个意大利人，她是我整个方程式中最大的未知数。

湖边的秋天悄然而至。黄叶出人意料地飘落到阳台，厨房里，我与之斗争了数周之久的蚂蚁们突然消失了。傍晚，当温和倦怠的阳光拂向镜面般的湖水时，空气仿佛凝滞，不再有任何一片树叶飘动，就连聒噪的水鸟也不再发出声音，安宁得让人吃惊，那么不真实，让我觉得自己根本不再身处我居住的世界。

　　我把行李搬上车时，内心突然涌上一阵莫名的恐惧。我觉得，我在这里找到的一切会随着我的离开而消失。我没法想象，一切将随着扁平毫不起眼的笔记本电脑一起被我带回家。我担心康斯坦丁也会因为我离开这个通信地点而离我而去。通信期间我得知，康斯坦丁，这个具有希腊血统的乌克兰人根本不住在马里乌波尔。他虽然出生在乌克兰，但是很久以前已搬到了俄罗斯北部的切列波韦茨，在当地的一家钢铁厂做工程师，另外还管理着一个专为有希腊血统的乌克兰人而设立的论坛。他已婚，有四个儿女和众多孙辈。其中一个儿子居住在美国，是位历史学家。

雅科夫·伊瓦申科（1864-1937），叶芙根尼娅的父亲，和他的妹妹叶莲娜、瓦伦蒂娜以及娜塔莉亚，约1915-1920年

他为什么愿意帮助我寻找母亲，我不知道。遇见他简直是我最大的幸运。他不仅对俄国历史了如指掌，也不仅仅是个电脑怪才，而且还是一个狂热的系谱学迷。孩童时期，他的最大爱好就是绘制分支尽可能多的家谱树状图。他自己家族的家谱树状图，他一直追溯到十六世纪，直到追溯不到为止，他找到的先人名字长达几米。

他的侦探杰作是，战后六十多年，他在不知何处的野外找到的一架坠毁的布满枪眼的战斗机机翼上，辨认出了战斗机的编号，而驾驶员是他失踪的叔叔。像在战争中失踪的其他苏联人一样，他叔叔也被怀疑是逃兵。康斯坦丁把真相公之于世，引发轰动。他的叔叔在身后得到平反，此前叔叔的儿子由于父亲被疑为逃兵失去了工作资格，一直在乌克兰乡下靠一个贫困的农场艰难度日。平反后，才得以在晚年领到一份微薄的抚恤金，终于付得起一副假牙的钱。康斯坦丁甚至还挖掘出，是一个名叫胡贝图斯·冯·博宁的德国战斗机驾驶员、骑士铁十字勋章获得者，击落了他叔叔的伊留申战斗机。博宁曾是"二战"期间德国最好的歼击机飞行员之一，后来在一场空中战役中阵亡。我瞬间在网络上搜索到博宁的一个侄子，把康斯坦丁写的邮件翻译成德语发给了他。这个骑士铁十字勋章获得者的后人看上去不太明白康斯坦丁找他所谓何事，也许他怀疑康斯坦丁这个凭空冒出来的陌生人想找他算账，因为七十年前，他叔叔在空战中杀了康斯坦丁的叔叔，他甚至很可能以为，康斯坦丁想通过这种手段索要一笔私人补偿金。反正，他把康斯坦丁的所有话，都用他的普鲁士礼貌堵了回来。我为康斯坦丁感到遗憾，他不过是想闲聊几句，他很好奇，击落了他叔叔战斗机的德国飞行员是个怎样的人，而且如果对方回问有关他叔叔的问题，他肯定会十分高兴。可是，对方连一个问题也没有提。尽管如此，大侦探康斯坦丁还是得胜了。七十多年后，他单凭他叔叔伊留申战斗机上的枪眼就找到了德方歼击机飞行员的后人，还和他来往了几封邮件。现在，不找到拼图的最后一块就不会停下的他，唯一缺少的就是所谓的击落报告。多年前，他已向德国军事博物馆提出了申请，没有得到回复。现在，我再次向军事博物馆求助。在康斯坦丁的帮助下，我填写完一个复杂的表格并转账三十欧。等了将近两个月，我收到一个小邮包，里面有一卷铅封的电影胶片。战后，旧的影像资料被美国的一家军事档案馆收购，回到胶片的生产地。虽然影像的画质很差，但是康斯坦丁从中看到了他想看的一切，他需要的最后的证据。

我相信，康斯坦丁不只是在帮我寻亲。他一下班到家，就往他的数码控制台前一坐，开始把破碎的线索拼在一起。这是他的爱好、他的偏执、他内心必不可少的事情。他把消失的人带回现实世界，绘制大型复杂的家谱图，和孩童时期做的一样，只不过现在他是利用电脑来完成。我猜想，互联网给了他周游世界的机会，尽管他一辈子没能出门远行，而当终于可以出门时，又没钱环游世界。但在虚拟世界中，他可以毫无阻碍地去他寻找的所有地方旅行。最终，他也为我绘制了一张家族树状图，不只是树状图，而是一整个森林般的图谱，我经常在其中迷路。我这个从来没有过长辈先人的人，突然有了这么多亲人，以至于我经常把他们弄混，搞不清楚辈分。我把这张家族树状图放大，贴在了写字台上方，有时我坐在图前，像研究世界地图一样凝视许久。

其间我了解到，我绝非唯一一个在寻亲的人。大革命后，贵族和地主被杀或被驱逐，农民被没收财产，带到营地，无数知识分子在古拉格和流亡中不知所踪，战争中又有两千万人丧生，某些统计中还更多。二十世纪发生的这一切，切断了代际的自然关联。现在，在近百年的恐惧和沉默之后，苏联的大量民众开始寻找亲人，寻找失踪的、被逮捕的和再未归来的人。他们在找寻自己的出身、自己的身份和自己的根。在伊瓦申科的家族志中，1920年出生的母亲是最后一个被记录的人。在她之后，家族历史就此中断。她是整个家族消失前的最后一线光，就连她的哥哥姐姐们的孩子也没有被提及，更不要说她自己的孩子了。

没有人比着了迷的搜寻者康斯坦丁更让人感到不可或缺的了。他在丛林中辟出空地，我跟随着他，而他也跟随着我，这是最让我不能理解的一件事。他跟随我一起经历寻找路上的高低起伏，每当一个找到的线索又落空时，他分享我的狂热，还有我的失望。有时候我在想，他才是我挖掘到的最大宝藏。没有他的话，我很快就会迷失在俄罗斯的互联网丛林中，没有他的坚持，我早在搜寻遇到死胡同时就放弃了。但是，康斯坦丁毫不气馁，他总是不断继续下去，他是搜寻的动力，而且拉着我一起。他是魔法师，而我是他的助手，一位侦探大师的帮手。他是我搜寻之路上的唯一一个谜，可他从未帮我解开它。

家里有一本书在等着我，就是康斯坦丁之前承诺寄给我的那本，有关乌克兰哲学家和心理学家格奥尔吉·切尔班诺夫，我母亲的姑母奥尔加的丈夫。互联网上能找到关于我母亲的一个词条完全归功于姑婆奥尔加。通过德文版维基百科，我已了解到，格奥尔吉生于1862年，卒于1936年，是一位新康德派哲学家，建立了俄国第一座实验心理学研究机构。他撰写了一系列书籍如《大脑和精神》《逻辑教科书》《实验心理学导论》等。母亲有可能还认识他，因为他的妻子奥尔加自杀之后，他还经常回到他的故乡马里乌波尔，也许他会利用回乡的机会拜访他的内兄，我母亲的父亲。

装书的小邮包用一根绳子捆住，邮包的其中一面从上到下贴满了小面值的邮票，看来切列波韦茨的邮局没其他面值的邮票了。一张白色的小方块纸上有几行小字，是我曾经在邮件中写过的。康斯坦丁为了防止出错，没有自己手写地址，而是把我的邮件打印了出来，剪下地址后贴在上面。我费劲地解着绳子，把这根磨损的、明显用过多次的黄麻绳——这种绳子我只在小时候见过——贸然剪开简直是一种亵渎。一本中等厚度的书露出来，封面闪亮，是乌克兰国旗的颜色，天蓝色和麦黄色。几张拼接着马里乌波尔和莫斯科的照片上方写着书名：格奥尔吉·切尔班诺夫，生平与作品。

从康斯坦丁那里我已得知，这本书中并没有提到我母亲，可是第一次如此接近她生活的时代，我有些眩晕。我翻开封面，目光立刻落在了卷首的一张照片上。照片并不是切尔班诺夫，而是他妻子奥尔加·伊瓦申科的家庭照。照片的拍摄地点是母亲的祖父母家，我这辈子没动过半点念头思考过他们的存在。我第一眼就认出了瓦伦蒂娜，女子中学的创办者，细看之下我又发现了另外一张熟悉的面孔：她是母亲从乌克兰带出的那张照片中坐在瓦伦蒂娜旁边的女性。图片说明告诉我，正如我猜测的，这位也是我母亲的姑母——娜塔莉亚。这张家庭照没有标注拍摄时间，但是我可以大概估算一下。我母亲唯一的叔父莱奥尼德还在照片中，那照片应该是 1901 年之前拍摄的。1901 年，莱奥尼德死于癫痫，时年二十六岁。照片中，他身穿深色西装、系着领带站在姐姐们身后，手上拿着东西，可能是根香烟，完全没有预感到死亡即将到来。

我已经知道了关于这个家庭的那么多事情，这让我自己都惊讶不已。我很清楚，这张照片上还少了三个人。伊皮凡，我母亲的祖父，这个时间段极有可能已经抛妻弃子坐船逃走了。奥尔加，我母亲的大姑母，同样已离开了马里乌波尔，和她的丈夫格奥尔吉·切尔班诺夫生活在莫斯科。还有我母亲的父亲，我非常想再看看他生活中的另一面。而世纪交替之际的他，远在西伯利亚的流放营地。照片中，很明显是还居住在马里乌波尔的家庭成员聚在了一起。从贵重的旧家具和地毯可以推测，照片摄于家族经济状况更好的时期，也就是祖父伊皮凡还没变穷，还没有永远消失的时候。照片背景中有一棵室内棕榈树，在被精心安排好座位的家庭成员上方伸展着枝叶。

照片中的娜塔莉亚，脸上还没有那种虚妄的笑容，看上去年轻很多，充满少女气息，无忧无虑。她的头发松散地盘上去，穿着蓬蓬袖长裙，手上拿着一把扇子。瓦伦蒂娜还是我熟悉的女校长穿衣风格，细长消瘦，背挺得笔直，坐在她母亲身边的软躺椅上。瓦伦蒂娜旁边的扶手椅里坐着她的丈夫瓦西里·奥斯托斯拉夫斯基。他年轻英俊，衣着高贵，一副富有的俄国贵族的气派，怎样也看不出来他后来会死于饥馑。这是我第一次在照片中见到叶莲娜，我母亲的三姑母，她是所有人中最时髦的。她身穿一条紧身剪裁的绸缎裙子，膝盖上放着一本打开的书。照片的正中，端坐着安娜·冯·爱伦施泰特，我母亲的祖母，来自波罗的海东岸三国的德意志人，身边簇拥着居住在马里乌波尔的孩子们。她个子矮小，看上去有些像农民，穿着一条朴素的深色裙子，一丝不苟梳起的头发盘在了脑后。

我童年害怕的鬼怪之一，是父亲跟我讲的母亲的一个亲戚，得了无法治愈的精神疾病，尽管请了一位著名的精神病医生，也没能治好。父亲深信，母亲和我都遗传了这种精神病。我的整个童年和青年时代一直在等遗传的精神病赶紧发作。后来，在我早已抛开父亲恶毒的遗传理论之后，我问自己，这种理论背后，隐藏更深的是否是父亲对自己会精神错乱的恐惧，这种对发疯和躁狂的恐惧症在俄国广泛流传。普希金曾在他最有名的诗中描述过它。后来，在我长大成人之后，童年的精神创伤开始以一种莫名的、荒诞的恐惧感将我吞没，我动弹不得。有时我在想，父亲可能是对的，我精神的崩溃植根于我的长辈，就像匍匐冰草，即使旁人愿意，也只能把它扯下，而没法连根拔起，我不可能有机会把自己从童年的毁灭性影响中解放出来。

这个所谓的有精神病的亲戚，现在已经再清楚不过，只可能是我母亲的姑母奥尔加。在书中，她被描述为有精神疾病，并正如我之前从康斯坦丁处听到的一样，四十三岁跳窗自杀。而我父亲口中的那位无法治好她的知名精神病医生，除了奥尔加的丈夫切尔班诺夫，不可能是其他人。

书中除了切尔班诺夫，还有同一时期其他俄国哲学家的无数照片，还可以看到许多他妻子的照片。我端详着照片中的人，我童年的鬼怪。的确有这个亲戚，她不再是我童年里的虚构，而是有血有肉的真人，是我的姑婆。她一头深色头发，满脸温柔天真，身材娇小，特别秀气，一双眼睛大而严肃。其中一张照片里，她身穿一条奢华的晚礼裙，浓密的头发上装饰着花朵，另一张照片里身着时髦的旅行装站在丈夫身边，第三张照片中，她和家人一起在夏季别墅的露台上，周围绿树成荫。这本书的作者把她描写成一位特别聪慧、博学且感情丰富的女性。作者引用了她在马里乌波尔写给未婚夫的书信，还有后来在莫斯科给父母信中的话。她用俄式小名和爱称称呼自己，温柔且满含深情。她想念母亲和弟弟妹妹，特别是远在西伯利亚的弟弟雅科夫。早期给未婚夫的信中显示出她的不自信：她迫切地建议未婚夫再次考虑婚事。正因为他如此优秀，受人喜爱，当时已站在通向最高级科学机构和莫斯科顶级沙龙的门前，他本应该有另一位更好的妻子。她觉得自己既不美也不配，一直以来身体又不好，未老先衰，并且经常无法摆脱乖张消极的念头。

然而，婚礼还是举行了。奥尔加生了三个孩子，依靠保姆和一位女管家的帮助，操持着一大家子，家中时常宾客如云，全是莫斯科知识界和文化界的精英。她应该是位温柔的母亲，全心全意地、忘我地爱着丈夫，而且她很早就已预料到政治局势将会给丈夫带来灭顶之灾。她经常陪伴丈夫出游国外，去纽约、瑞士、莱比锡拜访德国知名的实验心理学家威廉·冯特，丈夫和他合作密切，夫妇二人还多次前往柏林，造访夏利特医院。在她生命的最后几年中，她饱受偏执的困扰，总是害怕她的孩子和丈夫会出事，她的注意力不断围绕着根本无法解释的事情打转，她对每个极微小的不公平都高度敏感，经常毫无来由地突然哭起来。1906年她跳窗自杀一事没有被详述，作者强调此事没有任何佐证。

康斯坦丁认识这本书的作者,他住在乌克兰南部偏僻的农村,和外界没有任何联系。所有试图联系他,向他询问奥尔加以及他描述奥尔加的依据的尝试,全部落空。他既不回康斯坦丁的电子邮件也不回我的。

我对这些故事思考得越久,就越感到毛骨悚然。切尔班诺夫,这个"遗传"理论的拥趸者,是不是从他妻子不稳定的精神状态中看出了天生的精神病?奥尔加会不会沦为了他实验心理学的牺牲品?是不是所有人,奥尔加、我的母亲还有我,都具有这种先天精神疾病基因?我是不是找到了疯狂念头的始作俑者,他不仅促使奥尔加自杀,也造成了我母亲的自杀?切尔班诺夫延续了百余年的先天论,是不是先被我父亲接受,最后也侵入我的思想中?奥尔加那双娇小秀气的脚总出现在我眼前。一百年前,就是这双脚穿着系带的旅行靴,走在柏林的街道上,走在造访夏利特医院的丈夫身边。当初的她离我那么近,夏利特医院离我现在柏林的家步行只需二十分钟。

奥尔加死后十年,大革命爆发后不久,她丈夫这颗科学领域的星斗渐渐黯淡了,正如她之前预见的一样。他被指责为搞神秘主义、理想主义和反马克思主义,他失去了莫斯科大学的教席,他被禁止进入自己创立的学院,写的书也在各大图书馆中消失了。他的大女儿是忠于党的路线的艺术家,以建造雄伟的英雄雕塑而出名,二女儿嫁给了法国哲学家布里斯·帕兰,移居巴黎。女儿跑去资本主义国家,更加败坏了切尔班诺夫的声誉。他的儿子，一位日耳曼学家和古典语言学家，参与编写出版了一本德俄大辞典，却在辞典面世后被批判为反革命和法西斯。辞典的三名出版者，其中包括切尔班诺夫的儿子，全部被判死刑并枪毙。他自己却奇迹般地逃脱了肉体上的毁灭。他生命的最后几年中，孤独穷困，在以前的学院入口处徘徊，问经过的人还记不记得他。如今，他被平反恢复了名誉，他的书得以出版，人们为他著书立传并予以研究。

我一再地仔细研究伊瓦申科那张有棕榈树的家庭照。我母亲见过这张照片吗？她是不是曾经把它拿在手上？照片上会不会有她看不见的指纹？我盯着照片的时间越久，越觉得不真实——她居然会出生于这样的家庭。在她身上察觉不出任何关于出身的痕迹，一丁点儿也没有。尽管她恐惧不安地否定自己的出身，会不会至少有些东西还是会显露出来？一个人是怎样做到完全隐藏自己的？或者，只是因为我在童年没法解读一些信号，并忽略了它们，而这些信号，我可能今时今日立刻就能看穿？

我在寻找我母亲的祖母，一个来自波罗的海东岸三国的德意志人，但是我只在网上找到了一条没什么启发性的词条，出自 1826 年的奥地利贵族百科全书：瓦拉赫第一陆战队团部上尉雅克布·茨维拉赫被封爵，1798 年被封为贵族冯·爱伦施泰特。只要"瓦拉赫"不是源自瓦拉几亚的瓦拉赫，而指的就是瓦拉几亚，那么不言而喻，被封爵的雅克布·茨维拉赫就是我外曾祖母的亲戚，可能是她的父亲或者祖父。很可能外曾祖母是按照他的名字雅克布来给她的大儿子，也就是我的外祖父雅科夫取的名。当时，位于现今罗马尼亚的瓦拉几亚大公国是俄罗斯帝国的保护国，其领域包括了现今的波罗的海三国和乌克兰，所以爱伦施泰特家族和伊瓦申科家族的活动范围无论如何都是在同一国家内。安娜·冯·爱伦施泰特应该是在很年轻的时候跟随伊皮凡来到马里乌波尔的，因为根据教区记事簿的记录，她十九岁时在马里乌波尔生下了第一个孩子奥尔加，间隔不长又陆续生下了两个孩子，分别是我的外祖父雅科夫和叶莲娜。五年之后，又生下了瓦伦蒂娜、娜塔莉亚和莱奥尼德。如果说最痛苦的莫过于丧子之痛，那我的外曾祖母这辈子经历了两次。她五十六岁时，最小的儿子莱奥尼德死于癫痫，五年后，大女儿奥尔加又跳窗自杀。或许，那个时候她已是孤身一人，因为丈夫伊皮凡离开了她。奥尔加死后第二年，她也离开了人世。我猜测，很可能她在死前见到了二十年流放期满后回到马里乌波尔的儿子雅科夫，这对她来说是极大的慰藉。

我不明白，为什么我总是一次又一次地去看我的外曾祖母，她看上去是那么眼熟。终于，我恍然大悟：在这张百年前的马里乌波尔的老照片中，我认出了我自己。我酷似她，甚至连用胳膊肘撑在沙发扶手上的姿势也一模一样。外曾祖母比我早出生整整一百年，她的基因跨越了两代到了我身上。难怪我和我父母在外表上毫不相像。也许这一显眼的生理差异，让母亲对我强调，我不是她亲生的，我的母亲其实另有其人。她总是这么和我说，以至于我成年之后也没搞清楚，我到底是不是她亲生的。现在，这么多年过去后，这张有我外曾祖母的家庭照，打消了我的所有疑虑。我是她的曾外孙女，更是我母亲的女儿。我不清楚这个证明对我来说意味着什么，但是当我注视外曾祖母的时候，我心里第一次涌起了我有生以来完全陌生的一种感觉，也许这就是人们所说的血脉相连。大概这是人类这一物种最深层的归属感。

在我看有关切尔班诺夫的书期间，康斯坦丁把我给他的乌克兰旧照片的其中一张贴到了他的论坛里，母亲年轻时站在一位白发妇人旁边的那张。一个来自哈尔科夫名叫伊莉娜的女人，长期寻找她意大利的先辈，她也找到了康斯坦丁的论坛，看到照片后她简直不敢相信自己的双眼——论坛里的那张照片，和她自己家族照片集里的一张完全一样。她从小就认识这张黑白照片，照片上的两个女人，按照她的说法，"痛苦得再熟悉不过"。

寻亲中有些奇怪的事情发生了。我写字台抽屉里的这张老照片才刚见光，就有一位远方的亲戚冒出来，很可能是这个世界上除了我之外唯一一个拥有同样的家庭照，也从小看着这张照片长大的人。

然而和我截然相反，她知道照片上的人是谁。她写道，我母亲身边的白发妇人是我的外祖母玛蒂尔达·约瑟夫芙娜。我简直没法相信，因为那位头发雪白的妇人年纪也太大了，我估计至少有七十岁，而我母亲当年不过才十八岁。但是伊莉娜还健在的祖母不容置疑地告诉我，那就是玛蒂尔达·约瑟夫芙娜，她的意大利祖母安吉丽娜·德·马尔蒂诺的姐姐。

我搞不清楚伊莉娜和我到底算哪一层亲戚关系，她给我讲了一个令人难以置信的故事：玛蒂尔达的父亲，也就是我的外曾外祖父朱塞佩·德·马尔蒂诺，出身那不勒斯一个贫穷的石匠家庭。他十二岁当见习水手，一步步往上爬，最后成了船长。他曾在香港感染了天花，但是活了下来，还曾是环行非洲的第一个意大利人。有一天，他驾驶着一艘商船来到马里乌波尔。在这里他认识了一位意大利富商的女儿，十四岁的特蕾莎·帕切莉，她爱上了英俊的船长。一年后他们举行了婚礼。十五岁的特蕾莎带着她的洋娃娃上了船，陪伴她的丈夫开始继续旅行。他们一共生了十六个孩子，当中只有七个存活了下来。其中一个就是玛蒂尔达，我的外祖母。她和她的六个兄弟姐妹在马里乌波尔的亲戚家长大，而他们钟爱洋娃娃和意大利船长的母亲依然在海上航行。当我的意大利外曾外祖父最终停止航海，和外曾外祖母定居马里乌波尔后，迅速富了起来。这个移居乌克兰的意大利人经营有名的乌克兰小麦、酒，还有顿巴斯地区取之不尽用之不竭的煤炭。朱塞佩·德·马尔蒂诺选取煤炭出口到世界各地，成了百万富翁。运送煤炭的海船船主，正是朱塞佩·德·马尔蒂诺未来的女婿雅科夫的父亲——我的外曾祖父伊皮凡·伊瓦申科，和安娜·冯·爱伦施泰特结婚的乌克兰人。两个家庭关系很好，所以我母亲的父母就此结识：意大利煤炭出口商的女儿玛蒂尔达和乌克兰海船船主的儿子雅科夫。

伊莉娜给我发了一打我们共同的意大利先辈的照片。其中一张是还年轻的意大利外曾外祖父母,两人明显正在乡下度假。船长和妻子看上去并不起眼,同时又很古怪,两人都身穿黑衣服,像要去教堂做礼拜。特蕾莎身着一条黑色的塔夫绸裙子,似乎能听到裙子发出的窸窸窣窣声,让我想起维斯康蒂电影里年轻的西西里寡妇。她幸存的七个孩子中,我只看到了玛蒂尔达和安吉丽娜两姐妹的照片。安吉丽娜有种天使长般雌雄同体的美,她嫁给了马里乌波尔最富有的男人,一个希腊人。他们住在一栋被称为"白色别墅"的大宅里,尽管那里只是一个城堡,和夏季别墅并没有共同之处。照片拍于苏联时期,希腊式石柱上面是富丽堂皇的栏杆,栏杆之上飘着苏联国旗,外面的花园里站着两个穿着白大褂的护士。大革命后,这栋大宅被改为工人肺病疗养院,并以列宁的夫人娜杰日达·克鲁普斯卡娅命名。

其余镶了金边,还用小花饰装点的照片上,是我的姨婆安吉丽娜的三个女儿,我母亲的表姐妹。她们垂下的头发上佩戴着巨大的俄罗斯蝴蝶结,坐在名贵的座椅中,如同玩具娃娃一般。有的照片里,她们被波兰女保姆抱着,包裹着毛皮大衣和皮手笼。还有冬天滑雪的照片和穿着图图裙上芭蕾舞课的照片。另外一张照片里是个身穿大衣、头戴帽子的时髦男人,这是母亲的希腊舅父,也是一位歌剧演唱家,据伊莉娜所知,他是圣彼得堡马林斯基剧院的男高音。

我惊讶地看着这些陌生人的照片,哑然失笑。我小时候根本没有说谎,我说的甚至还打了折扣。事实上,我的确是个大资本家的曾外孙女,煤炭生意可能大得和金矿一样,就像今天的石油。这些人靡衣玉食，而与此同时，大多数乌克兰民众在艰难困苦中挣扎过活。

但是，我的外祖父雅科夫，怎么可能在因革命思想被流放二十年后娶了外国百万富商的女儿？他是不是在年轻的激情中接触到了布尔什维主义，其纲领恰好是推翻他自身的阶级？劳改营让他回心转意了？他回到马里乌波尔是重返以前的富裕生活，回到年轻时期的女友玛蒂尔达身边吗？也许他在被流放前已经爱上了她？能够入赘一个有钱人家对他来说是否是件幸运的事，因为他自己家在他被流放期间变得穷困潦倒了？

我一次次地打量我年轻的母亲和那位据称是玛蒂尔达·约瑟夫芙娜·德·马尔蒂诺的老妇人的合照。尽管根据教区记事簿的年份登记，玛蒂尔达很晚才生下我的母亲，当时她四十三岁，那么可想而知，我母亲在被强行运送时，不是随便带了几张照片，而是带了母女合照。但是，我还是很难相信，这位几乎年迈的白发妇人是个十八岁年轻姑娘的母亲。她会不会是我母亲的意大利外祖母特蕾莎·帕切莉呢？

伊莉娜把我对母亲的想象又一次完全打乱了。她的母亲是不是一个在海上出生，却不在船上的父母身边，而被陆地上的亲戚养大的船长之女呢？她是个被容忍多于被疼爱，被父母抛弃的孤独的孩子，她从来没有过真正的家吗？这样一个女人，后来会给她自己的孩子安全感吗？突然间我发觉，我母亲那种无家可归的感觉不是在德国才有的，而是早在乌克兰就开始了，她不是从安乐窝里走出来的，她根本从来没有过安乐的家，因为她的父母就没有安乐窝。玛蒂尔达被父母抛下，而雅科夫也被父亲抛弃——他的父亲，曾经富有后来潦倒的海船船主，某一天消失得无影无踪。而且，雅科夫在被流放西伯利亚二十年后变成了无家可归者，这个世界上的一个陌生人。我母亲的父母，两个无根无源的人，两个被排斥的人，相遇后在对方身上找到了自己？倘若乌克兰从来不曾是我母亲的故乡摇篮，那我现在是不是得重新讲述她的故事？

童年记忆的可靠性让我感到惊诧。最近得知的，全部是我很早以前以为是痴心妄想的事情，那些我心里一直认为是真实的东西，现在被证明的确是事实。德·马尔蒂诺这个姓氏的确真实存在于我的家族史中，我的母亲真的是意大利人的女儿，连煤炭商人也不是我幻想出来的，而在家族中真实存在，即便说的完全是另外一个煤炭商人，那也和这个词有关。

伊莉娜继承的照片中，有一张上面有谢尔盖，我母亲的哥哥。严重褪色的照片拍摄于1927年，当时他十二岁。照片是在第聂伯河的港口城市赫尔松的河岸边拍摄的。我母亲的一位意大利舅父在那里有一座葡萄酒酒庄。照片把我带回到了1927年夏日的一天，母亲还是个七岁的孩子。迷人的大自然，河岸边一艘船，一棵巨大的老树。看得出来，照片上的人不是随便坐的，而是彼此和树形成了一种极具艺术感的构图，他们之间的距离又恰到好处。正中间的树杈上，坐着一个楚楚动人的年轻姑娘，伊莉娜不知道她是谁。照片下方树根旁，站着三个女孩儿，这是安吉丽娜的三个女儿，我母亲的三个表姐。三个小美人明显比之前的照片里大了不少。她们扎着长辫子，穿着浅色衬衫。向河水处伸展的一根树枝上坐着一个正在笑的男孩，他有一对招风耳。男孩穿着短裤戴着水手帽，光着的两条腿悬在空中。

据伊莉娜所知，这个男孩是谢尔盖，我母亲的哥哥，是康斯坦丁和我至今也没搜索到踪迹的人。当时还不流行拍照时微笑，至少在乌克兰还没有。目前为止我见过的所有照片里，人们都一脸严肃，连孩子也是，可偏偏我母亲的哥哥在笑。不知道什么原因，他的笑让我感到失望。偏巧是他，和我母亲极其亲密的他，我认为他应该是深沉的、敏感的、忧郁的，或许我把他当成了和我的母亲对称的男性角色。可是，偏偏是他坐在树枝上，在空中摇晃双腿，还对着照相机开心地笑。一个乐观的、有些粗野的，看上去皮实的男孩。另外，外表上我找不出他和我母亲有任何相似之处。这真的是我母亲的哥哥？还是伊莉娜记错了，是另外一个男孩？

靠近岸边的船上，能看见两个人的轮廓，其中一个人拿着船桨。我不禁问自己，会不会是我母亲和她的姐姐莉迪娅？难道不应该是她们俩吗？为什么谢尔盖一个人和表姐妹们在岸上？这张照片难道不是孩子们一起在第聂伯河边，在他们的意大利舅父那儿度假时拍摄的吗？

我经常盯着船上的两个人看，一直看得眼睛都流泪了。我在屏幕上一次次地把这张照片放大，又缩小，因为照片被放大到一定尺寸后开始模糊不清。我用放大镜仔细观察，还把照片以各种尺寸打印了出来，但是船上的两人实在太小，距离太远，照片也褪色得太厉害，即使利用现代科技也分辨不出来，我想窥探母亲童年时期的尝试失败了。

伊莉娜从哈尔科夫写信告诉我，我母亲的大姐莉迪娅，和表妹玛露斯佳关系亲密，就是树下三个小姑娘中最漂亮的那个。莉迪娅和玛露斯佳十八岁的一天，两人约好一起自杀。自杀的原因无人知晓。伊莉娜认为，她俩相约自杀是因为，在新体制下她们看不到未来的出路——因为两人的出身。没有被大学录取的玛露斯佳气得揪自己的黑色长发，诅咒生活，最后陷入了严重抑郁。莉迪娅的情况可能也类似，总之她们有了自杀的念头。两个姑娘不知从哪里弄来了毒药，约好了日子和准确的时间一起服毒自尽。玛露斯佳遵守约定，服毒死了，很可能死前痛苦万状，而莉迪娅在最后一刻害怕了，没有服毒，因此活了下来。

这恐怖故事听上去像源自俄式的戏剧天赋，然而我内心却升起暗暗的恐惧。她们一个个按照顺序：母亲的姑母奥尔加跳窗自杀；母亲的表姐玛露斯佳，也是自杀；母亲的亲姐姐莉迪娅，在自杀前最后一刻才放弃；最后轮到我的母亲。她们是不是都有切尔班诺夫所说的那种先天精神问题，而自杀属于家族传统？当时我母亲才九岁，是不是已经听闻了这些悲剧？还有，莉迪娅是怎样继续活下去的？自己打破了死亡约定，却放任表妹相信两人的约定就此服毒身亡？她到底是个怎样的人呢？也许在当时，惩罚的达摩克利斯之剑就已经悬在了她的头上？

我本可以自己在网上查找，但是不知为何我还是觉得那个词对我来说太私人了，没法把它输入匿名的搜索引擎。我问康斯坦丁是否知道一个叫梅德韦日耶戈尔斯克的地方。他回复如下：

> 梅德韦日耶戈尔斯克是卡累利阿铁路线上的一站。很久以前，医科大学中期考试之后，我被分配到彼得罗扎沃茨克工作。我在那里生活了几年。骑自行车前往160公里外的梅德韦日耶戈尔斯克，要一直穿过森林。如果您姨母真的是被流放到那里的劳改营，那她自然死亡的可能性很低。劳改营的犯人要人工开凿白海—波罗的海运河，一条230公里的水道，以连接白海和波罗的海并打开圣彼得堡到巴伦支海的海路。犯人们要砍掉成千上万的树，他们没有现代科技手段的帮助，须徒手挖出一条运河。这项浩大工程（即劳改营）的行政中心就在梅德韦日耶戈尔斯克。这个劳改营是白海群岛上臭名远扬的索洛韦茨基劳改营[①]的外营。以前索洛韦茨基是家著名的修道院，十八世纪中叶成为沙皇时期最令人闻风丧胆的国家监狱。苏联政权下，索洛韦茨基劳改营提供了古拉格的样板。没人知道，开凿

[①] 1923年，位于距离北极圈仅165公里的索洛韦茨基群岛上建立起了第一个特别劳改营，用来关押那些反对十月社会主义革命、与苏维埃政权为敌的政治犯及不同政见者。可悲的是，其中大多数是曾经帮助布尔什维克夺得政权的社会革命党人、孟什维克及宗教界人士。——译者注

白海—波罗的海运河的工程中死了多少人，估计从5万到25万不等。许多犯人直接死在劳作过程中，他们陷入烂泥爬不出来，至今仍埋在河床里。

迷人的卡累利阿，拥有无边无际的森林和大海，宁静而隐秘的木质教堂，梅德韦日耶戈尔斯克就在其中。"熊山"。原来真的有这个地方，我小时候连名字也记对了。母亲的姐姐不可能在劳改营里幸存下来，我之前也这么想过，但是现在我看见她，和在工地上工作的其他人一样，劳作至死，被踩进河床。长达230公里的河床下满是尸体，其中就有我的姨母……

我翻阅地图册。梅德韦日耶戈尔斯克距离马里乌波尔2300公里，有15000居民。这座城市掩映在一片浩瀚无边的森林海洋中，林海从白海、北冰洋的陆缘海一直绵延至芬兰。一望无际的针叶林、沼泽，还有无数的狼、熊，一年超过一半时间被冰雪覆盖。极夜漫长，而短暂的温暖季节中又有数不清的蚊虫。极权政权不仅利用距离，还利用非人的自然条件为他们的惩罚体系服务。我尝试计算，在当时需要多长时间才能走完2300公里的路？有多少个日日夜夜，莉迪娅在去营地的路上？我第一次意识到了这个巨大帝国的距离和在广阔空间里迷路的可能性。按照距离故乡的远近来看，对莉迪娅的处罚算是相对温和的，其他劳改营距离马里乌波尔要遥远得多，10000公里或者更远。

如今，梅德韦日耶戈尔斯克成了有温泉的知名疗养地。旅客们惊叹于极光的变幻以及冰雪覆盖的白夜，他们游览白海群岛上古老的、被永恒之墙环绕的修道院和另一处景点。俄罗斯网站上的一篇文章中这样写道：

> 在梅德韦日耶戈尔斯克的林区中，曾经有无数犯人死于开凿白海—波罗的海运河，当时他们被称为运河士兵。参观那里的纪念墓地时有一种奇怪的感觉，悲伤、恐惧和无力感交织在一起。没有通常意义上的墓，只有树，树上挂着有死者照片和生卒年月的牌子。非常非常多的树，整片森林那么多。森林在风中飒飒作响，像成千上万死去的人在对我们诉说……

母亲的姐姐也曾是运河士兵的一员吗？为了找到她，我是不是应该去卡累利阿一趟，寻找属于她的那棵树？我在某棵树上，能见到我迫切想看到的东西吗，比如一张母亲姐姐的照片？

后来，经过又一番研究我才明白，我是不可能在那里的树上找到莉迪娅的照片的。运河开凿于1931至1933年间。德国攻击苏联是从1941年6月开始，那么我的外祖母玛蒂尔达，在德国攻击苏联前去梅德韦日耶戈尔斯克探望莉迪娅，已是运河建成后第八年了。这意味着，莉迪娅幸存了下来，或者她是1933年之后才被遣送到劳改营的，当时，卡累利阿的树林已经被砍伐下来以作他用。也许她也像不少犯人一样，刑满后在流放地定居下来。有些人永远留在荒野中，还有些人宁愿远离政治中心，或者在漫长的流放期后和家人失去了联系。

其间，我和康斯坦丁互通了几百封邮件，有时候一天就有一打或者更多。数月来，在我们共同继续调查的过程中，我除了读他的邮件和给他写邮件以外，没做其他事。尽管如此，还是找不到有关母亲的哥哥和姐姐的线索。莉迪娅像在世界历史的纷乱中消失了一样，我们对谢尔盖的搜寻也止步不前。康斯坦丁想出的，在一档以俄罗斯战争诗人康斯坦丁·西蒙诺夫著名诗作《等着我吧》命名的家喻户晓的电视寻人节目上寻找谢尔盖的主意，由于节目组接到的寻人请求太多而失败。每天有成百上千的人找节目组寻亲，排队等待时间超过一年，另外每个寻人的背景故事也需要足够轰动才能吸引眼球，而我们提供不了这样的故事。我们向中央党史档案馆请求帮助，谢尔盖作为党员应该有他生平事迹的记录，然而我们并未收到回复。康斯坦丁把所有目前居住在马里乌波尔，姓伊瓦申科的人的地址全部找了出来，我给他们写了四十八封信，只收到两个回复，均称无亲属关系。我们还给马里乌波尔的户籍登记处写了信，也石沉大海。我们跟随一条线索找到亚述海边的一个乌克兰小乡村，我和一个年轻人通信，他坚称他还健在的曾祖父母认识谢尔盖，但是在这个大有指望的消息之后，也听了他对乌克兰悲惨现状的一通抱怨，之后他又一言不发了。我们研究基辅一条街上的居民，因为有个模糊的迹象显示，谢尔盖曾经在这条街上居住过。康斯坦丁甚至请一位住在基辅的朋友去帮忙寻找，可是一无所获。最后，他给苏联最主要的几家歌剧院写信询问，终于得到了一个好消息。明斯克的一家名为"莫斯科大剧院"的白俄罗斯剧院告诉他,二十世纪五十年代,谢尔盖·雅科夫列维奇·伊瓦申科是歌剧合唱团的一流独唱家。据了解,他和一位医生结婚并有一个女儿,名叫叶芙根尼娅。1958年,他从明斯克转去哈萨克斯坦阿拉木图的国家大剧院。从阿拉木图方面,我们只得到了很少的消息,他于1962年又换到了顿河畔的罗斯托夫国家大剧院。消息至此中断了。

谢尔盖生于1915年,我们确定他不会在世了,但是毕竟我们现在还是掌握了一条至关重要的信息——他有一个女儿,名叫叶芙根尼娅·谢尔盖耶夫娜,绝对还健在。可是我们从哪里开始继续寻找下去呢?倘若谢尔盖生的是一个儿子,那找起来会方便很多。女儿却很可能已经结婚,换了夫姓,我们无从得知。我们又进入了一个死胡同。

战时加入前线红旗歌舞团一事让我把他视为一束光,但是他作为一流独唱家任职的剧院,却反驳了此事。我和歌剧之间有个说来话长的故事。在我年幼时,我对世界的认知还仅限于安置强制劳工的战后营地。有一次,我偶然走进了正好刚开业的慕尼黑国家剧院。当时正上演《唐·卡洛斯》,我还看不懂剧情,但是当年迈的菲利普二世在夜晚的埃斯科里亚尔渐渐微弱的烛光中唱出《她从来没有爱过我》时,我仿佛一下子经历了成人仪式。我孤独,饿得病恹恹的,我从来都不知道,还有这种精神食粮的存在。我第一次在生命中感受到了自我,第一次从外部世界触到了由内而发的自我。歌剧,这个声音的世界,成了我的第一个家。也许我是慕尼黑国家剧院观众席站位里最孜孜不倦的听众。我热切地渴望我是剧院的一块石头，这样我就再也不用离开这栋建筑，不会错过这里演唱的任何一个音节。我听过当时所有伟大歌手的演唱，从瑞典歌剧女高音比尔伊特·尼尔森到希腊裔加拿大籍女高音特蕾莎·斯特拉塔斯，从德国男高音弗里茨·温德里希到"二战"后最著名的男低音歌唱家尼克莱·吉奥罗夫。每场演出后，我都会颤抖着站在演员出口处，希望能得到一个签在入场门票背面的签名，能够近距离地看到几秒钟我的神明。有没有可能，我自己的亲舅父也是神明中的一位呢？他会不会当时也站在光线黯淡的舞台上，用他低沉的声音演唱西班牙国王的咏叹调，唱出一位对权力厌倦的帝王、一个不曾被爱过的男人最深的苦楚？他的声音，是否曾经有一瞬间把我从孤寂中解救出来，并把这一瞬变为永恒？

在俄语中，取名通常不是代表对某个名字的偏爱，而是表达对某位特定之人的喜爱，大多是对一位亲近的亲人的喜爱，那么毫无疑问，谢尔盖是以我母亲的名字给他女儿取名的。我真想再次飞奔向母亲，告诉她这一最新发现：你的哥哥谢尔盖没有忘记你，他从来没有停止过对你的爱。我有证据，你听，他给他的女儿取了你的名字……

在康斯坦丁和我继续调查时，我的朋友奥尔加从基辅来看我。东西德合并后不久，她从贫困的乌克兰第一次来到柏林，简直不敢相信自己的眼睛，库达姆大街上的餐馆正在给客人上一份巨大的烤肉。她这个受过高等教育的地下工程师在柏林干了许多年清洁女工的活,为了不让她的外孙饿肚子,她把挣来的钱寄回乌克兰。橙色革命①后不久,她回到基辅,和已经离婚的丈夫,一个来自克里米亚的犹太教卡拉派教徒,还有她的外孙一起住在旧公寓里,那是一间36平方米的平房,在那里能看到第聂伯河上的日落。她女儿早在很久前选择了流亡荷兰。

奥尔加每次来都会给我带基辅蛋糕,一种用蛋白脆饼、榛果和黄油霜做成的独一无二的美食,这次也不例外。乌克兰政权更替后,这种蛋糕被称为波罗申科蛋糕,因为蛋糕出自新总统名下企业的工厂之一。②我一直有"波罗申科腹痛",因为我一吃蛋糕就停不下来,吃得太多肚子疼。奥尔加这次来不纯粹是出于友情,她来是因为她的大姐塔玛拉在柏林的一家犹太养老院中去世了。葬礼已经举行完毕,奥尔加是来取骨灰盒的,将它带回乌克兰她们姐妹俩一起长大的村子,葬在乡村墓地。乌克兰恰好刚刚爆发了内战,地点就在独立广场。那里开始还一片祥和,现在已开始交火。

这种怪象实在是蹊跷:我对母亲的找寻和乌克兰的新一轮军事冲突同时发生。当我看着电视里内战的画面,内战在她出生的地方进行,我眼前仿佛出现了她当年经历的一幕幕。战火

---

① 2004年乌克兰总统大选中,由于出现了严重贪污、选举舞弊现象,乌克兰全国发生了一系列抗议和政治事件。由于橙色为本该领先的尤先科的代表色,人们就把这次事件称为"橙色革命"。——译者注
② 乌克兰前总统为彼得·波罗申科,故有此称。波罗申科创建的如胜糖果公司现今已发展成为欧洲最大的糖果制造商之一,他也因此被誉为"乌克兰的巧克力大王"。——译者注

很快蔓延到了马里乌波尔，而那里烧着的第一栋房子偏偏是建在我的姑婆瓦伦蒂娜创办的女子文理中学原址上的那栋。乌克兰媒体报道称该处是"三次着火的房子"。第一次还是瓦伦蒂娜的中学，在内战的战火中烧毁。后来仍然在同一地址——格奥尔基耶夫斯卡亚大街69号，德国占领者在这里设立了劳动局，为了毁灭此地作为遣送机构的证据，在撤出马里乌波尔时一把火烧了这里。

这个问题对我很重要，我需要首先找到它的答案。我的推测是，瓦伦蒂娜的中学在失火后又重建了，后来我母亲作为已逝世的学校创办者的侄女，也在这所中学教课。德国占领者关闭了学校，在学校的中心建筑里设立了劳动局，并且征用了学校的教职工。所以，母亲才成了德国劳动局的职员。她既不是自己找的这份工作，也不是被聘用的，而是进入了一个自动的官僚主义程序。纯粹偶然地被选用到这个工作位置上，工作地点还正好是她姑母曾经的中学，这个猜想无论如何都不太可能。

不久前，德国还几乎没人听说过马里乌波尔，一夜之间，内战把聚光灯投射到了这座城市。我在琢磨母亲的事情的时候，第一次在电视上看到了这座城市的景象，这个母亲曾经生活过的地方。她走过的街道，她熟悉的房子，一个也许当时已经存在的小型停车场。尤其是那栋一再失火的浓烟滚滚的房子，格奥尔基耶夫斯卡亚大街69号，现在是被袭击的马里乌波尔警察局总局所在地。我家族史的中心地就这么突然成为德国电视报道的焦点。这栋建筑上的纪念牌幸免于火，还可以看到：

1941年至1943年德国占领期间，此处为德国劳动局。超过六万名马里乌波尔居民被从此处强行遣送至德国，被奴役。每十人中就有一人在无人身自由的情况下死去。

奥尔加的姐姐塔玛拉，在柏林以高龄离世，她也属于被从乌克兰强行遣送到德国的劳工之一。二十岁时，她被从基辅遣送至维也纳，在一家罐头工厂服劳役。返回乌克兰后，虽然躲过了被当作叛国通敌者枪毙和被送往下一个强制劳工营的命运，但是，和大多数人一样，她终生饱受因在德国服强制劳役带来的折磨。返乡者中，没能成功抵抗敌人强行遣送的人不再为社会所接纳，他们中的大部分在饥寒交迫中苦熬到死。塔玛拉不能读大学，也找不到工作，就连最低等的工作也找不到。她被迫多年来靠父母接济艰难度日，而父母也在饥饿边缘挣扎。最后，她父母的一个友人，一位上了年纪的生物化学教授爱上了她，向她提亲。她并不爱他，但是结婚救了她，至少保证了她能活下去。然而，她勇敢的丈夫也未能完全免于处罚，作为犹太人，横竖都会遭到污蔑。长时间来，他一直是整个基辅唯一一位连房子也没分到，还要和妻子及两个孩子一起挤集体公寓的教授。

我认识的奥尔加的姐姐沉静、稳重。看上去世界上没有任何事情能影响到她，她的脸上永远是一副云淡风轻的表情。八十年代中，她的丈夫去世了，她的两个儿子移居德国，她就跟随他们一起过来——作为犹太孩子的母亲，她得到了居留许可。她生命的最后一段，还很漫长的一段中，她自愿选择回到她曾经被奴役的世界，领取救济金，住在柏林威丁区的高楼里。她坐在单间公寓里，收看俄罗斯电视台的节目或者玩俄罗斯填字游戏。她耳中仿佛听不到德语，也感知不到窗外陌生的国度。可是与此相反的是，她却把在维也纳的岁月称为她这辈子最开心的时光。当她说起维也纳时，她昏花的眼睛突然开始发亮，苍白如同蜡像般的双颊泛上一层粉红色的光泽。奥尔加坚信，她姐姐在维也纳遇到了她的第一次也是最后一次爱情，而且她的情人是个德国人。如果的确如此，那她冒了极大的风险。因为和德国人交往的斯拉夫强制女劳工，会被处死或者送入集中营。就算她在乌克兰和一个德国人相爱，那也会变得众所周知，她将付出沉重的代价，甚至很可能赔上性命。除此之外，她的整个家族都将遭到报复。塔玛拉对这些心知肚明，所以她终生保持沉默。显然，她在她的意识中抹去了对强制劳役的所有恐惧，生活在虚幻的回忆里。她活到快九十岁才去世，死在了世界的另一端，多年前她在这里留下了她的心。最终，她把她的秘密带进了坟墓。

奥尔加还必须完成一些领取骨灰的手续，所以会继续再待几周。我们整夜地在 YouTube 上听歌剧，每次她来看我都是如此。早在我们的友谊开始时，大概二十五年前，我对歌剧的激情就感染到了她。我们一遍又一遍地听来自西伯利亚克拉斯诺亚尔斯克的俄罗斯男中音德米特里·赫沃罗斯托夫斯基演唱，如今他已成为世界巨星。他曾说过："我歌唱,不是为了娱乐,也不是为了给你们带来舒适感,我歌唱,是为了感动你们,让你们痛苦,然后和我一起哭泣。"他演唱《啊,我永远失去了你!》(意大利作曲家贝里尼的歌剧《清教徒》第一幕第二段),还演唱《我们曾经多么年轻》(专辑《莫斯科之夜》中的歌曲),他轻松地用他的歌声让我们感到痛苦,奥尔加和我坐在屏幕前泪流满面。

每天,我仍然花数小时时间找寻我的舅父谢尔盖和他的女儿,我的表姐叶芙根尼娅。有一天,当我再次按照"试试看—错误提示"的方法在谷歌引擎输入叶芙根尼娅·谢尔盖耶夫娜·伊瓦申科,跳出来一个未定义的页面,显示基辅的一个地址:Krutoj Spusk, 26栋5号公寓。奥尔加认得这条街,德语直译为"陡坡"。这条街地处基辅老城区的一个有代表性的街区中,在独立广场背面。这条地址后面还有一个电话号码。在我终于平复心跳拨通这个号码后,自动回复录音用乌克兰语和英语说这个号码已不存在。

对亲人的担忧一直是苏联国土上广泛存在的现象。混乱无序的日常生活中,危险无处不在,犯罪率居高不下。现在,基辅仍旧有骚乱存在,按照奥尔加的说法,如果她二十三岁的外孙离开家,早就死了一千遍了。她从来不允许他去独立广场,尽管他想去那里捍卫乌克兰的自由。但是,奥尔加被我寻亲的执着所打动,她在我的电脑上用Skype叫来了她的外孙,千叮万嘱后,派他去我在网上找到的那个地址侦查一番。

时间过去了两个半小时，对奥尔加来说简直有永远那么久，她的外孙回来了。在按照网上地址找到的公寓里，他没碰到任何人，旁边的公寓里也没有人回应他的门铃。楼房管理员告诉他，几年前是有一位老妇人住在 5 号公寓，可是已经死了，名字也记不起来了。公寓的主人已换过两任，目前公寓正在翻修。

临行前，奥尔加把骨灰盒用两块手帕包起来，放进了她的箱子。我把她送到位于城市另一端的火车站。她的姐姐塔玛拉，一名曾在一家维也纳罐头工厂度过最快乐时光的强制劳工，将第二次回到乌克兰——这次不是一辆运输牲畜的铁皮车，而是一辆舒适的有空调的长途客车。这次回乡之后将不再离开。

回到基辅，长途旅行后的奥尔加连懒觉也没睡，不受传统科技影响的她灌下两杯用长柄咖啡壶煮的黑咖啡，然后点了支烟，出门直奔地铁站。每个在后面或者远距离看到她的人，都会以为她还是个年轻人。她苗条矫健得像一只狍鹿，七十二岁了还在乡间的园子里爬树摘水果。

这次，"陡坡"大街 26 栋 5 号公寓里还是没人，但是邻居在家。从邻居那里奥尔加得知，老妇人叶芙根尼娅·谢尔盖耶夫娜·伊瓦申科，以前的社区医生，根本没死，而是几年前搬家了。基本上可以确定，她就是谢尔盖的女儿。很多女人叫叶芙根尼娅·谢尔盖耶夫娜·伊瓦申科，但是既叫这个名字，又是一位女医生的女儿，且本人也是医生，应该只有她一人。尽管如此，奥尔加还是询问邻居，她是否碰巧也知道叶芙根尼娅·谢尔盖耶夫娜的父亲。

"我当然知道。"邻居答道,"她父亲来自马里乌波尔,是位有名的歌剧演唱家。"她把旧邻居的新电话号码给了奥尔加。

苏联时期,大家都在厨房里聚会。后来,基辅出现了一大批餐馆和咖啡店,取代了厨房,成为社会文化空间。不过,我的表姐叶芙根尼娅之所以不在家里接待任何人,是因为正如她在电话里和奥尔加解释过的那样,她狭小的两间公寓里住了六个租客。而这在拥挤成灾、连一条缝都能租出去的基辅,也并不常见。

我知道,苏联医生的薪水很低。在我的想象中,她是一位疲惫不堪、忧虑憔悴的社区医生,一辈子在一间供不应求、破旧寒碜的社区医院操劳,现在在自己狭小的公寓里经营着类似夜间收容所的生意,只靠退休金根本没法过活。完全是一位苏联解体后穷苦度日的老妇人缩影。

和她见面后的奥尔加,讲述的却是另一番情景。奥尔加碰到的,是一位衣着时髦、化了妆且神情古怪的女人。按照奥尔加的说法,她的身材和样貌,和我很是相像。奥尔加在她塞满东西的小公寓里花了大半夜的时间找出了我的照片和书,就是为了给我表姐看,可是她只瞟了一眼。奥尔加每次试图向她讲我的情况或者询问她的过往,全被她扼杀在萌芽阶段。叶芙根尼娅滔滔不绝地讲着她的父亲,显然父亲是她的神明。两个小时后,温柔而有耐心的奥尔加逃走了——电脑那头的她看起来那么筋疲力尽,头发蓬乱,就像她和我表姐发生过肢体冲突一样。

第二天，当我给叶芙根尼娅打电话时，我立刻明白了奥尔加遭受了多大的折磨。不过短短十分钟我就明白了，我几乎说不上话，我根本没法问她我之前准备好并且写下来的问题。在她一声刺耳的惊叫后——这算是和我打招呼，她立刻开始高谈阔论，我甚至不能确定，她到底知不知道是在和谁通话。我唯一能做的，就是认真听并且尝试在她滔滔不绝的话语中，找出一点我想知道的信息。

我希望她认识母亲的微弱希望落空了。叶芙根尼娅出生于1943年，正好是母亲永远离开马里乌波尔的那一年。从她的讲述中我知道，亚述海边村子里给我草草写了封信又消失了的乌克兰少年，的确是一条正确的线索，很可能他的曾祖父母真的认识谢尔盖。在这个村子里，叶芙根尼娅作为前线休假官兵的孩子，在一次疏散中出生。她三岁时的一天，一个陌生人走进房间对她说："我是你的父亲。"然后她立刻明白过来，这是真的，她的父亲只能是他，而不是别人。父女俩从一开始就"狂热"地爱着对方，她总是一再提起此事，每次都把"狂热"这个词中的第二个元音拖得很长，像女海妖唱歌一样。

从她口中，我第一次听说一位名叫托尼娅的保姆，她革命前已在我母亲家里，并且历经各个时期的各种灾难之后还留在母亲家中。据这个托尼娅称，母亲在战时和一个美国军官结婚，还和他一起去了美国。

我早见识过俄罗斯人编造传奇故事的热情，在我寻亲过程中遇到过几次，但是这次，我惊讶于她竟然忽略了每个苏联人熟知的历史事实。虽然，我的确听说过有苏联的强制劳工在重获自由后嫁给了美国士兵，去了美国，但是这种事情通常发生在德国。"二战"中，一个美国士兵在苏联的土地上，还能和我母亲在马里乌波尔相识，这种情况完全不可能发生。就算这个保姆托尼娅真的散布了谣言，那也令人诧异，谣言能传到我表姐的耳朵里。

但是，有关保姆的消息填补了一处我想象中母亲生活的空白。我总是苦苦猜测战争爆发时母亲的生活状况——她的父亲已经去世四年，哥哥在前线，姐姐被流放，母亲在去流放地的途中不知所踪。我一直猜想，她在这个可怕的时期完全孤身一人，因为除了她的直系亲属，我想象不出她身边还能有谁。现在我了解到，很可能保姆托尼娅陪伴在她身边，一个也许自她出生起就认识的人。或许托尼娅在已被摧毁的城市里找到些取暖材料，点起炉子，弄点吃的，在防空警报响起时和母亲一起跑进防空洞。

我的表姐告诉我，谢尔盖的确是以我母亲的名字来给自己女儿取名的。表姐还说，他把妹妹奉若神明，一直到死还时常谈起她，说她美丽非凡而且聪慧过人，他从未停止过寻找她的消息。我这辈子第一次听见，有一个人爱着我的母亲，我认识的她，只是一个被轻视的人。第一次有外界投射到她身上的目光是包含爱的，让我感到前所未有的震惊，她在德国沦落到多么不被爱的地步。而我的表姐现在明明有机会可以听到她父亲白白等了那么久也没有等到的消息，关于我母亲真实的命运，可是她一个问题也没问我。她不允许我摧毁她有个姑母在包含无限可能的国度的幻想。可能她甚至以为，我母亲还健在，我是从美国打来的电话。

关于我俩共同的祖母玛蒂尔达·约瑟夫芙娜·德·马尔蒂诺，她所知道的是，玛蒂尔达并没有在战争中丧生。然而，她没有从梅德韦日耶戈尔斯克返回马里乌波尔。至于其中的原因，我表姐一点也不知道，她只知道，玛蒂尔达最后居住在沃斯克列先斯克，离莫斯科不远的一座城市。1963年，她八十六岁时离世，比我母亲晚了七年。

如果母亲知道我现在得知的事情，也许一切会变得不一样。倘若她当年日思夜想的是她还活着的母亲，她在德国也许能不那么备受煎熬。或许，母亲还活着的消息能够打消她自杀的念头。可能雷格尼茨河用她母亲的声音在召唤她，让她以为走进河里就能见到死去的母亲。

我的表姐只见过祖母两三次，却清晰地记得她去世的日期。和我的生日是同一天。我在德国县城满十八岁的那天，我的外祖母在遥远的沃斯克列先斯克去世。"沃斯克列先斯克"在俄语里是"星期日"和"复生"的意思。她是不是也相信，自己的女儿在美国过着幸福的生活？

表姐形容我们的祖母冷漠，不易接近而且喜欢冷嘲热讽。一个矮小、骨瘦如柴的老妇人，满头雪白的头发，还有长长的鼻子，只吃面包屑，像一只鸟。所有人都或多或少有些怕她，包括谢尔盖，她总是批评他的歌声，从来都说还不够好。她这辈子只爱过一个男人：她的弟弟瓦伦蒂诺·德·马尔蒂诺。莉迪娅是她和她弟弟乱伦的产物。除此之外，表姐对莉迪娅没有任何说辞，也从未见过莉迪娅。她的父亲谢尔盖在莉迪娅被捕后再也没有她的消息，也没有提起过她。我表姐认为，莉迪娅很可能在劳改营中死了。

据叶芙根尼娅强调，我母亲的父亲雅科夫是自杀的。知道自己将被逮捕并且会被强迫告发他人的他，在被捕前夜饮弹自尽。发现他尸体的，应该是我的母亲。说也奇怪，这听上去很熟悉，像我曾经从我母亲口中亲耳听到的一样。同时，我非常清楚地记得，母亲是怎样告诉我，她的父亲死于心脏病发作。直到今天，我依然能惊吓得起一身鸡皮疙瘩，像我母亲当时感受到的，当她被从课堂里接出来，她立刻就明白发生了什么事。听叶芙根尼娅这么一说，就像我母亲的父亲死了两次，她经历了两次丧父之痛。他死亡的两个版本都符合我的回忆，怎么可能会是这样？我想起来教区记事簿里雅科夫的死因是没有记录的，是不是意味着他的确是自杀身亡？死因空白是不是说明了，"自杀"一词不允许出现在教区记事簿里？

大多数时间中，我的表姐都在滔滔不绝地说着她的父亲谢尔盖。她说，她父亲会说十二种语言，是那个年代最伟大的歌唱家，拥有典型的演唱意大利歌剧的歌喉，别人给他端茶倒水都不配。谢尔盖还在基辅上大学期间，就引起了当时乌克兰国家元首斯塔尼斯拉夫·科西奥尔的注意。科西奥尔是三十年代大饥荒的罪魁祸首之一。他注意到谢尔盖的时候，已经是苏联共产党中央政治局委员。在基辅疗养院的一次音乐会上，他听到了谢尔盖的演唱，从那时开始提携他。科西奥尔应该非常迷恋谢尔盖，因为他不仅支持他的歌唱家事业，还多次邀请他去家中做客。一个政治局成员让一个大学生进入自己的私人圈子，几乎前所未有。可是没过多久，和其他许多人一样，科西奥尔就成了他服务的体系的牺牲品。斯大林命人把他抓了起来，上刑折磨他，逼他招供。因为他挺过了刑讯逼供，就有人把他的女儿抓了过来，当着他的面强暴了她。科西奥尔招供了，他的女儿跳窗自杀，他被枪决，骨灰扔进了莫斯科顿斯科伊墓地的万人塚里。这样一来，谢尔盖的命运就注定了。他是众人皆知的国家公敌的宠儿，科西奥尔的阴影跟随了他一辈子。多亏了他出众的歌声，叶芙根尼娅说道，他仍然受聘于苏联的大型剧院，但是真正的名声只能通过莫斯科大剧院才能传播，而大剧院的门，永远不会向科西奥尔曾经的宠儿敞开。

我想起康斯坦丁说过的关于谢尔盖让人啧啧称奇的党员关系的话。现在我明白了，骆驼是如何穿过针眼的。只有斯塔尼斯拉夫·科西奥尔可以做到这点，可能他只要稍微动一下手指就足够了——前提是，谢尔盖必须和他被流放的姐姐脱离关系？我眼中的舅父是个懦弱、胆小的人，和权贵串通一气，并为此付出了毕生的代价。他需要一个强硬角色在身边，所以选了个女人结婚，叶芙根尼娅在电话中称其为"穿裙子的斯大林"。

"叶芙根尼娅从来没结过婚"——简直胡说八道，她反驳道，婚姻对她来说一文不值。她只为父亲活着，而她父亲明显继承了祖父雅科夫那颗脆弱的心脏。为了能够自己医治父亲,她成了医生,过着居无定所的生活,从一个国家换到另一个国家,从一座城市搬到另一座城市,谢尔盖到哪里工作几年,她就搬去几年。她总是只能住在临时公寓里,三个人常年挤在一间剧院的客房。她到处采买新鲜水果和蔬菜给她父亲,还从国外购买心脏病药品,甚至未婚怀孕,就是为了满足父亲抱孙子的渴望。儿子已经成人并结了婚。她之前和儿子儿媳住在"陡坡"大街的公寓里,因为和儿媳合不来,才把大公寓房换成了两室小公寓房。

谢尔盖五十二岁时心肌梗死过一次,之后再也没有完全恢复过来。他不得不放弃演唱事业,全家搬到了基辅,最终实现了毕生的梦想——住进属于自己的公寓房。尽管他作为歌唱家的职业生涯成就显著,但是退休金却少得可怜,他不得不挣钱贴补。在生命中的最后几年,他成了游乐场的看门人。"他死在了大街上。"叶芙根尼娅说,"有一天他在从游乐园回家的路上跌倒,死了。"可她认为,有人谋杀了她父亲:她父亲在游乐场里目睹了一场旋转木马事故,事故中死了几个孩子,因此他被当成目击证人灭口了。我该相信这个吗?或者是我表姐不能忍受神明般的父亲就这么普普通通地死去,他可能死于第二次心肌梗死,就算是她也救不回来,尽管她特地大学学医,还曾是个医生?

我表姐和我讲述的远比我期望的还要多得多,将近两个小时的通话中我基本没说上话。挂了电话后,我突然感到彻底的空虚。我坐在有许多分支的家族树状图前。图是康斯坦丁给我绘制的，我放大了贴在写字台上方——现在，我又能给它加上另外三条分支了，我表姐、她的儿子和儿媳。可是我不知道，这样好在哪儿。我已经不清楚，我到底是在找寻什么。这些陌生的人，和我有什么关系？又是什么把我和他们联系在一起？我一辈子都因为没有家而饱受其苦，可是，这种痛苦恰恰是因为我不知道没有家族的累赘和包袱其实有多幸福。前段时间，我有时被深不见底的悲伤笼罩，因为我不想认识我的乌克兰－意大利家族，我开始变得害怕这个家族。我再也不想听令人害怕的事情，所有这些黑暗的，无稽的爱、恨，还有疯狂的故事，故事中几乎没有一个长辈是正常死亡的。一切全在我的脑袋里翻滚，全是一个半疯的、活在自我封闭和恋父幻想中的老女人的虚构和谎言，现实和幻想混淆难辨。我根本不知道，我能够相信哪些，不相信哪些。我怀念之前宁静而幸福的时刻，看着黑白照片上那些逝者，他们美丽而有趣。可是现在，他们失去了吸引我的魔力，全变成了我表姐那副嘴脸。也许，她也经历过很多可怕的事，比一个人一生能经历的还要多，很显然，她从来没有找到过自己的人生，而是一辈子躲在女儿这个身份背后。她的只是被作为外孙而生出来的儿子，会面对什么样的命运呢？

最让我迷惑不解的是叶芙根尼娅对我们祖母玛蒂尔达的描述。我母亲会为了一个冷漠、不易接近，喜欢冷嘲热讽的女人，哭得眼睛要瞎了吗？她向我讲述的她母亲的样子，难道是被悲伤美化过了的,像我们经常为了永远失去的事情而制造出来的假象?是不是玛蒂尔达作为船长夫人特蕾莎·帕切莉抛弃的孩子,无法给自己的孩子保护和安全感,因为她自己根本从来没感受过这些?

大海贯穿了母亲的家族史。她的乌克兰籍祖父伊皮凡,海船船主,选择海路永远消失了。她的意大利籍外祖父,船长朱塞佩,一生中大多数时间和他的夫人一起在海上度过。他的夫人把玩偶带上船,却抛下了孩子。可能她的孩子玛蒂尔达和瓦伦蒂诺不是在同一家亲戚家长大,而是分到了不同的家庭,也许这两个人互相之间足够陌生,以至于会有一天爱上对方。或者,从共同的孤寂中滋生出的亲近有一天点燃了兄妹的激情,在这激情中,生下了莉迪娅。莉迪娅真的是近亲乱伦的产物吗?之后又成了局外人,被赶出家门,所以不仅谢尔盖,而且她的妹妹,我的母亲也对她只字不提?所有的一切是不是全部联系在一起的——天生的耻辱烙印,和表妹玛露斯佳的死亡约定,劳改营,最后在营里消失?事实真的如此,还是我的思想跟随了我匪夷所思、偏执成狂的表姐心中的暗涌,她把自己对父亲崇拜式的爱投射到了其他人的乱伦故事中?

如果她说的关于莉迪娅的事情属实,如果我母亲的姐姐真的在劳改营中身亡,那我走到了寻亲的尽头。从潜在的、关系更远的其他亲戚身上,我几乎不指望能再得到关于母亲的消息。我的表姐叶芙根尼娅把我扔在了一片荒漠里,抛下一堆问题,比我以往的疑问还要多,也许我再也得不到答案。我的母亲离开了我的视线，仿佛永远消失在了真实和虚构的深渊中，消失在闪烁光亮却触不可及的虚无中。我挖掘出的关于她的一切，最后不过只是些推测和假定的素材，可以编织一个童话的素材。

我和叶芙根尼娅通过电话的几天之后，奥尔加在独立广场上遇到了她。虽然广场在当时真的成了城市的"焦点"，但是基辅毕竟还有将近三百万居民，所以几乎不太可能，刚刚认识的人几天之后又偶然在路上碰见。奥尔加吓了一跳，赶紧躲到了人群中，不过我表姐估计没有认出她来。之前见面时，她连看都没正眼看奥尔加一眼，而是接连不断从各个角度展示了自己的酒窝，讲述她父亲是多么爱这对小酒窝，而她又是多么自豪。现在她站在稍远处，穿着一件时髦的菘蓝色大衣，头戴一顶大大的黑帽子，唱着歌。声音有些沙哑，发亮的眼睛看向天空，她在战争的骚乱边缘唱着马斯内《挽歌》的俄罗斯版本，乌克兰每个人都知道这首歌，她父亲肯定曾经演唱过："要去向何方，爱恋的时光，甜蜜的梦，美妙的鸟的吟唱……"

在我们通话的最后，她还是向我提了一个问题。她想知道，我有没有去过马里乌波尔。我的确应该在这个时间去亲眼看看我母亲的出生地，但其实本质上，我和我表姐没什么不同。她躲在她父亲背后不愿直面生活，而我躲在写字台后面。出于各种各样的原因，我和康斯坦丁也有不少共同点。不只是他用互联网代替全世界，我也是如此。

我再没和表姐说过话。

沙尔湖湖畔的一月。还从来没有过如此漫长、冰冷的黑暗包围着我,即使是白天也几乎不明亮。我像陷入了极夜,进入一片外太空般的寂静,在夜里只能听到湖面冰层的破碎声。有时候湖面咕噜作响,轻轻地发出咕咚声,像从调车场发出的一样。我想象湖的深处有冰块碰撞在一起,相互交叠。只剩下房前的街灯,让我想起还身处繁华的人世。尽管这些街灯有时会开始闪烁,好似它们疲倦了,随时会永远沉睡过去。在闪动的光中,雾像白色、无法穿透的烟雾聚拢起来。当空气变得清朗时,可以看到微小的雪花在空中漂浮,飘撒在结冰的褐色草上,好似锯木屑一般。现在夜里能经常听到水鸟在叫。它们在冻结的湖面上蜂拥成小岛般的一团,试着守护冰层上的开口。然而时间一长,它们幼小身躯的热量就不够抵御冰雪了。它们潜水的洞口冻住了,封锁了水鸟的食物源泉。它们夜间的叫喊呼应着我心中的动荡,好像不可避免的灾祸正在向我逼近。

我汽车的马达仓里住进了一只鼬,它在里面睡觉,躲避寒冷,还把至关重要的电线咬坏了,不过这些是修车厂的人后来

谢尔盖·雅科夫列维奇·伊瓦申科（1915-1984），叶芙根尼娅的哥哥，和表姐妹在第聂伯河岸边，约1927年

告诉我的。看来现在的鼬靠塑料和铜线养活自己，而我的汽车除了钥匙插进点火器的声音外，再也发不出任何声响。我天天计划打电话给德国汽车协会，但一天拖一天。可能是漫长的黑暗让我变得懒惰，也许我根本不反对与世隔绝一阵子。我的皮肤干燥得起了皮，每时每刻都疲惫不堪，想爬到洞里找只熊和它一起冬眠的冲动吞没了我。

有一次，快到早晨的时候，我被电脑的屏幕反光惊吓到了。我的第一反应是肯定有什么灾难发生了，莫非对面湖边起火了？可我第二眼看到的，更是令人费解。一条血红色的带子笔直穿过了黑暗，镶在对面湖边。既不像火也不像光，因为两者都不会有如此清晰的边缘，像用尺子画上去的。我问自己，是不是盯着电脑屏幕太久，出现了幻觉，或是自然法则失灵了。但是几分钟后，只剩一片阴森可怕的黑暗。显然是黑色云层中一道裂缝，露出了黑暗背后的火烧云。

其间，我已经开始着手写先前计划好的关于母亲的书。我前所未有地全心全意，还带着一种和写作题材并不相符的幸福感，同时，看似我要挖穿整座山，却永远也抵达不了尽头。我如同身处井下，通宵达旦，用睡觉来度过短暂昏暗的白天，醒来立刻坐到电脑前继续，甚至泡好茶之前我还在写。我主要描写找到的家庭成员，他们把我带向截然不同而且经常是完全相反的方向，把我卷入矛盾中，引我走入再也无法走出的迷宫。我几乎找不到可见的线索可以把这些人彼此联系起来，他们只能古怪地在各自空间中孤立，可是所有人或多或少都和母亲有着我不甚了解、仅限推测的关系。

康斯坦丁的论坛是我取之不尽、用之不竭的资料源泉。论坛中有一个老马里乌波尔的档案，从中我能获取母亲生活年代的信息——在她四岁至十六岁之间发生的事件：

> 为了缅怀逝世的弗拉基米尔·伊里奇·列宁，2500名马里乌波尔工人聚集在一起进行哀悼活动。4月28日举行苏联共青团火炬游行。

> 海啸中，城市的下半部分被淹没。120个家庭失去了家园。

> 地区征收委员会决议，剥夺大地主克瑞施特尼茨卡亚、克拉辛扬斯基、舒滕科和帕斯特列夫的土地使用权，并将

他们逐出马里乌波尔。

马里乌波尔 8—11 岁的儿童中，25.6% 没有上学，属于文盲。

《亚述的无产者》编辑部用大型抽奖来招揽读者。主要奖品有男士套袖大衣、布料、鞋、橡胶套鞋以及《列宁全集》。

右侧海岸招志愿者。建造亚述钢铁炼钢厂至少需要 1000 名志愿者。拼搏进取参与志愿活动是对我们每个人荣誉的考验。

冶金联合企业伊里奇将建一个文化宫，在亚述炼钢厂和港埠兴建文化俱乐部。除此之外，还计划建造全新的度假屋，并扩建东部疗养院。

对马里乌波尔党校教师的政治审判开始。他们被指控成立了一个托洛茨基主义资产阶级－民族主义的团体。

在一次马里乌波尔尖兵女工聚会中，分发了金额为 150、200 和 250 卢布不等的奖金。此外，每位代表还得到一小桶腌鲱鱼。

工人影剧院购买了新的音响设备，并将于 2 月 10 日至 12 日第一次在我们城市播放一部根据高尔基小说《母亲》

改编的有声电影。

母亲出生的城市当时是什么样子？我看到报纸上讲马里乌波尔的足球赛时，印象中的冬日景象已被驱赶走了，这座城市和海边的南部城市并无二致。我对这座城市的想象又变了一次。早在十月革命前，马里乌波尔已经是一座工业城市。苏联时期，工业化更进一步，尖兵工人还创造了劳动生产率的世界纪录。城里耸立着大型工厂冒烟的烟囱，有毒的废气笼罩了夏日蔚蓝的天空，夜以继日落在街道上和行人身上。托戈瓦亚大街有很多摊位和售货亭，十月革命后再也没有多少东西卖了，只剩下凝乳、肉、一些私人菜园种的番茄和土豆——大多数饥饿的老百姓根本买不起。枫丹娜大街有一口水井，一直到世纪之交人们还从井里取水自用或给家畜饮用。至于格蕾切斯卡亚大街，也许我母亲的表姐们在被赶出她们的宫殿前就住在那里。还有意大利人大街，或许我意大利外曾外祖父的大宅曾经就在那条街上。马车在支离破碎的石头路面上颠簸前行，然后到了1933年，母亲十三岁时，第一条也是唯一的一条有轨电车开始运行，一条轨道开往两个方向。

市中心背后是荒郊野地。没有固定的街道，只有人们踩出来的迷宫般的野路和小道。附带迷你菜园的小房子一个连着一个，相互交错。石头小屋，小木屋，黏土小屋，棚屋，亭子，简易仓库，简易棚，到处都住着人，城市居民的平均居住面积只有3.5平方米。由于没有排水系统，这里满是污垢和垃圾，到处散发着恶臭。瘟疫、伤寒、疟疾肆虐。在内战的混乱中失去父母的孩子无家可归，四处游荡，他们翻捡垃圾，偷窃，冬天就睡在路边的柏油桶里，而白天建筑工人刚在桶里搅拌过柏油。

还有大海，全世界最平静的亚述海，简直就是为了我不会游泳的母亲而存在的。她有没有在海里洗过澡？她经常去沙滩吗？和其他女孩一起去时，有男孩一起吗？她会穿什么样的泳装？那时候的人有泳装吗？还是她们穿着裙子泡在水里，或者只穿内衣？抛却生活中的不快，母亲是否也享受过自由自在的美好时光，也拥有年轻人的青春朝气？她喜欢诗歌和最新的流行歌曲吗？有喜欢的男孩吗？她冬天去溜冰场吗？那里可以租到溜冰鞋，还有一个交响乐队演奏，年轻人跟着乐队的旋律在冰上起舞。她会去文化宫看戏剧演出、听音乐会，或者参加舞蹈活动吗？可能有很多迷恋她的人，其中会有一个是她中意的吗？或者她暗中喜欢的，恰好是一个不喜欢她的人？她会不会做梦梦见他，给他写一堆从没寄出的信？又或者，我的父亲是她的初恋？她到底有没有爱过他？

当我在无数的想象和假设中迷失，在关于老马里乌波尔的文章中寻找可以拼凑母亲生活的断瓦残片时，康斯坦丁在继续寻找母亲的姐姐莉迪娅。他已经徒劳地跟踪了无数的线索，而且终于收到了梅德韦日耶戈尔斯克劳改营纪念馆的回复：没有查到关于我姨母的记录。我失去了希望。然而，康斯坦丁要是放弃的话，那就不是康斯坦丁了。他锲而不舍，在网上找到一个名单：1923 至 1953 年，苏联政权下的牺牲品。仅在这三十年中，就有超过四千万人遇难。伊瓦申科这个姓在名单中出现 39 次，其中一个是莉迪娅·雅科夫列芙娜·伊瓦申科。

在这个网页上，还有一个叫阿尔弗雷德·克拉默的男人的邮箱地址，此人住在敖德萨，为寻找牺牲者提供专业帮助。康斯坦丁又在网上找到了一条关于他的介绍：克拉默是德裔俄罗斯人，在敖德萨许多机构中都有涉足，并以一种不透明的方式参与到政治中。我们给他写邮件，第二天他就回复康斯坦丁，他在敖德萨的国家牺牲者档案里翻查过了，找到了莉迪娅的卷宗。按照他的说法，来自德国的委托人要通过西联汇款给他汇 200 欧，然后便能在几日内收到卷宗的电子版本。

康斯坦丁建议我先别着急汇款，我们首先需要证明，我姨母的卷宗的确存在。敖德萨人克拉默告知我们，牺牲者的出生地登记的是华沙。康斯坦丁感谢了他的费心，然后我们开始想下一步怎么办。可几小时后，敖德萨人又展示了卷宗里的另一个细节：牺牲者的母亲名叫玛蒂尔达·约瑟夫芙娜·伊瓦申科，婚前姓德·马尔蒂诺。

我这辈子第一次转账到乌克兰，然后开始等待。毫无耐心的我一天查看二十遍邮箱。我们当真找到了她，这个百寻不到、谜一般的莉迪娅，德·马尔蒂诺的姓氏扫清了我们的所有疑虑。尽管莉迪娅的出生地立刻带来了新的谜团，但是康斯坦丁再次照亮了黑暗。1911 年，即我姨母出生那年，不仅乌克兰，还有波兰的一部分都属于俄罗斯帝国。因此，莉迪娅是在俄国国境内出生的。现在只剩一个问题，为什么她出生在离马里乌波尔那么远的地方？我心里马上冒出一个想法，偏远的出生地是因为她是乱伦的产物。我不知道我为什么这么想，但是我设想玛蒂尔达是逃到华沙的，为了远离她的社交范围，把禁忌之爱下生出的孩子带到人间。同时，我又觉得自己疯了，还在跟随啰唆疯癫的表姐的疯狂思路。

距离我汇款已经过去了两周。阿尔弗雷德·克拉默确认了汇款到账之后，我再也没有收到他的任何消息。基本可以确认，我是上了骗子的当了。根本不可能有人随便拥有进入国家牺牲者档案馆查看的权限，还以此来做私人生意，把卷宗的影印本发给远在外国的委托人，更不用说委托人除了邮箱地址没有留下任何其他信息。但是，我又一次在用我的德国式头脑考虑问题。康斯坦丁猜测，阿尔弗雷德·克拉默把从我这里拿到的钱的一部分给了档案馆的工作人员，以便翻查和复印卷宗——这不过是世界某些地方很常见的方法，只是这种东欧式的生存法则超出了我固有的西方眼界。然而，时间飞逝，敖德萨方面还是一如既往地音信全无。我再次询问后，得到的解释是，卷宗处于一个出人意料的荒凉之地，需要花费大量工作辨认五百页褪色的字迹，需要分类，还要按照正确的顺序排列，我可能需要再继续耐心等待一番。我从中读出了温和口吻的言下之意，如此大的工作量意味着还要继续给钱。可是两三天后，我陆续收到了十六封邮件，每封均附有 ZIP 格式的附件，数据量大到邮箱发出了警报。这的确是项浩大的工程：整理这么多纸张，而每张明显有一半字迹不清晰,再一张张放进机器扫描。我为我先前的不信任羞愧不已。我转账的200欧,敖德萨的德裔俄罗斯人还需要和别人分,对于他们完成的如此浩繁的工作来说,这简直是一笔少得可笑的报酬——除此之外,我得到的更是没法用金钱来衡量。

卷宗的第一页是一张剪切歪斜、皱巴巴的硬皮纸,上面贴着五个女人和两个男人的警察局标准照。他们全被故意照得看上去像危险的罪犯。八个被告照片中唯独缺了莉迪娅的照片。显而易见,照片是被揭走了,只留下一个空白夹在几张照片中间,下方还能看见莉迪娅的名字。我失望得简直要哭出来。

接下来是潮水般的审讯记录、裁定、指示、处分、拘捕令、搜查令、起诉书。数不尽的审讯记录。我在电脑屏幕前仿佛闻到了历经八十年的旧纸上那股发霉的味道。在敖德萨的档案馆地下室里还有成千上万的受难者档案在等待着被挖掘。

莉迪娅的卷宗显示,她的确是在华沙出生,和父母一起在华沙生活到五岁。在举家迁回马里乌波尔后,她住进了我的意大利外曾外祖父母家中,一直住到她去敖德萨上大学。

每当我尝试去想象母亲是在马里乌波尔怎样的家庭环境中成长起来时,我都会落空,现在我可以确定,她也在意大利外祖父母家中住过。考虑到朱塞佩·德·马尔蒂诺通过煤炭生意积累起来的财富,他住的应该是一栋巨大的豪宅,但是在我母亲出生时毫无疑问已经被收归为人民财产。可能大宅里挤满了陌生人,被剥夺了财产的人民公敌在他们曾经的家里只剩一个角落。很可能母亲是在仇恨她的人中间长大的,她对这些人来说就像准许捕杀的猎物,他们不仅霸占这座大宅,而且还霸占家具、餐具,也许还穿着大宅主人的衣服,会在共用厨房里往曾经的统治阶级——蓝血贵族和他们家属的汤里吐口水,可能就算随时杀了她也完全无罪。

我从卷宗中获悉,莉迪娅在敖德萨完成文学专业的大学学业之后,回到了马里乌波尔并在《亚述的无产者》日报社短期工作,我正好在"亚述的希腊人"论坛的档案里见过这个日报的名字。1933年11月5日,刚满二十二岁的莉迪娅被逮捕。她被指控加入了一个名为"解放无产阶级小组"的反苏联社团,从事反人民、反革命行动。这个所谓的1931年在敖德萨成立的社团,是乌克兰成立的多处据点之一,小组成员以反对社会主义、建立反工人阶级的国家资本主义为纲领,目标很明显是为了推翻苏联政权。小组成员一律是文学专业的大学生,他们通过在尽可能多的乌克兰工厂里兴办文学社团,逐渐启蒙工人们,将他们争取为反革命势力。根据我读到的信息,小组的谋反集会是在小组成员家中举行的,多次在莉迪娅家中,她当时住在她父亲的妹妹,姑母叶莲娜家。叶莲娜,穿着立领锦缎裙子的时髦女人,我在那张背景有棕榈树的家庭照中见过她,现在却在法庭卷宗中再次看见她的名字。

1933年11月5日那天,逮捕一位才二十二岁的年轻姑娘,在我眼中她几乎还是个孩子,到底是怎样一种情景?抓捕的人是什么时候到的?夜里还是清晨?抑或为了正好在所有人还在熟睡时，抓住睡梦中毫无防备的牺牲品？那个夜晚，我十三岁的母亲是不是也被无法回避的，让当时千百万人夜夜惊恐万分的敲门声吵醒了？有没有人事先知道，或者至少预料到莉迪娅将被逮捕，还是抓捕一事完全出人意料？我母亲是不是也经历了房间搜查，亲眼看着自己的姐姐被铐上手铐带走？我不由得想起安娜·阿赫玛托娃的《安魂曲》：你被带走正是黎明时分／我跟在你的身后，像送殡一样／儿女在狭窄的房内啼哭／神龛前是一支滴泪的烛光……

判决前，莉迪娅在马里乌波尔、敖德萨和顿涅茨克监狱的待审拘留所度过了半年，一半时间都被关在地下室中。将近三百页的审讯记录，按照康斯坦丁的话来说，简直是一出滑稽剧。被告的口供是伪造的，被操控的，是通过威胁和暴力胁迫给出的。而且，仅仅因为一个笑话就可能被枪决——所以口供是在无时无刻的死亡恐惧之中产生的。审讯者强暴女被告并不罕见，她们被刑讯或者被放上所谓的审问流水线，在强迫剥夺睡眠后很快就搞不清自己究竟说了些什么。这些根本无足轻重，因为审讯记录不是被口授的，就是出自审讯者笔下。而审讯者在上层只许成功的压力下，必须按照顶头上司的意思提供令上头满意的审讯结果。真相没人感兴趣。这些，全部只是为了填补毁灭机器的每日需求，为了满足斯大林贪得无厌地牺牲他人的欲望。

事实上，莉迪娅的口供一点也不像一个身处死亡恐惧中的人说出来的，根本没有任何相似之处。所有记录的内容都是一样的，全部是一些事先写好的样板化的说辞。据说莉迪娅供出了所有同志，她供出了名字和住址，讲述了小组的生活背景和各项活动，详细地描述了小组成员的性格。从一份记录到另一份记录，全用令人昏昏欲睡的单调和荒诞的叙事回放了小组中与意识形态和政治相关的讨论，细数了小组成员共同的读物，描述了密谋和鼓动的行为方式，小组编写的十条政治宣言总是一再被引用。突然，毫无征兆地，莉迪娅重申她早已和她高贵的出身脱离了关系，她批判她的外祖父朱塞佩·德·马尔蒂诺，这个顿巴斯煤炭的大出口商，是乌克兰人民的剥削者。至于她自己的父母，她保证，从来没有拥有过任何财产，仅仅只是大宅的房客。这是众多审讯记录中唯一让我觉得真实可信的一处，也许是莉迪娅绝望的尝试，通过和自己的出身划清界限，以求死里逃生。所有的记录全以相同的招供结尾，可能是一个善意审问者的表述：

> 我早在很久前已经认识到，我的同党和我的反革命活动给苏联人民带来了巨大危害。我的行为除了出于政治上的天真和无知，还深受我们的首脑贝拉·格拉泽尔的影响。她以她特殊的教育背景和超凡的魅力对我施加强烈影响，把我引诱到错误的思想和行动上。面对苏联无产阶级政权，我在审讯记录中诚心诚意地交代了我知道的有关解放无产阶级小组的所有事情。我知道，我对苏联政权的罪行不仅存在于我在小组内部错误的信仰和行动中，而且还体现在

我对所有事情的隐瞒上。我最深切地意识到了自己的罪过。我希望，能用尊重事实、开诚布公的口供弥补我的部分罪过，能够允许我在将来为我的祖国苏联挥洒热忱。

最后一位沙皇被推翻后，时局发生了戏剧性的变化，可是对背叛者的刑罚却还是一成不变。小组所有被告被判处去位于"乌克兰边境另一边"的刑罚营服刑三年。鉴于他们是妄图推翻整个社会体系，反对国家的阴谋策划者，这个判决莫名其妙的宽容。只有贝拉·格拉泽尔难逃一死。这位女性领袖还在西伯利亚的一座刑罚营里继续她的政治活动，后被转送到其他营后判处枪决。我打量着警察局标准照上的她：一位年轻女性，显然是一名知识分子，戴着贝雷帽和一副圆角的托洛茨基式的眼镜，卷宗上说她是犹太人。如果苏联秘密警察没有先杀死她的话，十年后她也很可能会被德国纳粹杀害。

莉迪娅到底是不是一个反苏联的积极分子，解放无产阶级小组究竟有没有存在过，或者根本是秘密警察的编造？也许不过是一个托词，为了处罚像莉迪娅这种出身的人？她是斯塔尼斯拉夫·科西奥尔党派的宠儿的姐姐，是一个因为信仰被流放二十年的老布尔什维克的女儿。这一切都没有答案。但是，如果莉迪娅真的胆敢反对斯大林的独裁，那她绝对和我母亲是完全不同的人。这两姐妹看上去性格完全相反。莉迪娅坚强、勇敢，也许几乎是亡命之徒；而我母亲，我再清楚不过了，当我还是个孩子时，她就是个异常敏感、胆小，毫无抵抗能力的人。

莉迪娅至少在她生命最初的几年中是个吃得饱，被妥善照顾的孩子，而我母亲除了饥饿和恐惧，其他任何事都不知道。也许正是这一点，造成了两姐妹的本质区别。

卷宗显示，莉迪娅并没有死。和我基辅的表姐推测的相反，她在流放中幸存了下来。在卷帙浩繁的纸堆中我找到一份平反申请书，是她在流放刑罚结束五十五年后于1992年提交的，正好在苏联解体后。那时她已是八十一岁高龄了。这份申请经过短暂的处理后被认可。莉迪娅因被流放三年得到115425卢布的补偿金。据康斯坦丁计算，在当时，这笔钱只能买到大约500个白面包，算下来流放一天还不值半个面包。另外，后苏联时代的通货膨胀达到顶峰，钱贬值的速度快到莉迪娅这笔少得可笑的赔偿金可能几天之后就一文不值。

平反申请书是手写的，字迹小而倾斜，令人惊讶的是，如此优美工整的字体来自一位八十一岁高龄的老人。页首有地址：1992年提交申请书时，莉迪娅居住在克利莫夫斯克，距离莫斯科五十公里的一个小城。我把地址输入谷歌地图，出现在我眼前的不仅有街道，而且还有——我惊诧地揉了揉眼睛——莉迪娅住的房子的卫星地图。我一直放大，看到房子的窗户，看到莉迪娅曾经进出的房门。一座典型的苏联五十年代的建筑，非常漂亮，哑光粉色的外表，冬天的小花园，凉廊，一点也没有东欧式的荒芜破败。街对面是一小片梨树林，保有城市中的一片宁静。紧靠树林是一个超市，莉迪娅可能会在里面购物。我不知道哪些窗户属于莉迪娅的房间，可是我知道我看见它们

95

了。真是一项神奇的技术，让人在写字台前就能看到地球上最偏僻的角落，让我看见我姨母的家，至少她八十一岁时还住在里面。我感到一种灼心的遗憾。作为翻译，我经常到莫斯科。1972年我第一次去莫斯科，那时莉迪娅才六十一岁。原来，我和母亲在乌克兰的过往从来没有天渊之隔，而是只有一步之遥。如果莉迪娅当时已经居住在克利莫夫斯克，我从莫斯科坐电气火车只需一小时就到她家了。

现在我也得知，玛蒂尔达在"二战"前夕去梅德韦日耶戈尔斯克看望女儿时，莉迪娅已经结束流放五年了。到底是什么让莉迪娅在重获自由后还是留在了那个世界尽头的不毛之地？是一个男人，她嫁给了他？从梅德韦日耶戈尔斯克劳改营的木板床到莫斯科附近配备中央供暖和热水的五十年代城市建筑，中间发生了什么？莉迪娅被捕后究竟有没有回过马里乌波尔，或者她之后再也没有踏足这座城市？她成了家、有后代吗？我能找到他们吗？她的平反申请书里写的还是她的未婚姓，真感谢这份申请书，让我找到了她。一位俄罗斯老妪的形象浮现在我眼前，她在沙皇时代出生，经历了革命、古拉格、战争和接踵而来的所有灾难，并幸存了下来。一位矮小年老的女性，饥饿教会了她永远在柜子里存一块面包。她看上去宛如圣人，好似纯白的纸，几乎如空气一般。她的躯体与死神抗争过多次，仿佛她是不死之身。如果她还在世，现在已经一百二十岁了，她仍然活着也不是完全没可能。

如今我可以轻松算出，莉迪娅去敖德萨上大学时，我母亲应该正好是八岁或者九岁。而其实此一别即是永别。虽然莉迪娅在完成学业后回到了马里乌波尔，但是时间并不长。1933年她被捕时，我母亲十三岁。也许我母亲在德国时已经没有关于她姐姐的鲜活记忆了，尤其是大家在莉迪娅被捕后可能只能背地里提起她。作为反革命分子的莉迪娅，对所有认识她的人来说是一枚炸弹，而家人首当其冲。估计我母亲早在乌克兰时期就对姐姐闭口不提，到了德国又继续保持缄默，这源自深入骨髓的恐惧，不受理性控制。

我对于母亲的哥哥姐姐的了解几乎超过了对她本人的了解。另外，我还知道了，大学里谢尔盖学的是声乐，莉迪娅学的是文学。这让我感到和他们之间的一种神秘联系。我的确和他们是同出一宗，因为跨越我们所在的不同时间和地域的鸿沟，我和他们分享的两个世界，也正是我的精神家园——和莉迪娅分享文学的世界，和谢尔盖分享音乐的世界。可是，我和我的母亲分享什么呢？为此我想破了脑袋，她大学选的是什么专业？但是每次回忆好似触手可及时，又再次陷入空白。我只记得，母亲的大学结业考试成绩是优秀，至少父亲经常满怀自豪地提起此事。尽管按照他的看法，母亲患有精神疾病，根本无法和取得任何知识成果联系到一起。

如果母亲的确曾在姑母瓦伦蒂娜的女子中学教书的话，那她大学应该学的是师范类专业。会不会是日耳曼语言文学或者德语呢？因为她父亲是波罗的海三国德意志人安娜·冯·爱伦施泰特的儿子，和她说过德语？她到德国后在极短的时间内就掌握了好得异乎寻常的德语,难道她早在乌克兰时就已学过这门语言?不像我的父亲和其他住在营地的大多数人,她在德国从来不是一个张口结舌的人。她所有方面都处于劣势,只有在陌生的环境中才胜过我父亲,处于优势地位,因为她能理解别人的话也能被别人理解,她明白周围世界的各种信号,比父亲强许多。对于我父亲这一辈子而言,德国永远是一本被七个封印封住的未解之书。在说德语的外部世界中,我父母的角色对换了。在德语世界里的官方办事机构中和其他所有窗口前,我的父亲又聋又哑,只能依赖我的母亲。像他这种男人估计不会原谅我母亲,也许他为此还厌恶她。

母亲在战争开始前还相当年轻,已具有了任职教师的学历,可两者并不冲突。在当时的苏联,愉快的大学生活根本不存在。上大学是一项特权,大学生必须通过勤奋和成绩来证明自己,以尽可能快地投身到社会主义建设中。因此,我母亲才二十出头就已站在课堂里授课了。

许多我要解的谜还有现在像走迷宫般艰难寻找的信息,很可能全部能在一堆文件里找到答案,那堆文件就放在我们的地下室里。当时我们住在德国一个小县城的边缘,安置曾经的强制劳工的飞地上,那里是母亲人生的最后一站。她从乌克兰带来的文件中有她的证书,和其他文件一起都装在一个铁皮盒子里,盖子上饰有德国城堡的浮雕,在德国也许没有人会对这些感兴趣。我经常在地下室里盯着这些闻上去一股陈腐气味,写满西里尔文的纸张——一些词我已经能够读懂,因为母亲在我上德国学校前就教会了我俄罗斯字母。可是有一天，我大概八岁，我突然决定，我们不需要这些陈旧的破纸堆了，无论如何我不再需要它们。当我又被差遣到地下室取煤时，我犯下了童年最可怕的罪行之一：我把装着文件的铁皮盒子扔进了地下室楼梯下的垃圾桶里。我是那么憎恨我的出身，所以不能存在任何证明，它们应该永远消失。后来，母亲去世后，父亲找这些文件，他当然不会知道文件落到了哪个垃圾填埋堆里，也许早已变成了废料。他以为有人把文件从我们的地下室里偷走了，可能是某个苏联间谍。间谍们到现在还在监视他。

康斯坦丁和我在寻找莉迪娅的后人。由于苏联大多数的房子属于个人财产，人们不像西方国家流动性那么强，很少搬家，因此康斯坦丁断定，克利莫夫斯克房子里的人应该还认识莉迪娅，甚至很可能是她的亲人继承了她的房子，在她过世后搬入。康斯坦丁建议我寄一封信到莉迪娅平反申请书上留下的地址。信封上我应该写莉迪娅的名字，并加上"亲人／邻居"的收信人标注。除此之外，我们还给克利莫夫斯克的市政厅发了一封电子邮件，请他们提供关于我姨母及其后人的信息。我觉得这个尝试成功的可能性不大。就算在俄罗斯，也有数据保护的底线，政府机构不可能向陌生人提供本国公民的信息，更不用说给一个从未谋面的外国咨询者了，而且对方并没有任何证据可以证明和被寻找人的亲属关系。反正我们经常给政府机构写信，从来没得到过答复，我们在此期间已知的所有信息全部是通过其他途径得来的。但是我还是听从了康斯坦丁的建议，因为我不能错过任何可能性。然后，奇迹又一次发生了。在寻亲过程中我几乎已经习惯了遇见奇迹。几天后，我收到了克利莫夫斯克户政处的一封电子邮件。我读道：

非常尊敬的娜塔莉亚[①]：

您通过互联网向市政局提出的询问，我们向您告知以下信息：克利莫夫斯克户政处的资料显示，莉迪娅·雅科夫列芙娜·伊瓦申科于2001年8月22日过世。她的女儿叶莲娜·尤里耶芙娜·齐莫瓦于同年10月10日过世。如今，罗什青斯卡亚街5号的房子里住的是基里尔·格里高尔叶维奇·齐莫夫,他是莉迪娅·伊瓦申科的外孙。很遗憾，我们没有更多的信息。

致以恭敬的问候，

斯维特拉娜·丽恰绰娃

户政处处长

最让我目瞪口呆的是最后一句话。还有什么消息能比我从这封邮件中得到的更多呢？还有什么能比莉迪娅外孙的地址"更多"？如果这一刻有人问我那个经常被提到的问题，谁是俄罗斯的灵魂人物，我会毫不迟疑地报出克利莫夫斯克户政处处

[①] 此处指的是本书作者娜塔莎·沃丁。娜塔莎是娜塔莉亚的爱称，此处为表正式，便称娜塔莉亚。第103页同。——译者注

长斯维特拉娜·丽恰绰娃的名字。她的做法不只出自一位公务员的使命感，更是一个人的同理心，她将一把打开莉迪娅生活的钥匙放在了我这个来自德国的陌生人手中，而这把钥匙很可能也可以打开我母亲的生活。

莉迪娅去世的日期说明，她在提交平反申请后还活了十年，一直到九十一岁。而十二年前，我本该有机会在克利莫夫斯克梨树林对面那栋外表漆成哑粉色的五十年代楼房里见到她。她比她的妹妹，我的母亲多活了五十五年。她最后一次见到妹妹，可能是在她被捕的那天。时隔将近七十年，在离世前，她还能想起妹妹吗？她应该结过婚，无论如何她有个女儿，我的表姐叶莲娜，可是她随后也过世了。

我把从克利莫夫斯克户政处收到的电子邮件转发给康斯坦丁，之后的所有事情得来全不费工夫。他立刻在俄罗斯流行的社交网络"同班同学"上找到了一个名叫基里尔·格里高尔叶维奇·齐莫夫的人。这个男人住在克利莫夫斯克，四十一岁。两个信息指向此人应该是莉迪娅的外孙。康斯坦丁给他留言，附上了我的邮箱地址，还给我发来了一张他在社交网络上的头像。我大吃一惊。在寻亲过程中，我早已习惯我的亲人们都是相貌端正、受过教育的人，现在显而易见完全出乎我的意料。我看着照片中男人迟钝的、无精打采的面孔，脸还是肿着的，看上去像一个巨婴。他分明是俄罗斯无产阶级的一员，他的外祖母莉迪娅最该解放的非他莫属。他坐在一张破旧的沙发上，身后是又脏又旧的壁纸，壁纸上是老套的俄罗斯式巴洛克图案——典型的后苏联时期的住房,里面住的多半是酗酒之人。

假如这是我得到的来自我母亲家族的第一张照片,我真的不会有一丝半点的惊讶:因为在我意料之内。和母亲生活的德国相比,这张照片散发出舒适安逸的气息,带有家常的安全感,我在孩童时期就向往这种感觉。但是,我怎样把眼前这个男人的样貌和我目前为止看过的其他照片上的人联系到一起呢?这是家族不幸的例外吗?

直到现在,当我第四遍或者第五遍逐字逐句细读克利莫夫斯克户政处发来的电子邮件时,我才注意到一个奇怪的细节。莉迪娅是 2001 年 8 月 22 日离世的,她的女儿同年 10 月 10 日离世,仅仅七周之后。这意味着什么?年迈的母亲如果是因为白发人送黑发人而过世,这不难想象。但是为什么九十一岁的老母亲死后不久,女儿也离世了呢?她是不是也上了年纪,身患重病,经受不住母亲离世的打击?无论如何,很难让人不去猜测两人相继离世之间是否有什么关联。

其间我像个心急火燎的孩子,反复问自己,这背后是不是藏着某种新的家族灾祸,尤其是我在克利莫夫斯克户政处的电子邮件中还发现了另一个让人迷惑的细节。如果我计算正确的话,我和我的外甥基里尔·齐莫夫有一个奇怪的共同之处:我俩的母亲虽然死亡时间相隔四十五年,但是都死于 10 月 10 日。我没法抗拒一个想法:这不是偶然的巧合,一切通过某种幽灵般的方式联系到了一起,冥冥之中不知何处又打上了一个凶多吉少的结。

可是，我还抱有一丝微弱的希望，希望网页上的照片不是莉迪娅的外孙，而不过是个同名同姓者。但是，寻亲路上的好运忠心耿耿地跟着我。我又找到了一个亲人。我的笔记本显示我收到了基里尔·齐莫夫发来的一封邮件。我读道：

娜塔莉亚：

您好！

我收到了留言，得知了您的母亲是我外祖母的妹妹，您在等我的回信。我知道我的外祖母有一个哥哥和一个妹妹，分别叫谢尔盖和叶芙根尼娅。我对谢尔盖一无所知，只知道他是个歌剧演唱家，我外祖母有一张他的唱片，经常放给我听。您的母亲叶芙根尼娅，我听说她嫁给了一位美国军官，去了美国。我的外祖母莉迪娅找了她很长时间，但是杳无音讯。当时还没有互联网。

我的外祖母有两个孩子，我的母亲叶莲娜和我舅父伊戈尔。我的母亲去世了，我的舅父住在米阿斯，但是可惜我没有他的地址。我和妻子以及两个孩子住在外祖母的房子里，随信附上一些照片给您看。

致以恭敬的问候，

基里尔·齐莫夫

我打开附件。那正是莉迪娅，消失了很久的，所有人以为早已不在人世的莉迪娅。就在不久之前我还猜测，卡累利阿的某一棵树上挂着一小块写有她名字的纪念牌。她和我母亲并不很像,可是她看上去匪夷所思地亲切——如同我在端详一幅我想象中给她绘的画。一位严肃的、纤细的、自豪的女性,眼神刚直,充满好奇,很难说清这眼神是连刀也不畏惧,还是本身就是一把刀。这眼神好似正在和看不见的对方较量,不管发生什么都不会先败下阵来。她的深色卷发剪得很短,身穿一条朴素的夏季长裙,白色领子。我猜不出这张照片中的莉迪娅多大年纪,照片摄于劳改营之前还是之后。如果这张照片是在梅德韦日耶戈尔斯克流放之后拍的,那她已经战胜了它,而且毫发无损地活了下来。

第二张照片上的她完全是另外一个人。看上去她五十岁左右,愤怒,严厉,捉摸不透,像一座无法攻克的要塞,一尊斯芬克斯。正如我所见,照片中的是毁灭机器中的幸存者,此外又经过了漫长岁月,饱经使人低落的苏联日常生活的锤炼和磋磨。这张照片中的她有某些苏联人的特质,和她外孙一样。照片里大约三岁的外孙在外祖母身边,一个胖胖的严肃的孩子,像用白色棉花糖做的。他将来的笨重已经初露端倪。

第三张照片里的莉迪娅已是老妪。所有的严厉、苦涩之态在她身上又消失殆尽,她又变成了一位矮小、温柔可亲的老妇人。她的头发雪白,但是发量依旧充盈,干皱的皮肤却焕发出年轻的光彩。她笔直地坐在一把扶手椅中,衣着和发型一丝不苟,脖子上戴着一条珍珠项链,穿着尼龙长筒袜的双腿以一种淑女的精准姿势放在身前。

基里尔写邮件告诉我，莉迪娅在离婚之后还独自生活了三十多年，一直到生命的最后依旧能自理。直到去世前她还非常敏捷和自律，每天做操，每顿饭永远在固定时间吃。差不多到七十周岁她仍担任教师一职，教授俄国语言和文化，始终精神矍铄。2001年7月她在家中跌倒，摔断了股骨颈。不久，她因心衰在医院离世。

有关她在劳改营的往事，基里尔只知道她在罪犯流放地给犯罪的孩子和青少年当老师，很可能因此才幸存下来。她在梅德韦日耶戈尔斯克结了婚，在劳改营中生下的儿子伊戈尔，现在应该七十五岁了。基里尔和他已经很久没有联系，但是他知道伊戈尔住在乌拉尔山背后的西伯利亚城市米阿斯。

至于玛蒂尔达，基里尔的外曾外祖母，他并不认识，她在基里尔出生五年前已经去世。但是，他还能清晰地回忆起，孩童时期的他和外祖母莉迪娅一起坐火车从克利莫夫斯克到沃斯克列先斯克，只为了在外曾外祖母的墓前放上莉迪娅手工制作的木十字架。我眼前立刻出现了这样一幕：一位老妇带着一个小男孩，坐火车运送一个木十字架，然后在沃斯克列先斯克搬着十字架走向墓地。制作十字架的木头可能是莉迪娅从森林中取的，也许就是卫星照片上看到的梨树林。一个业余人士自制的俄罗斯东正教的木十字架，装着传统的横梁，如今竖立在沃斯克列先斯克，这个意为"星期日"和"重生"的城市墓地里。十字架上肯定还固定着一个小牌子，写着玛蒂尔达·德·马尔蒂诺或者玛蒂尔达·伊瓦申科，配有搪瓷的圆形雕饰，上面是照片，就像俄罗斯常见的那样。

得知了玛蒂尔达的墓地所在地，我倍感欣慰。和母亲相反，我现在确切知道玛蒂尔达的所在之地。我终于知道，她并没有在战争中被德国人的炸弹炸得粉身碎骨，而是以八十六岁高龄自然死亡，然后长眠于沃斯克列先斯克的墓地中，躺在她女儿亲手做的木十字架之下，十字架上写着她的名字。

在此期间，我的邮政信件也到了基里尔家。邮递员的确还认识莉迪娅，而且知道基里尔是她的外孙。这也是一个俄罗斯式的奇迹。只是康斯坦丁和我已经幸运地得到了克利莫夫斯克户政处处长斯维特拉娜·丽恰绰娃的帮助，而不再需要邮递员帮忙了。

我和基里尔提起那张录有谢尔盖歌剧的唱片，据他所称莉迪娅在他小时候放给他听过。其实应该不可能，因为就连把她父亲的歌声奉为天籁的我的表姐叶芙根尼娅，也总是一再抱怨没能留下父亲歌声的任何录音。就连康斯坦丁也费了很大劲上天入地地翻找过，希望能找到他的声音记录。可是，尽管谢尔盖在苏联的多个著名剧院演唱过，但他像被从俄罗斯歌剧史册上一笔勾销一样，消失得无影无踪。不过基里尔还是坚持他的说法，谢尔盖的声音犹如在他耳边，他甚至还记得深蓝色唱片封面上的烫金印刷体。莉迪娅去世后，唱片一定是在收拾房间时弄丢了，很可能因为疏忽进了垃圾堆。

其实，基里尔根本不是什么坏人。我没法把他的电子邮件和他的照片联系到一起，那张照片可能是一张没突出优点的抓拍。他是一位软件工程师，俄语极好，彬彬有礼，没有任何迹象表明他堕落到"俄罗斯国民毒品"——酒精的泥沼中。他发了许多他孩子的彩照给我看，那是学龄前的小男孩和小女孩，看上去他非常爱这两个孩子，十分注重对他们的教育。我看到两个孩子在厨房里用手指蘸颜料画画，吹灭生日蛋糕上的蜡烛。

另一处引起我注意的是他的客观和循规蹈矩。他一丝不苟地回答了我提出的每个问题，但是从来没流露出任何情感。只有一次，他想把他母亲的照片扫描给我看，但从相册中把相片拿出来时不小心撕坏了，这让他激动异常，我错愕不已并产生了负罪感。

关于他的母亲，至今为止他只向我提过，她的婚姻没有维持多久——在他两岁时，父母就分开了。他的父亲还健在，他定期会去看望他。当我小心翼翼地问，为什么他的母亲如此早逝时，他回道：

> 我被以一种和俄罗斯其他孩子截然不同的方式教育长大。我的母亲和外祖母不想和苏联社会扯上任何关系，她们给我灌输了一种完全错误的观念，一种关于俄罗斯人和我的同龄人的观念。她们认为我身边的其他孩子是未开化的，退化的。我被迫远离他们，活在数学的虚拟世界中，因为我孩童时期就显示出了数学天赋。像我这样被教育长大的人，根本不可能建立家庭，生下孩子。我之所以成功上完学，是因为海军士兵的身份。您问我母亲早逝的原因，

因为我杀了她。我被判无刑事责任能力,然后在精神病院待了四年。

夜已深。湖面上的冰层已经停止发出咔嚓的声响,现在湖上漂着破裂的浮冰小岛,夜间的主宰还是一成不变,无边无际的黑暗。我呆呆地对着眼前的邮件,问自己,基里尔·齐莫夫是不是把我当傻子。尽管我知道这个世界上存在各种各样的凶犯,的确有杀害自己母亲的凶手,但是怎么可能其中的一个恰巧是我的亲人,和我这个一辈子无亲无故的人有血缘关系?我咒骂自己。是我自己开启了寻亲这条路。寻亲给我的生活带来了什么?为什么我要这样对待自己?我想到了康斯坦丁,这个点他早就睡了,更不用说切列波韦茨比我这里还晚两小时。现在我的朋友中肯定也没人是醒着的,我没法给任何人打电话。我逐渐明白过来,照片上基里尔麻木不仁、迟钝的目光,他程式化的礼貌以及毫无感情,他提到孩子教育时用的"正确"一词,因为母亲的照片被撕破而异乎寻常的激动,所有这些背后隐藏的一切。由于我知道他母亲的忌日,我可以轻易地算出,基里尔·齐莫夫是年满三十后杀死了自己的母亲。按照他的讲述,在他经历了人生中唯一的学校,海军学校,同时也是俄罗斯军队里最残酷的部队的一系列洗礼后,他还具备行为能力进行凶杀吗?毫无疑问,在被送到精神病院之前,他已经患有精神疾病了。况且,俄罗斯的医院并没有给他提供精神治疗,而只使用药物疗法,然后把行尸走肉的他放出了院。很可能他现在仍在服用大剂量药物,对我来说,他仿佛一颗嘀嗒作响的定时炸弹。想到他的妻儿我不禁胆寒。到底是怎样一个女人，会和这样一个男人结合？难道她不担心自己的孩子，还有自己？

我首先想到的杀人动机，是关于房子：俄罗斯国内灾难般的住房紧张从未缓和，导致了许多人一辈子都和整个家族困居在最狭小的空间中，其中不少人被逼得精神错乱。米哈伊尔·布尔加科夫早在他的小说《大师与玛格丽特》中就让撒旦说出，莫斯科人和其他所有人一样，既不更好，也没更糟，只不过房屋紧缺让他们堕落。房屋紧缺也让莉迪娅的外孙堕落了吗？难道他是在和母亲的争吵中杀死了她，因为莉迪娅去世之后房子里只剩下母子二人？这就是莉迪娅母女二人几乎同时离世的原因吗？无论如何，只要莉迪娅还在世，她就能镇住外孙。她的死应该是解开了外孙的束缚。

不知什么原因，我确信基里尔是掐死了他母亲。我的表姐叶莲娜仿佛近在眼前，巨婴那双粗大的手掐住了她的脖子。在基里尔寄给我的一张照片上，叶莲娜看上去和她娇小秀气的母亲莉迪娅截然相反，她是一位魁梧有力的女性，而且十分性感。也许她曾激烈地反抗，很可能发生了一场耗时的殊死搏斗。这一切发生在我母亲去世的当天——姨母和外甥女两人都在10月10日当天因暴力而死，一个是因为外界的暴力，另一个却是对自身施暴。

我想起了克利莫夫斯克户政处的斯维特拉娜·丽恰绰娃。现在，我终于明白了为什么在给我的信里写道，她没有更多的信息。恰恰是因为她知悉所有信息，她才写下了这句话。户政处不仅出具结婚证明，还出具出生及死亡证明。斯维特拉娜·丽恰绰娃不单是户政处的职员，还是克利莫夫斯克的市民，她肯定知道内幕。在俄罗斯，母亲被视为神圣的女性，弑母案必然转眼间在一个小城市里人尽皆知。也许我该感谢斯维特拉娜·丽恰绰娃对茫然无知的我给予的同情，她也许早已料到，我会从莉迪娅的住址中得知往事。

我不知道基里尔为什么要向我坦白，我不过是不知从哪儿突然冒出来的远房亲戚，他完全没有必要这么做。这到底是他的忏悔还是因为他肆无忌惮，丝毫不觉得自己有任何罪过？也许，这是他的行为惯例，是俄罗斯的经历——首先是俄罗斯海军，然后是俄罗斯精神病院教会他的，是人们堂而皇之地把他推上了犯罪之路？还有莉迪娅，我找寻了许久的我母亲的姐姐，和自己的女儿统一战线控制了这个孩子，就因为她不想他成为一个苏联人？难道莉迪娅被灌输了不可动摇的阶级思想，看不起苏联人？在家族的自由思想和社会责任心背后，其实隐藏着贵族阶级对于普通人民的蔑视？难道莉迪娅身处苏联政权的八十余年间，一直在坚守她的阶级思想？抑或是恰恰相反，她在自己都没有觉察的情况下，成了被战胜的人，变成了集权体系的一部分，然后和自己女儿一起把外孙纳入控制，孤立他，摧毁他，就像集权体系把她纳入统治之下，孤立并摧毁她一样？基里尔，在经历了俄罗斯海军学校之后，通过弑母，再次推翻了贵族这一腐朽的社会阶级，而他自己，却也属于这不幸的社会残余的一分子。即使为了能够结婚生子，他为什么一定要做出这些事？他和他的母亲之间究竟发生了什么？

我把我的想法全部告诉了康斯坦丁。我知道他每天早晨起床后总会快速地查看邮箱。有时候他甚至在走出家门，走进令人望而生畏的冰天雪地去上班前，还给我回信。我把基里尔给我的邮件附上留言转发给了康斯坦丁，这下子我们真的是进入了侦探小说——我们以前常这样戏称我们的寻亲工作。

窗外一片漆黑，只有台灯的光映在窗前。我盯着那片黑暗，好奇母亲到底出生于一个怎样的家庭。苏联和后苏联时代的失败，从未结束的俄罗斯的命数——既无法从集体噩梦中苏醒过来，又困于沦为仆从和无政府状态之间；被痛苦和暴力裹挟的混沌黑暗的世界，一部充满了软弱无能、统治、专制和死亡的家族史；不幸的俄罗斯如同永恒的圣母玛利亚，强硬地拥抱着她的孩子们。这一切和我有什么关系？当我还是个小女孩时，我本能地做了自认为正确的事情，丝毫没有意识到我不过是整个历史中微不足道的一环。现在，我被一种感觉裹挟，即我的反叛不起任何作用，我依旧出自有毒而且堕落的家族土壤，家族里甚至还出了一个弑母者。

我的笔记本竟然在这个不同寻常的时间点发出一声提示，有新消息进来了。新消息来自"亚述的希腊人"论坛。康斯坦丁曾经写信告诉我，在我们历时已久的交流中，他学会了读懂我的想法。他现在一定是在睡梦中读到了我的念头，又爬了起来。这一夜他没回去睡觉，我们写了一整夜邮件。在他眼中，基里尔是一个不幸的、值得同情的人，是我找到的一个"死人"，我向他伸出了双手。但是康斯坦丁高估了我。我不具备他的人道思想，也没有他那种包容一切的乌克兰－希腊式的精神。基里尔让我害怕，甚至相距如此之远仍让我感到心惊胆战。"我不放弃希望，我相信最终我们将会找到一位您可以拥抱的人。"康斯坦丁在清晨的最后一封邮件中写道。早在很久以前他就幻想，当我们找到所有人时，我们就在马里乌波尔见面，盛宴庆祝。我不确定我到底还想不想继续寻找下去，可是能和康斯坦丁在马里乌波尔见面并拥抱他，多么美好的憧憬！

我开始害怕我会找到的人，对寻亲之路上如影随形的幸运也开始感到恐惧。可是我当然不会忘记，在西伯利亚的某处还有我的一位表兄，如果他还在世的话，他很可能是我的家族史最重要的见证人。偏偏是杀害我表姐的凶手把我引向了他。我从基里尔·齐莫夫那里得知，这位名叫伊戈尔的表兄，出生在梅德韦日耶戈尔斯克的劳改营中，生于1931至1933年间，那么很可能他认识我的母亲，即使当时他还是个小男孩。

在我们开始寻找这位表兄之前，康斯坦丁还成功地使出了一记绝招。基里尔没记错，的确有一张唱片记录了我的舅父谢尔盖的歌声。康斯坦丁在网上找到了这张唱片，尼古拉·李森科的歌剧《扎波罗热的哥萨克》，录制于1956年。这张唱片是乌克兰国家交响乐团录制的，其中低音部分由谢尔盖·雅科夫列维奇·伊瓦申科演唱。康斯坦丁立刻把唱片录音发给了我。

我倾听着舅父的歌声，听着数码化录音播放出的绝佳音色，忘记了这声音来自久远的年代和遥远的世界。才听完最初的几句，我就被催眠了。几十年来，自我在慕尼黑第一次听歌剧开始，我就在寻找这样的声音，而现在我在自己的家族中找到了它。我总想，这样的一位演唱者，他根本不是在演唱，而只是简单地在呼吸，或者在哭泣。

我端详着那张拍摄于1927年夏天的照片，照片中活泼的半大小子，光着脚，头戴一顶水手帽，坐在第聂伯河边的树杈上。没有任何迹象显示，这男孩的喉咙里会流淌出美妙绝伦的低音，正如所有伟大的演唱家一样，这种声音不是来自喉咙，而是来自人间之外的某个地方。唱片是1956年录制的，谢尔盖当时四十一岁，正是这一年我的母亲离开了人世。我试着想象，母亲清亮的女高音和舅父的低音一起合唱会是怎样。在我的幻觉中，舅父的歌声似乎倾泻在房间的四壁上、家具上，还有窗前的枫树上，这正是很久以前母亲也曾听过的歌声，是她在马里乌波尔生活的一部分。

现在我能以一种新的眼光来审视我的表姐叶芙根尼娅了。谁若拥有如此美妙歌喉的父亲，那几乎不可避免地会沦陷。对于她把自己的一生全部奉献给父亲这件事，我也不再感到惊诧。即使现在，父亲仍旧是她存在的核心意义。为了保证生活如常进行，人们在极美的事物面前会保护自己，以防深陷其中无法自拔。叶芙根尼娅没能保护自己，她无法抗拒，她也许为此付出了高昂的代价。

我总是一再播放谢尔盖的唱片，我自己也说不清，在我心中，究竟是找到亲人的喜悦之情强烈，还是对于错过太多的痛苦更强烈。其实，很久以前我本可以在乌克兰见到谢尔盖，如果我当时知道他是我舅父的话。谢尔盖去世前一年,我和我当时的男友开私家车去莫斯科拜访我们的俄罗斯朋友。在当时,私人旅行还很不常见。回程途中我们途经乌克兰。我在基辅的独立广场上吃冰淇淋,徒步走过那些古老的、高低起伏的街巷,也许还从谢尔盖家门前经过。我错过了他。三十年前,他是公园看门人,在回家的路上倒地死去。然而他的声音还活着,我真的找到了这声音,就在我的电脑里。每当我想听,我就立刻可以听到。我在寻亲过程中遇到的所有奇迹,这一桩是最让我难以置信的。

康斯坦丁之前在"同班同学"社交网站上找到了基里尔·齐莫夫,现在他又找到了一个来自米阿斯的十三岁西伯利亚少年。和莉迪娅的儿子姓氏相同,个人主页照片上,他头戴一顶滑稽的红帽子,手腕上戴着一只貌似昂贵的手表。事情很快水落石出,少年正是伊戈尔的孙子。他甚至还能记起曾祖母叫莉迪娅·伊瓦申科。现在一切都取决于,这个十三岁少年能否成为联系他祖父和我之间的关键一环,还是我们这些白发老人只会让他厌烦。庆幸的是,他很合作,而且聪明伶俐。仅仅几天之后,他就给我发来消息,附有一个电话号码。他写道,他的祖父十分惊诧,他正焦急地等我的电话。

在此期间,我那辆被鼬咬坏电线的车已经修好了,我想着用手机往西伯利亚打电话不仅花费高昂,而且很可能因为距离遥远导致通话质量糟糕,我当天就收拾行李,驾车返回了柏林。我生平第一次拨通了西伯利亚的电话号码。十三岁少年给我的电话号码看来是对的，至少我听到了电话接通的提示音，电话立刻被接了起来。电话另一端的男人的声音在颤抖，他问我，我们应该以"您"还是"你"来相称。"我们找了你母亲很久，"我的表兄说道，"很久以来，我们一直在等，等着是否有迹象表明她还活着。"我的声音也开始颤抖，努力搜刮脑中的词汇来开头。

通话中我才得知，基里尔·齐莫夫不仅杀死了自己的母亲，而且也毁了伊戈尔的生活。十三年前，伊戈尔白发苍苍的老母亲刚离世，紧接着他的妹妹叶莲娜又被亲生儿子杀死，他不堪打击而中风，此后再也没有完全康复。他已七十八岁，几乎一切都要依赖他的妻子，而妻子在患癌之后行动也十分不便。

六十年来，伊戈尔作为测绘师，管理着一家大型建筑企业。他有两个孩子、三个孙子和一个曾孙。他的儿女成了新俄罗斯成功的企业家，整个家族应有尽有。多亏卫星地图，让我可以看到伊戈尔和他妻子居住的时髦高楼，按照西伯利亚的条件来看，很可能是绝顶奢华了。宽敞的内阳台上，他可以俯视乌拉尔郁郁葱葱的山脉，也能观察室外温度计上极大的温度变化，水银柱短短几分钟内能上升或下降十五度之巨。

可惜伊戈尔不认识我的母亲，他从没去过马里乌波尔，而我母亲也从未到过梅德韦日耶戈尔斯克。此外，我很快发现，他根本不是我期盼的家族史见证人。作为一个在劳改营中长大的孩子，像劳改营中的许多人一样，他早在儿时就学会了自我封闭。他像格言里著名的三只猴子一样生活：闭上眼睛，捂住耳朵，紧闭嘴巴。他也许真的对家族过往一无所知，或者，沉默已变成他的天性。他从来不直接说出希特勒和斯大林这两个名字，他总是以"那两个留着髭须的"来代称。另外，外甥基里尔的名字也被他从字典里一笔勾销。我提的关于基里尔的问题他听也不想听。

有一次他去外面散步，接我电话的是他的妻子柳博芙。她告诉我，基里尔夜里爬起来，溜进他母亲的房间，用枕头捂死了她。之后，他还到厨房用勺子舀了一杯蛋黄酱吃，吃完又躺下睡了。据我从柳博芙口中听到的，基里尔的母亲爱他的父亲胜过一切，在她被抛弃之后，她把全部的爱转向了儿子。她把儿子奉若神明，毫无节制地爱他。因为儿子有数学方面的天赋，她就把他当作神童，不断地给他制造天才光环。但是，随着年龄的增长，儿子变得越来越暴虐专横，长成了一个庞然大物，经常威胁自己的母亲，以至于她多次逃到西伯利亚米阿斯的哥哥伊戈尔家里。有一次，他砸烂了莉迪娅的所有家具，因为他认为莉迪娅已经活得足够久了，该死了，好腾出位置来给他。这肯定不是有关我的表姐叶莲娜和她儿子基里尔故事的全部，不过，故事的完整真相我可能根本不想知道。

我从伊戈尔贫瘠的言语中拼凑出，莉迪娅是一个粗暴的、难以接近的人，显然和他一样沉默寡言。他已经回忆不起来，他的母亲有没有拥抱或者疼爱过他。至于表妹叶芙根尼娅所说的，莉迪娅是母亲玛蒂尔达和亲弟弟瓦伦蒂诺乱伦的产物，伊戈尔将其斥为无稽之谈，他说这是叶芙根尼娅的胡编乱造，他俩之间已经多年没有联系。

在他的外祖母玛蒂尔达到梅德韦日耶戈尔斯克后,祖孙俩长时间居住在同一屋檐下。战争中,全家被遣散到哈萨克斯坦,勉力在那儿生活了五年,直到伊戈尔的父亲得到了俄罗斯沃斯克列先斯克市的总工程师一职。玛蒂尔达再也没有回马里乌波尔,而是和他们住在一起直至去世。最后她几乎全聋,只用眼睛来示意。绝大多数时间,她坐在厨房的桌边,独自摊摆纸牌。从伊戈尔的描绘中基本可以推断,她也是一位不易亲近、冷冰冰的、落落寡欢的人。先前谢尔盖的女儿叶芙根尼娅对她的描述,和伊戈尔的完全吻合。

为什么母亲向我描述的完全是另一幅画面,她的母亲是一位圣母般带着无限善良和慈爱的女性?也许玛蒂尔达对我母亲不一般,因为母亲是她最小的孩子?难道母亲,当年那个柔弱无助的小姑娘得到了玛蒂尔达全部的爱,这份爱玛蒂尔达从未对他人表露?是不是只有母亲认识的玛蒂尔达是一位感情充沛、温柔可亲的女性,正如她向我描述的一样?

既没感受到母亲的爱,也没感受到外祖母疼的伊戈尔,十六岁无忧无虑地离开家前往莫斯科上大学,通过国家考试后,被派往西伯利亚担任土地测量员一职。他告诉我,就是在西伯利亚,他开始酗酒。要不是有柳博芙,他不知道自己哪天会一头栽倒在街边的排水沟里,再也爬不起来。

我提出的关于舅父谢尔盖的问题,他没法回答或者不想回答。他只告诉我,他曾经有一次在阿拉木图看过谢尔盖的歌剧演出《鲁斯兰与柳德米拉》，当时他还是个孩子，害怕听到舅父雷声一般低沉的声音。他顺便提到，谢尔盖在战后作为前线歌唱家去过德国。我心中立刻浮现出母亲和她哥哥意外相遇的画面：哥哥作为一名红军，要为占领德国的苏联士兵演唱俄罗斯歌剧的咏叹调，而妹妹作为强制劳工，曾为敌人劳动过。这对兄妹是会热烈拥抱对方呢，还是会互相仇视，永远不饶恕对方？如果母亲知道她的哥哥也在德国，可能就在不远的地方，她会怎样？倘若母亲当时知道了我方才知晓的事，她会不会利用这个机会和哥哥一起回乌克兰，反正当时她已经清楚，留在德国不会有任何未来？如果是这样，她的人生是不是会有另一种转折呢？

我又一次收到了家庭照片，伊戈尔用他儿子的电脑发来的：他的孩子还有孙子在芬兰、意大利、美国度假的照片，还有他儿子在米阿斯的富丽堂皇大宅的照片。那座配备了一个西伯利亚式的桑拿房的大宅，坐落在一块巨大的长满一株株云杉的土地上。还有家庭聚会的照片，宾客满屋，桌上堆满了美食佳肴，俄罗斯式排场，洋溢着欢快。

在伊戈尔存留的旧照中，我惊奇地发现，不仅有年轻的戴着头巾的母亲的照片，还有那几张背后写着"外祖父和两位友人"的照片。不过"友人"不是两位，而是三位。原来这么多年来我从来没发现，我手上的照片是被剪裁过的。伊戈尔的照片上，除了娜塔莉亚和瓦伦蒂娜，还有叶莲娜，母亲的第三位姑母，我在有棕榈树的照片上见过。在三位"友人"的完整照片的边缘，垂直写着一排花式字母：敖德萨卢米埃照相馆。我现在明白了这张照片拍摄时的情况了。从莉迪娅的档案中我获悉，她的姑母叶莲娜在敖德萨生活过。我的外祖父雅科夫和他的两个妹妹瓦伦蒂娜以及娜塔莉亚去敖德萨看望她。利用这次机会，四兄妹一起到敖德萨一家名为卢米埃的照相馆拍下了这张照片。只有奥尔加不在，当时她和丈夫在莫斯科，或者已经结束了自己的生命。但是，为什么我母亲手上的照片中，叶莲娜被剪掉了？康斯坦丁的解释是，大革命之后，无数人在照片上消失了。他们不是自己把自己的照片剪掉，就是被旁人剪掉，因为被人在照片上看见是种危险。这么说来，是不是不只莉迪娅，她的姑母叶莲娜也是个危险的政治犯？或者，在叶莲娜被抹掉的背后，又是隐秘的家族仇恨？

我打开下一张照片，第一次看到了谢尔盖成年后的模样。其中一张照片上，他身着红军制服，上面别着红星勋章，还十分年轻，衣冠楚楚，一张光滑的面孔还带有几分孩子气。另一张照片估计是二十年后的他，一个充满阳刚气、魁梧的男人，深色卷曲的头发，强有力的下颌，却有一双和我母亲一样忧郁的眼睛。一系列的艺术照上，他既是《叶甫盖尼·奥涅金》中的格列明亲王，又是《黑桃皇后》中的托姆斯基伯爵，《鲍里斯·戈都诺夫》中的主人公，《鲁斯兰与柳德米拉》里的基辅大公，还是歌德《浮士德》里的梅菲斯特。由此看来，谢尔盖不仅是一位极具天赋的歌唱家，还是一名伟大的演员。每张照片上他都如同换了一个人，他应该还有更多的面孔没有在这些照片上展现出来。他具有一种内在的令人生畏的力量，魔力般抓住人心。

当我看到一张照片标注着"玛蒂尔达·约瑟夫芙娜·德·马尔蒂诺和雅科夫·伊皮凡诺维奇·伊瓦申科的孩子：莉迪娅、谢尔盖和叶芙根尼娅"时，我的心脏几乎停止跳动。我打开照片，看到的画面却令我十分不解。我一眼就认出了莉迪娅，照片中她大约十八岁。十三岁左右的男孩毫无疑问是谢尔盖。但是我的母亲叶芙根尼娅在哪里？只剩下一个陌生的小女孩，头上戴着一个巨大的俄罗斯式蝴蝶结，看上去好似顶着个小螺旋桨。非常缓慢地，我一点点地反应过来，这个陌生的小女孩正是我的母亲。第一眼见到的小女孩和我记忆中的成年女性形象相差太远，尽管在她的小小面庞上可以清晰辨认出母亲的五官，她的眼睛、额头，还有下颌。她当时应该八岁左右，穿着一件看上去昂贵的白色蕾丝裙，乌黑的头发剪成了整齐的儿童刘海，扎着短马尾辫。

我从来没有设想过她是这副模样，连与此相近的形象也不曾想象过。这么一个出身优渥、盛装打扮、精致讲究的孩子。也许为了拍这张照片，家里人把剩下的所有家当都拿了出来，并送她去理发店。她的哥哥姐姐是望向镜头，而她则是望穿镜头。那双目光游离、乌云密布的眼睛，虽然只是孩子，却已是忧郁的化身。毋庸置疑，她正是我的母亲，同时又是一个陌生的、无法接近的孩子。她是那么的娇小纤细，那么脆弱，我不敢去触碰她，也不敢去拥抱她。她如同一位来自悲伤星球的、被白色蕾丝花边包裹的小公主。我不知道是不是我已知晓的一切促使我产生了这样的想法，或者是人们在她幼小的时候已预料到她将面临毁灭，她无法经得起那个时代的惊涛骇浪。很难相信，在那个一切都不利于她、以消灭她为目标的年代，这么一个清澈见底的人，竟然活到了三十六岁。也许这张照片属于莉迪娅的遗物，后来，辗转到了西伯利亚她儿子手中，现在又出现在柏林，我的电脑屏幕上。三十年后，母亲突然消失，直到人们从雷格尼茨河把她打捞上来。寻亲过程中，我一直追溯到她的幼年，可能再也不可能找到比这张童年照片更早的踪迹了。

伊戈尔从米阿斯发来的最后一张照片上展示了母亲从小到大居住的房子，即我的意大利外曾外祖父母特蕾莎及朱塞佩·德·马尔蒂诺的大宅。为了探寻先人的足迹，伊戈尔的儿子和儿媳几年前去过马里乌波尔，拍下了这座衰败得厉害的建筑。苏联时期，我母亲还住在马里乌波尔时，这条街叫列尼娜大街，历经数年又恢复了旧名，大门口一块深蓝色的牌子上，白色字体写着街名——尼古拉耶夫斯卡亚大街，以创造奇迹的神圣的尼古拉命名，他是旅行者、囚犯和孤儿的庇护人。

大宅有两侧厢房，延伸到后面看不到的庭院中。照片上只能看到大宅面向大街的两处正面，由一个拱门连接。老旧的建筑呈现出一派后苏联的忧郁衰败之象。甚至可以闻到陈腐的气息，还有尿味、垃圾的怪味以及墙壁间的霉味儿。被岁月以及工业废气腐蚀的石块，提醒着人们这座大宅的过往。百年前母亲出生时的时光在眼前立体起来。稍加想象，还能辨认出房屋立面窗户上的精美装饰，充满艺术感的锻铁编织装饰。迷人的花式屋顶窗如今已被杂草和灌木包围，远远看上去如同鸟巢。连接两侧厢房、由切割为同等大小的灰色石头组成的拱门，被剥蚀风化得厉害，看上去好像随时会坍塌。生锈的屋檐水槽、老旧不堪的天线和耷拉下来的电线胡乱堆在多孔砖瓦铺成的屋顶上。砖瓦有蓝色和粉红色两种颜色。

　　大宅的照片让母亲在马里乌波尔的生活在我脑海中鲜活起来。我仿佛看到还是小女孩的她在拱门后的庭院中，和其他孩子一起嬉闹玩耍，一起的还有她的哥哥谢尔盖。我仿佛听到保姆托尼娅在身后叫她，我看着她背着书包，穿过当时颜色还鲜亮明快的拱门。她走过的每条路都从穿过这个拱门开始，从这条街开始。照片中支离破碎的、一半被杂草覆盖的石块路面或许还是当年的。可以猜测尼古拉耶夫斯卡亚大街当时应该属于意大利人聚居区，也许母亲还时不时去相邻的希腊人聚居区拜访她的表亲。也许在她的日常生活中有乌克兰人、俄国人、意大利人，还有希腊人。即使今天，意大利人还居住在城里，至少尼古拉耶夫斯卡亚大街附近意大利餐厅遍布，我在卫星图片上能看到，但是可能这些餐厅是新时代的产物，而不是过去遗留下来的。世界上没有哪个地方，比我眼前屏幕上看到的更遥远，更难想象了。

　　我和表兄伊戈尔的通话很奇怪，因为我们可以谈论的内容很有限。伊戈尔不仅沉默寡言，而且像大多数俄罗斯人一样，总是反复诉说时代的巨大伤痛，却把个人的痛苦深埋心中。另外，俄罗斯人的行为准则中规定了，不能向对方提出可能会引起不适的问题，向他人倾诉自己遇到的困难也不常见。基本上，我和伊戈尔通话的实质性内容近乎无。我们没有共同的话题，我们活在完全不同的世界，但是我依然感到，在这个孤独的、连话都不愿意说或者不能说的老人身上，藏着深邃而敏感的灵魂。渐渐地，我们之间产生了一种温柔的爱。

伊戈尔总是焦虑地等我的电话，如果我间隔三四天没打，他就会担心。而我也担心他，时常担心他那条细细的生命线会不偏不倚地在我刚找到他的这个当口，突然断掉。在我们通话间隔的几天中，我会挂念他，而我感觉到，他也在挂念我。

俄语中，表兄叫 dwojurdnyj brat，"第二亲的哥哥"，通常人们不说"第二亲"，直接称呼"哥哥"。"我哥哥在干什么呢？"每当伊戈尔的妻子接电话时，我都这么问。每次说出这个对我来说全新的词的时候，我总是尽情享受它带来的快乐。哥哥，简直不可思议，我有了一个哥哥，而我是他的妹妹。我的哥哥，他现在正在做什么呢？我每天问自己很多遍这个问题。而伊戈尔对于我的意义，远比成为我的哥哥要大得多。尽管他几乎从来没说过有关家族的事情，但是他是我和长辈之间的纽带，是我们这个乌克兰－意大利家族的纽带，尽管我曾经诅咒这个家族。有那么一些瞬间，我甚至觉得，他的存在像我母亲又死而复生一般。反之，我的出现对他来说，就好像他又找回了他失去的妹妹叶莲娜。妹妹被亲生儿子杀死的惨事对他的打击之大，使他的生命之火只能黯淡不定地一忽一闪着。唯一令人宽慰的是，他这种状态已经持续了十来年，生命之火虽然黯淡，但一直闪烁，也许还会长时间闪烁下去。我无法替代伊戈尔的妹妹，然而我时常感到，不仅他之于我，而且我之于他也是一份礼物，意外地让他和整个世界重新连接起来。

康斯坦丁为我许下的愿望实现了。最后，我到底还是找到了一位可以拥抱的亲人，一个远在西伯利亚的将近八十岁、重病在身、沉默寡言的哥哥，我的生命线和他的交织到了一起。我的寻亲之路走到了尽头，对我而言已经没有什么可以再找寻的了。我几乎不敢相信。可是我的确追查了母亲整个家族所有人的踪迹，不仅故去的人，而且还有健在的人。在远房的亲戚那里，我也不指望能打听到关于母亲的新消息。伊戈尔是我寻亲的终点，我曾经在湖边的一个夏夜里任性地开始的这场寻亲，结束了。可是，没料到竟然还有些东西在等着我。

伊戈尔中风后和他的妻子搬进了舒适的、配备电梯的楼房，以防万一，他仍然保留了位于一栋旧宅四楼的私人公寓套房。如今，住在米阿斯的他的两个孙子中，年长的那个宣布要结婚了。长孙虽然不用面对俄罗斯大多数年轻人婚后要和父母蜗居二居室的命运，他父亲的大宅里有的是房间给他住。但是他想离开父母，和新婚夫人一起搬到祖父的私人公寓套房里。清理公寓套房中的废旧物品时，他们在一个柜子顶上发现了两个本子，上面积满了已变成絮状的灰。经过辨认，原来是莉迪娅的日记。伊戈尔毫无头绪，日记本怎么会出现在柜子上，差点和旧家具一起报废处理掉。

伊戈尔的眼睛不行了，没法读日记，也可能他根本不想去读。作为苏联时期出生长大的孩子，他到现在还墨守不能复印的规定，全然不知，在俄罗斯，人们早就可以轻松走进一家复印店，拿着任何一个原版复印多少页都没问题。他让儿子把两本珍贵的日记本邮寄给我。我整天心惊胆战，担心路途遥远，危险重重，担心好不容易找到的见证人的记录会丢失。这些年来，日记本躺在柜子上落满灰尘，仿佛是在等我的出现，好像莉迪娅是为了我，才把日记本放在儿子的柜子上一样。

日子一天天过去，我的担心成了事实：邮件没有抵达。我每天都在等邮件，我房子前厅的邮箱里总是塞满了广告和其他无用之物，可是来自西伯利亚的邮件一直没到。难道日记本没通过审查，被没收了？或者难道邮件在岔路上耽搁，然后丢了？我不由得想起我以前翻译过的一本书。书中，女大学生假期中打工充当邮递员。她们从邮局取出沉重的装满要送件的邮包，把所有信件倒进离邮局最近的垃圾桶，然后愉快地度过一整天。难道我寻亲路上珍贵的发现也落得相同的命运？

最后终于发现，邮件没到并不是俄罗斯邮政系统的偶然事件，而是因为其他原因。德国邮政局把日记本转送到了我沙尔湖畔的住址，尽管我从来没有提交过邮件转送申请。四月中狂风暴雨的一天，我抵达沙尔湖畔的住所，从信箱里滑出一个潮湿的信封，信封上还有被盖住的我在柏林的住址。这封信很可能几周来一直躺在这个孤单的金属箱子里，历经了屋外的风吹雨打。

我迅速把行李搬进干爽的室内，匆忙拆开信封，好像母亲姐姐的声音在最后一刻还会陡然消失似的。两本日记本有一点潮湿，但是没有损坏，一本是绿色的，另一本是棕色的，两本大概 A5 大小，线装，边缘有些歪斜，不像是机器而像是人工装订的。这两本并不是日记，而是回忆录，是莉迪娅八十岁时写下的，也就是她去世前十年。方格纹图案的内页上，是我曾经在她的平反申请书上见过的小而倾斜的字体。令人惊叹的是，一位八十高龄的老人竟写得如此工整，而且一气呵成，几乎没有改动的痕迹。

绿色册子的第一页写着格奥尔吉·伊万诺夫的一首诗：

俄罗斯是幸福，俄罗斯是光明。
也许并没有俄罗斯。

太阳从未照亮涅瓦河，
普希金也从未倒在雪地里死去，

彼得堡从不存在——
只有田地，被雪覆盖的田地。

只有雪，只有雪……和漫漫长夜
永远只带来新的霜冻。

俄罗斯是灰烬轨迹的沉默。
也许沉默由颤栗组成。

> 冰冷的黑暗、子弹和绳索，
> 还总有疯狂的音乐。
>
> 营中的清晨，阳光照耀大地，
> 这片世间无名之地。

我用羊毛毯把自己裹住，坐在窗前的大沙发里。窗外湖面上狂风暴雨，一片灰暗。我开始读起来。回忆录的开头是一则引言，引自《摩西五经》的第五册："伸冤在我，我必报应。"我咽了咽口水，屏住呼吸等着母亲第一次在回忆录中出现。莉迪娅虽然记录了她的出生，但是除此之外，有关我母亲的记录就几乎再没出现过。我应该知足，能在字里行间寻找我的母亲，她曾经生活的世界，她的亲姐姐亲眼见过的世界，现在以最近的距离展现在我面前。

第二部

三兄妹谢尔盖、叶芙根尼娅和莉迪娅,约 1928 年

我的外祖父雅科夫，因为革命信仰被罚流放二十年。流放期的最后时期，他被允许在国家监管下住在当时位于俄罗斯帝国边缘的华沙。我母亲的姐姐莉迪娅，1911年就出生在那里。

正如我之前猜测的，玛蒂尔达·德·马尔蒂诺并不是雅科夫的第一任妻子。莉迪娅的童年是和她同父异母的哥哥安德烈一起度过的。安德烈是雅科夫在流放地结婚生下的孩子，他第一次来到华沙时双眼睁得老大。

雅科夫在华沙一所高级文理中学谋到了历史老师的职位，收入微薄，但是他娶了一位出身意大利家庭的富家女，娘家家产丰厚。婚后，夫妻俩住在老城中心一处宽敞的公寓套房里，雇了一个波兰厨师、一个俄罗斯女佣以及一位英国家庭教师——维格摩尔小姐。维格摩尔小姐总戴着一顶前后帽檐完全一样的小帽子，雅科夫称她为"哈喽－拜拜小姐"。还在幼童时，莉迪娅就已经会说三种语言了，她总是把它们混淆。另外，她的父亲还会俄罗斯贵族的语言——法语，而父亲还会的德语是来自波罗的海德意志三国的母亲安娜·冯·爱伦施泰特教的。

131

他们的起居室里放着一台昂贵的三角大钢琴，极具音乐天赋的玛蒂尔达用它弹奏肖邦和莫扎特。家里经常高朋满座，全是波兰的知识分子、音乐家和诗人。雅科夫被准许去瑞典和英国旅行，在那里，他和当地工人运动的积极分子秘密会面。然而这一切并不妨碍他在华沙大手大脚地过日子，和全家人到时髦的波兰疗养地瓦津基公园度假。1915年德军进入华沙，结束了他奢华的流放生涯。雅科夫获准返回马里乌波尔。历时二十年，他又恢复了自由身。他回到故乡后不久，我母亲的哥哥谢尔盖出生了。

当时，马里乌波尔是一个多种文化混杂的城市。有乌克兰人、俄国人、希腊人、意大利人、法国人、德国人、土耳其人、波兰人，其中很多是犹太人。城市位于丘陵之上，在城里任何一处都可以看到以渔产丰饶而出名的亚述海。每当巨大的鲟鱼群和梭鲈鱼群游过时，平静的海面如同沸腾一般。

城市下方边缘住着渔夫，比渔夫地势略高、住在丘陵之上的是工人，主要是港口工人。他们住在木屋、土屋、简易仓库或者隔板屋里，那里拥挤不堪，工人们又苦又穷。当时没有下水道，没有供电，人们还必须拎水桶去泉眼处打水。泥泞的地面恶臭扑鼻，咬人的蚊虫到处都是。饥饿的孩子们在污泥里玩耍，而他们的父亲在喝酒。疟疾、霍乱和伤寒肆虐。夜间，人们在棚屋里点燃松木火把照明。

第三层遍布贫穷犹太人的小木屋和隔板屋。这里有人人渴望得到的火柴、鞋带、剃须毛刷、煤油、锈蚀的钉子、旧书、甜瓜、玉米棒、小米、盐石、祈祷披巾，所有能想到或者想不到的都有。这里也到处是半裸的、邋遢又饥饿的孩子，男孩子留着犹太人传统发式，鬓角两边垂着卷曲长发。

位置比较靠边的，停靠船舶和卸货吊车的港口背后，是两片巨大的法国人建造的铁棚屋群。在这里工作和住在独立居住点的人们，条件比港口工人好不少。砖石堆砌成的房子里有水有电，工资刚好够填饱肚子。工厂高大的烟囱夜以继日在城市上空吐出污浊的废气，换班结束的汽笛声取代了马里乌波尔居民的钟声。

雅科夫和家人住在"上层城市"，那里直到大革命都是给中产阶级和上层社会居住的"保留地"。有餐馆和酒吧，有"太阳俱乐部"，有大陆酒店和帝国酒店，有希腊式的酒菜馆，意式小餐馆，还有剧院，大集市以及价格高昂的商铺，许多俄罗斯东正教教堂，一座天主教堂，数个犹太教堂，一座意大利居民建造的罗马天主教堂以及一座波兰教堂。街上行驶着出租车，有人在卖热腾腾的散装俄式馅饼，还有吉普赛人在揽客看手相。每个周日，管弦乐队都会在城市公园中演出。

玛蒂尔达的父亲，朱塞佩·德·马尔蒂诺，富得流油的意大利商人，把整座城市最华丽的宅第之一，位于尼古拉耶夫斯卡亚大街大宅的一侧厢房给女儿及其家人居住。而玛蒂尔达的姐姐安吉丽娜和她的希腊丈夫及孩子居住的"白色宅邸"更奢华。马里乌波尔城里最光彩炫目的舞会和花园聚会都在"白色宅邸"中举行，那里还举办过音乐会以及慈善抽奖。和姐姐不同，玛蒂尔达和父母住在一起，教授钢琴课，丈夫雅科夫大学学过法律，只找到了法官助手的工作。雅科夫回到马里乌波尔后，立刻重操旧业，又和布尔什维克凑在一起，这些人来自当时俄国社会民主工党党内被禁的派别。雅科夫这个坚定的布尔什维主义者，为何娶了大资本家的女儿？他如何能和被划为阶级敌人的岳父在同一屋檐下生活？关于这些莉迪娅只字未提。对我来说，这并不是她回忆录中唯一的盲点。

玛蒂尔达富有的母亲特蕾莎·帕切莉，傲慢地俯视着出生于乌克兰破落贵族家庭的女婿。她对于雅科夫家里只雇了托尼娅一名保姆以及餐桌上只有三四道菜嗤之以鼻。虽然在华沙，她女儿有宽敞的住所，但是现在回到父母家中，女儿不得不靠教授钢琴课来赚钱。

我的意大利外曾外祖父母特蕾莎和朱塞佩的豪宅，简直是穷亲戚的聚居地。除了雅科夫一家，同住的还有玛蒂尔达的哥哥费德里科，他帮父亲打理店铺，住在一个简陋的套间里。此外，还住着帕切莉家的"小婆婆"和阿莫雷蒂家的"大婆婆"。"大婆婆"的绰号来源于她令人印象深刻的身高，还有她华丽的、一直垂到膝盖的大辫子。早先她嫁给了一名俄罗斯贵族，丈夫在轮盘赌中输掉了全部家当并死于肺结核。自此，这位早早丧夫、丧尽家产的"大婆婆"就住在了妹妹特蕾莎家中。"小婆婆"也有相似的命运。她的确身材娇小纤细，有着令人为之疯狂的美貌，可是她的身体越来越弯，变成了驼背。拥有众多酒窖的父亲，给她提供了极佳的教育。她会多种语言，因充满智慧的谈吐及无懈可击的教养而引人注目，成为沙皇的母亲玛丽亚·费奥多罗芙娜的宫廷女官。她嫁给了一名相貌出众但是赤贫的军官，可丈夫却无法接受娶一个驼背为妻，把她的嫁妆挥霍一空后，消失得无影无踪。有一天，"小婆婆"再次出现在马里乌波尔。对于提问，她一律回答得极其简短，通常只说："我不知道，我根本什么也不知道。"大多数时间，她沉默不语。

大宅的所有者，莉迪娅和谢尔盖的外祖父母居住的部分，同博物馆毫无二致，屋里陈列着来自世界各地让人惊叹的物品：中国的丝绸，印度的地毯，非洲的象牙人物雕，波斯的珍贵马赛克镶嵌画和箱子，锡兰的令人恐惧的面具，硕大的、能听到遥远大海声音的贝壳，阿拉伯的挂毯，日本的瓷人，威尼斯的水晶碟……还有更多的奇珍异宝，全部是特蕾莎和朱塞佩航海途中带回来的。桌上摆放着果篮以及插满鲜花的花瓶。招待客人、奏乐跳舞的会客室里，供奉意大利祖先的画廊正中挂着一幅沙皇一家的画像，下方是红衣主教以及意大利使者在葡萄牙的画像。还有朱塞佩父亲的画像，那个来自那不勒斯的石匠，一个肩膀宽阔、光头，戴着单片眼镜的男人。沙龙室内雕梁画栋，如镜面般光滑的地板，是莉迪娅偷偷玩的滑道。最吸引她的，是一间房间里两个镶了镜子的间壁。当她站在其中一面镜子前，她的镜像会被对面的镜子反照回来，镜子又再反射反照回来的镜像，在那里她能看见无穷无尽的自己。

外祖父母的仆从除了两个女佣，还有一个女厨师、一个洗衣妇、一个管家、一个马车夫和一个汽车司机。只有女佣才能直接和外祖父母说话,其他人只能通过她们给外祖父母传话。有一回,莉迪娅来到厨房,正好佣人们在一边吃午饭一边闲聊。见她进来,大家不再作声。"有何贵干,小姐?"一名女佣问道。只听见有人小声说道:"这里哪来什么小姐啊?她只不过是吃外祖父母施舍的闲饭罢了。"莉迪娅觉得受到了侮辱。"我父亲是有工作的!"她倔强地反驳道。厨师给了她一大捧瓜子,莉迪娅跑开了。

后来我母亲也在庭院里玩耍,那里能听到隔壁箍桶作坊的声响。作坊在一面由深色柏树掩映的墙后,属于邻居犹太家庭勃朗施坦的宅地,当时还没人能够预料到,这个家庭里走出了一位后来被称作列夫·托洛茨基的人,他的侄子在莉迪娅的生活中扮演了举足轻重的角色。庭院中弥漫着丁香和野蔷薇的香气,房子立面爬满了蜿蜒向上的葡萄藤。庭院后方是马厩,里面养着三匹马,马车夫每天给它们喂食和刷洗。工具棚中停放着两辆马车,一辆日常使用,一辆节日时使用,还有一副巨大的马用雪橇供冬天使用。挨着工具棚建有一个车库。当时在整个马里乌波尔只有两辆汽车,其中一辆就属于莉迪娅的外祖父朱塞佩。

莉迪娅一直有点怕她母亲,虽然母亲从未惩罚甚至从未责骂过她。她总是用半带严厉半带嘲讽的目光看着莉迪娅,所以莉迪娅从没搞清过,到底母亲是在责怪她还是只是拿她寻开心。她从来没想过在母亲身上寻找保护、温暖和呵护。这一切都是她从乌克兰保姆托尼娅身上得到的,托尼娅亲热地拥抱她,逗她笑，她还从托尼娅那里学会了乌克兰语，一种被她父母认为低级的俄罗斯方言，正是这方言后来救了莉迪娅的命。

莉迪娅常常独自一人。她母亲有很多钢琴课学生，可以整天听见他们在练习音阶和练习曲。她的父亲不是在律所，就是去参加布尔什维主义者的秘密集会，从来都没有时间陪她。谢尔盖还太小，没法和莉迪娅一起玩，而同父异母的哥哥安德烈已经成人。他跟随父亲的脚步加入内战当中——才几天就送了命。

莉迪娅羡慕其他孩子，他们的母亲会给他们读童话书，她的母亲却从来没这么做过。也许这促成了她才刚刚五岁，在没有任何外界的帮助下就学会了看书。至于如何做到的，后来她自己也记不起来了。她用手指指着，逐个字母学习，直到她逐渐领悟出每个字母的顺序。她完全陶醉其中，不停地看啊看。看完童话之后，她就从父母的藏书中拿。才六七岁，她已读过了陀思妥耶夫斯基的《涅陀契卡·涅兹凡诺娃》，伊万·克雷洛夫的寓言，列斯科夫的《图拉的斜眼左撇子和钢跳蚤的故事》。她沉浸在成人的世界里，并且深信她读懂了书中的每一个词。

莉迪娅三岁还住在华沙时，她母亲开始给她上钢琴课。莉迪娅憎恨练习音阶，憎恨指法练习曲，但是她却能作曲。她根本不需要多做什么，只需要跟随内心中的曲调，和弦之后接着弹出下一个和弦。如同她看书一般，只不过在钢琴上她不是用眼睛在看，而是用耳朵在听。钢琴的琴键是一个个的字母，可以拼出单词和句子。有一次,母亲把头探进门里。"你为什么弹这么复杂的曲子啊?"她问道,"这曲子对你来说还为时过早。"她对女儿的天赋一无所知。

晚上,在忙碌了一天后,外祖父朱塞佩时常把全家召集到一起。在海上出生然后被抛弃的儿女们会过来,有时候住在圣彼得堡的钢琴家女儿艾雷奥诺拉·德·马尔蒂诺也会回来。大家吃喝闲聊,话题总是离不开政治,离不开大革命已经预示出的恐怖景象。有时候还会有人坐在雅克布-贝克尔钢琴旁弹奏一曲。有时候外祖父会说:"来,玛蒂尔达,给我们唱首歌。"莉迪娅的母亲嗓音与众不同,动听而低沉,她用这温暖的女低音唱那不勒斯的歌曲、歌剧咏叹调、柴可夫斯基和鲁宾斯坦的浪漫曲。通常给她伴唱的是她的弟弟瓦伦蒂诺。

当读到外祖母歌唱时,我竟没有丝毫印象。母亲不可能从来没和我提过外祖母的歌喉,她自己会唱歌肯定是来自外祖母,当然无疑也来自哥哥谢尔盖。她不哭泣、不默默出神的时候,总是在唱歌。她刷洗餐具的时候唱,扫地的时候唱,站在镜子前梳头时也在唱。我们都唱歌,几乎每天一起唱,我还弹手风琴,甚至还半夜爬起来,像患了夜游症一样,面前放着谱架,闭着双眼弹。父亲孩童时期是家乡俄罗斯教堂唱诗班的一员,之后做了唱诗班领唱。在德国强制劳役结束后,他的歌喉成了我们活下去的经济来源。起初,他给想听俄罗斯歌曲的美国占领者唱歌,他们给我父亲一些东西作为回报,之后他又作为哥萨克合唱团的一员,靠唱歌挣钱。也许我的父母早在马里乌波尔就唱歌，可能因为他们的歌声在一起既美妙又和谐，所以我的母亲才爱上了父亲。无论如何，他们俩的共同之处——曼妙的歌喉，以及对歌唱的热爱，也遗传到了我和妹妹身上，妹妹大学学习音乐并成了歌剧演唱家——她追随舅父谢尔盖的足迹，可却根本不知道有这么一位舅父的存在。在德国学校里，我总是歌声最好听的那个。歌喉是我的优点，我拥有的唯一的俄罗斯式优点。当母亲、父亲、妹妹和我一起歌唱时，当我们的歌声汇聚到一起时，这个家才真正存在，我们才是"我们"，别的任何地方都不存在的"我们"。

除了歌声之外一贯冷冰冰的母亲，莉迪娅写道，她的歌声充满了温暖、魔力和柔情。玛蒂尔达的歌声是莉迪娅童年最大的快乐。虽然她不给莉迪娅念童话书，但是当托尼娅带孩子们上床睡觉时，她会来到房间和孩子们道晚安。她离开前，坐在窗前开始轻声歌唱，唱俄罗斯和意大利的催眠曲，"睡吧，我可爱的孩子，睡吧，我甜美的孩子……""摇篮曲，摇篮曲，我该把这孩子给谁……"母亲低沉、神秘的歌声意味着安全，意味着莉迪娅的故乡，歌声每天陪伴她在这一天的末尾，幸福地进入梦乡。

每天早晨，母亲都试图把莉迪娅一头乱蓬蓬的黑发理出头绪。她用各种各样的头梳和毛刷，试图把不服帖的儿童毛发弄顺。"你就是我们的小女巫。"她开着玩笑，却并没有意识到，女儿对她的话有多较真。莉迪娅从童话书中知道女巫是会飞的，她暗地里相信自己也会飞。作为一个女孩，她和邻居家的男孩

139

们在紧挨着的房顶上跑来跑去,从一个屋顶跳到另一个。有时脚下踩的瓦滑落下去,男孩们吓得大叫,可莉迪娅一点儿也不害怕。她跳得很有把握,确信自己不会发生任何事,重力在她身上也不起作用。

有一天,她独自爬上屋顶,往空中迈了一步。她很幸运,没有掉到石板路面上,而是跌进了一个沙堆,沙堆刚巧在大街上她跌落的地方。她的女巫生涯以严重的瘀伤和脑震荡而结束。

到了夏天,玛蒂尔达的弟弟瓦伦蒂诺经常派来一辆马车,接玛蒂尔达和孩子们去他的乡间宅邸。宅邸位于马里乌波尔周边的一座巨大花园中的山丘上,在屋顶露台上可以俯视蔚蓝的大海、白色的沙滩和港口的船只。庭院中有潺潺的泉水,台阶边伫立着两只石狮子。巨大的花园一直延伸到海边,由一位名叫埃里希·克拉费尔特的园丁打理,他是瓦伦蒂诺特地从德国请过来的,住在宅地的一所小房里。一条条林荫大道穿过整座花园:一条树荫大道,总是十分凉爽,因为没有一丝阳光照进树枝搭造的绿色屋顶;还有一条阳光大道,玫瑰花丛中放着躺椅供日光浴,疗养各种各样的冬日疾病。其余的林荫道上种满果树和莓果灌木。穿过一片小型花海,各种颜色的花搭配在一起,光彩夺目,每个季节的颜色各不相同。穿过一条狭窄的石头台阶,可以往下走到沙滩边的更衣室。晚间,有客人来时,整座花园被装饰的彩色灯串照亮,人们喝着意大利葡萄酒,香槟,品尝自制的冰淇淋。

在这里,莉迪娅度过了童年最美好的时光。瓦伦蒂诺舅父和她一起玩多米诺牌,还让她在背上骑马。舅父在旁,母亲也好像变了一个人似的,变得轻松愉快,温柔可亲。尽管她弟弟的仆人可以做任何事,母亲还是自己采摘莓果,在露天厨房里熬制果酱。晚上,瓦伦蒂诺搬出留声机,放上唱片,和玛蒂尔达在露台上跳舞。此处莉迪娅突然附上一句:父亲从来没去过小舅子家的乡间宅邸。这句话旁边并没有解释,让人摸不着头脑,如果莉迪娅想在她的回忆录中暗示她母亲和弟弟之间的关系暧昧,那正是此处。

冬天,莉迪娅最喜欢坐马拉雪橇,比坐汽车还喜欢。外面飞雪时,她恨不得每天裹着皮草爬上雪橇,在飘舞的雪花中飞跃,听马挽具上的小铃铛叮当作响。当她有一次鼓足勇气请求外祖母让她多坐一次马拉雪橇时,外祖母居高临下地打量着她:"你们家里有马吗?有马车夫吗?你们一无所有。你们不过是寄生虫。"

莉迪娅气极了。她知道寄生虫和臭虫、跳蚤没什么两样。她冲进了她父亲的工作间,父亲工作时不允许别人打扰,但是这一次,她连门都没敲就闯了进去。"爸爸,外祖母说我们是寄生虫。是这样吗?"她气喘吁吁地问道。父亲拿下眼镜,用他那双严肃至极的棕色眼睛注视着她。"是的,女儿,的确如此。"他说,"我们生活在一个不平等的社会。不过,很快这一切就将改变。革命之后,不再有富人和穷人,我们也不再是寄生虫了。"

从那时起,莉迪娅就眼巴巴地盼着革命。她的确没等多久。

短短几周后,革命开始了。开始一派喜气洋洋,一点儿也不惊心动魄。大街上是嬉笑的人群,唱着不知名的新歌曲,手中挥舞着小红旗。就连莉迪娅父母也和外祖父母以及其他亲戚一起庆祝。他们高唱马赛曲,拿着香槟酒碰杯。为了自由!会客室中沙皇一家的画像也被拿了下来。一片歌舞升平,崭新的民主时代终于来临了。

看到这段,我不禁问自己该如何去理解这些。外曾外祖父母是太幼稚了吗,难道他们不知道即将面临什么?他们难道从来没有意识到,自己女婿的政治目标就是推翻并打倒像他们这样的人?

几天之后,枪击开始。人们开始用石块砸窗户。愤怒的下层民众试图冲进富裕的德·马尔蒂诺家。管家成功平息了众怒,他依然向着自己的主人,但是这一次,是在劫掠、无政府主义盛行、恐怖肆虐以及长期的恐惧开始前的最后一次平静收场了。马里乌波尔的多个政治团体正在抢夺政权,一会儿这个团体上台,一会儿又是另一个夺权。为了躲避大街上不停歇的胡乱扫射,人们躲在地下室和防空洞里。人们从挂在银行大楼的旗子辨认每次争斗的胜利者。沙皇旗代表白色近卫军,红色旗代表布尔什维主义者,黄蓝旗代表民族主义者西蒙·彼得留拉[①],黑

[①] 为了维持乌克兰独立自主,十月革命后,西蒙·彼得留拉开始组织乌克兰人民共和国军队与苏联红军、白军作战,后与波兰结盟共同对抗布尔什维克政权。后失败,流亡法国。——译者注

色则代表无政府主义者内斯托尔·马赫诺①。五年内战期间,马里乌波尔的政权更迭了十七次。最危险的是那些不挂旗子的胜利者。他们进行了最野蛮的袭击和洗劫。

我母亲当时还没出生,家中一切已经变了样。玛蒂尔达和两个孩子留在家里,她的丈夫雅科夫和继子安德烈走上街头,为布尔什维主义而战。渐渐地,佣人们一个接一个消失,还带走了他们能够拿走的所有东西。有一天,莉迪娅打开浴室门时,看见女厨师达利亚正用外祖母的丝质晨衣包裹洗手盆,把它们一起扔进一个大篮子里。"这都是外祖母的东西!"莉迪娅激动地大声喊道。女厨师却说:"我们现在是共产主义了,你的就是我的。"她想了一下又加了一句:"但是我的可不是你的。"

一天夜里,莉迪娅从门缝中窥见外祖父和他儿子费德里科坐在灯下,面前桌上堆着如山的金币。他们从金币里拿出一摞又一摞,用报纸包好。"现在他们要溜了,你的这帮好亲戚,资本家们!"从莉迪娅身边走过的一个还没离开的女佣发出嘘声。第二天,外祖父和费德里科真的消失了,显然是永远不会再出现。至少,莉迪娅再也没有提到过两人。又留下了一个盲点。现在我总算知道了,我的母亲出生后,没有见过她的意大利外祖父母。可能他们被人杀了,也可能被带到了劳改营,又或许他们带着金子成功逃亡了。

---

①1917年俄国革命时期,内斯托尔·马赫诺领导黑军在乌克兰地区与白军和红军为敌独立作战,并建立了乌克兰自由地区,成为该地区的军事领袖。最终流亡国外,客死他乡。——译者注

几乎每天都有不请自来的人走进尼古拉耶夫斯卡亚大街这幢豪华的大宅，他们到处转悠，四处张望，在找着什么。一天晚上，两个全副武装的男人突然出现，并开始用他们的刺刀割走廊墙上的电话线。"您为什么这么做？"玛蒂尔达想弄清楚究竟，她请男人们拿出证件。其中一个男人在她面前挥舞着拳头："这就是证件。"随后他又指了指他的左轮手枪："还有这个。"

不断有新的组织成立。有一次，人们在大街上观看一种新式游行。几十个青年男女一丝不挂地跑过街道，只有肩膀上挂了一条红色字幅，上面写着："结束羞耻！"围观群众笑成一团，嘘声一片。莉迪娅和谢尔盖在街上将各色子弹收集起来玩红白棋。莉迪娅的朋友玛莎告诉她："我不能再和你玩了。你妈妈是白的，我妈妈是红的。"

唯一留在家中的佣人是司机。一天，他邀请莉迪娅坐外祖父的汽车去兜风。莉迪娅已经很久没坐过汽车了，很是激动。她穿着夏天的薄连衣裙，像往常一样赤着脚，爬上了敞篷的后座。司机以飞一般的速度驾车穿过街道，很快到了舅父瓦伦蒂诺的乡间宅邸外。司机把车停在德国园丁的住所外，一言不发地下了车，留下莉迪娅一人。他打算干什么？难道想以前雇主的外孙女为人质，和园丁协商谋夺瓦伦蒂诺的财产？宅邸看上去空无一人，窗户紧闭，门前的砖石缝里杂草丛生——没有瓦伦蒂诺的半点踪迹。莉迪娅四处徘徊，天已经黑了，她开始觉得冷了。最后，她钻进一大堆葵花籽里躲起来，葵花籽还带有白天吸收的热量。不知道什么时候，她被手电筒的光照醒了，是司机。"我们走吧，小姐。"司机说道。他讥讽地冷笑，又纠正了刚才的话："当然我是说，曾经的小姐。"他把莉迪娅带回家，让她自己下车，然后他开着外祖父的车离开了，再也没有回来。当莉迪娅赤着脚，浑身脏兮兮，因为冷而颤抖着走进屋子时，托尼娅如释重负地发出一声尖叫。她和母亲已经找了她几个小时，以为她会永远消失在城市纷乱的夜色中。

一天清晨，莉迪娅被一片嘈杂声吵醒了。她从床上跳下来，穿着睡衣跑进了会客室，声音是从那里发出的。她看见一个陌生男人，头戴一顶皮礼帽，黑色战地上衣，下身马裤和长靴，皮带上挂着空剑套和手榴弹。他挥舞着军刀在空气中划着弧线，发出令人害怕的声响。有几次刀刃划到沙发上，发出沙发套裂开的声音。莉迪娅发现，她母亲和托尼娅满脸惊恐地躲在房间角落。那个男人咆哮着："立刻给我拿条裤子来，要黑色的！不然你们都得死！"玛蒂尔达向他发誓，她没有黑裤子，她所有的东西全被夺走了。但是男人不相信，越来越狂暴。突然，佣人通道的门悄无声息地打开了，"小婆婆"突然出现在了房间里。像往常一样，她的衣着和发型一丝不苟。"这里发生了什么？"她客气地问道。"我们能为您做些什么，我的先生？"闯入者顿了一顿，随即又继续重复了他的要求，这回嗓门小了点。"好极了，年轻人。""小婆婆"答道，"请您去服装店吧！"她一边说一边友好地朝着陌生男人点了点头，随后又消失了，无声无息，如同她出现时一样。玛蒂尔达的脸色变得煞白，她请求男人的宽恕："请您原谅，我家老太太，她的精神不是太正常……""可是这么高贵,"男人语无伦次地嘟囔着,"这么高贵……"他疑惑地看了看四周,会客室几乎被洗劫一空,他飞快地从支架上拽下一个青铜灯具,跑了。

还有一次,两个醉汉闯进来要酒喝,他们在厨房里找到了一瓶烈酒,把酒喝光后还想煎鸡蛋。他们把一个威尼斯水晶盘子放在火上,把鸡蛋倒了上去。盘子裂开了,发出了巨大的破裂声。两个醉汉笑得直不起腰来,一声接一声地大叫着:"资产阶级死啦!资产阶级死啦!"

很长一段时间,谁都可以在房子里自由出入,前房主不得抱怨半句。外祖父朱塞佩曾经的办公室,暂时被红色骑兵部队的头领谢苗·布琼尼[①]的秘书征用了。这对住在房子里的人倒是件幸运的事,因为他的存在至少可以保证家里短期内不再被打劫。有时房子里又进驻了不知哪位将军,还带着情人,有时又是某位秘密工作者的妻子,他们离开时把仅剩的钟表镜子也顺走了。

每次托尼娅周日去教堂,总能碰见穿着莉迪娅父母或者外祖父母衣服的人。有一次她还看见一个小女孩身穿白色的北极狐大衣,正是莉迪娅坐马拉雪橇时穿的那件。但是雪橇早就不在了,车棚也空空荡荡。马车、全部的马还有雪橇全被内斯托尔·马赫诺的黑军抢走了。

[①] 谢苗·布琼尼(1883—1973),苏联最早的五元帅之一,骑兵统帅。七十年军旅生涯中,参加过包括两次世界大战在内的四次大战争。1920年,领导的骑兵队在波苏战争中将波兰军队驱逐出乌克兰,随后在卡莫罗战役中失利。——译者注

有一天，来了一帮不知道什么委员会的人，号称要完全合法地没收"资产阶级的剩余财产"。聪明的托尼娅把生活必需品藏在一个大柜子里，并告诉委员会的成员们，柜子里的东西是她的个人财产，没人能拿走她这个无产阶级的任何东西。当他们仔细地检查每个房间，不放过经手的一切，把它们统统装进巨大的麻袋时，托尼娅大声嚷起来："不，这个我还要，人民的财产我也有份！"家具和地毯被装上马车，还有莉迪娅最爱的间壁装饰。吊灯被从屋顶卸下来，窗帘也被从窗户上拽了下来。最后，三角钢琴也被抬了出去。永远，莉迪娅写道，音乐从家里永远消失了。

某天，莉迪娅和托尼娅在城里，为了能搞到些吃的，她们去了曾经的企业家俱乐部，入口处的封条木板上写着新名字——"劳动人民的宫殿"。托尼娅牵着莉迪娅的手勇敢地走了进去。大理石台阶上铺着红地毯，到处都是穿着靴子、皮夹克，头戴皮帽子的人，通过开着的门可以瞧见房间里奢华的装饰。莉迪娅惊讶地认出其中一间屋子里放着外祖父的洛可可式写字柜，还有外祖母的梳妆台。"天哪，"托尼娅小声说，"你外祖父母的家具。"空荡的大厅里，破碎的窗户玻璃片散落在地板上，莉迪娅看见黑色的三角钢琴立在那里，正是她弹过还用来作曲的那架。钢琴被当作吧台，上面堆满了空瓶子、肮脏的杯子，还有烟灰缸。在新开的"劳动人民的宫殿"餐厅里，每人可以免费领到一个俄式馅饼。莉迪娅一拿到馅饼立刻狼吞虎咽，而细心的托尼娅则飞快地又拿了两块塞进手提包。后来听说,一名契卡分子在这架昂贵的雅克布-贝克尔钢琴上找到了乐趣。他让人把钢琴抬去他家供妻子学习。

尽管几乎没人再有任何财产,洗劫仍旧在继续。玛蒂尔达决定,带着孩子们和她为躲避枪击从圣彼得堡逃过来的怀孕的妹妹艾雷奥诺拉,暂时到亚述海的另一边——苏俄避难。她仍旧相信,眼下发生的一切只是一阵喧闹,随时会烟消云散。在拥挤不堪的港口,她想方设法弄到了四个座位。那是一艘破旧的船只,船上挤满了同样打算离开的人。半夜,他们遇上了飓风。这条又小又锈迹斑斑的船如同湍流里的弹球,嘎嘎作响,仿佛随时会解体。玛蒂尔达紧紧抓住盥洗池的边缘,不停呻吟,而莉迪娅感觉头朝地脚朝天。有人大喊着:"救命,我不行了,把我扔进水里吧!"后来得知,叫喊的是吉娅妮娜·桑古伊内蒂,德·马尔蒂诺家的一个亲戚,因为害怕和晕船没法控制自己而拼命大喊大叫。

到达叶伊斯克时像做梦一样——晨光带着雾气,洒在镜面般光滑而平静的海面上,边上是宁静的白色沙滩。夜间大自然的狂暴消失得无影无踪。在这片内战尚未波及的狭长地区,大家度过了将近两个月平静的假期。她们住在一间舒适的供应膳食的小型私营公寓里,每天能吃到简朴的一餐,还能在犹太面包房买到新鲜出炉的、香喷喷的贝果。市场上有人在卖葡萄和桃子,莉迪娅几乎忘记了还有这些好吃的。她们一整天待在沙滩上,不是游泳就是躺着晒太阳。渐渐地,每个人都长胖了一点,开始恢复从前的模样。之后,玛蒂尔达的妹妹艾雷奥诺拉在当地医院产下一个女婴。婴儿的每只小手上只有一根大拇指和一根小拇指,中间缺了三根手指——一位钢琴家的孩子,却带着残缺的双手来到人间。这可能与母亲在孕期经历了太多的恐惧和惊吓有关。

穿越平静的、波光粼粼的蓝色大海回家,是她们最后的快乐。她们先前躲避的一切,在马里乌波尔才刚刚开始。从港口回家的路上,她们就目睹了噩梦般的一幕:大街上有棺材经过,棺材里发出窒息前的叫喊还有敲击声。白色近卫军把代表红色的布尔什维政委关在棺材里游街示众,警告和布尔什维克串通的人。

城里的枪击扫射开始变本加厉。马里乌波尔再次落入内斯托尔·马赫诺手中。他的黑军驾驶着马车,全副武装,穿过街道,四处劫掠。为了保命,所有人紧闭门窗。

一天晚上,玛蒂尔达和托尼娅站在窗边小声说话。又停电了,房间里只有一盏煤油灯闪烁着微弱的光。远处能听见枪响。"祈祷吧,孩子们,"玛蒂尔达说,"祈祷不让坏人来找我们。"两个儿童床的床尾贴了小的圣像,莉迪娅床尾贴的是神圣的殉难者莉迪娅,谢尔盖的床尾是圣谢尔盖·拉多涅日斯基。每晚睡前,姐弟俩都会跪下,双手合十祈祷。莉迪娅习惯了每晚的睡前仪式,认为上帝是家里的一位朋友。有时候他俩还和上帝商量事情。这个晚上,他们依然跪下祈祷,莉迪娅满含热泪地请求上帝保护他们不要受到坏人的伤害。最后,他们在胸前划十字,带着完成使命的满足感,满意地爬上了床。

随后，有人试图破门而入。虽然大门是沉重的橡木做的，但是粗暴的撞击让人怀疑它能否经得住。玛蒂尔达去开了门。两个身穿便衣的男人闯进来，带着火枪、刺刀和手枪。他们劈头盖脸朝玛蒂尔达一顿漫骂，向她索要钱、金子和宝石。玛蒂尔达向他们极力保证，她什么也没有，她的所有东西全被抢走了，可是没人相信她。两个男人搜遍了整个房子，还在地下室用刺刀割开罐头，因为他们认为罐头里面藏了值钱的宝贝。他们越来越生气，因为什么也没有找到。"睡觉，孩子们，睡觉。"其中一个男人说道，他命令玛蒂尔达站在墙前。然后用手枪指着玛蒂尔达。玛蒂尔达没有说话，没有喊叫，也没有反抗，只是无声地用一条羊毛围巾裹住了自己，她的目光越过两个男人的头，看向远方。

突然响起了脚步声。"举起手来！"有人大叫一声。又有陌生人冲了进来，这次是身穿制服的人。他们解除了两个便衣男人的武装，把他们拖进庭院。随后传来喊叫声和枪声。后来才知道，是托尼娅成功躲进厨房，从厨房的窗户爬了出去，找到了"红色军人"来解救危难。

"母亲一夜白了头。"莉迪娅写道，由此解开了我心中的谜团之一。那张照片上，我年轻的母亲和一位白发女性一起。玛蒂尔达四十三岁生下我母亲时，已是满头白发了。一个白发的产妇，一个白发的哺乳的母亲。她也许之前和我的母亲一样，也和家族里的每个意大利人一样，满头黑发，但是我的母亲从未见过她之前的模样，她一夜间就如同苍老了二三十岁。第二天早上，莉迪娅在才四岁的弟弟的头上，竟也发现了几根白毛，她自己也有一缕头发变白了。那一夜之后，他们怀着对死亡的恐惧度日，也是在那一夜，莉迪娅失去了对上帝的信仰。

1919年的一个夏日，莉迪娅和谢尔盖的父亲雅科夫意外现身了。他偷偷离开了内战前线，在家里待了一夜。但是，这仅有的一夜后果是沉重的：玛蒂尔达有了身孕。我的母亲即将来到这个世上。她的生命始于炎热的，逃离内战的一个夏夜，马里乌波尔"城市上层"的一座被洗劫一空、荒芜破败的大宅里。一个五十五岁的男人和一个一夜之间白了头的四十二岁的女人，在忘我的瞬间轻率地制造出了一个两人都不想要的孩子。也许当时他俩迫切地渴望着彼此，也许当时他们认为，这是最后一次拥抱对方。雅科夫的儿子安德烈已经在内战中身亡，而他自己第二天一大早又要离开，再次抛下妻子和两个孩子去为布尔什维主义而战，他坚信他的信仰最终能带来和平。两个孩子，这一夜过后将变成三个孩子，这对玛蒂尔达来说简直就是天方夜谭，是一场灾难。她觉得她的年龄实在太大了，难以再应付一次怀孕生产，而且，她也不知道如何还能再养大一个孩子。

根据教区记事簿记载，我的母亲于1920年4月30日在马里乌波尔最大也是最华美的教堂——圣查兰皮天主教堂受洗。不久之后，这座教堂也将永远消失，和其他教堂遭受的浩劫一样，先被洗劫一空，然后被炸毁。我母亲的教母是姨母艾雷奥诺拉，她曾在叶伊斯克生下手指残缺的女儿，教父是保罗·哈克，一位和瓦伦蒂诺家的园丁埃里希·克拉费尔特一样的德国人，是马里乌波尔的荣誉市民。我们家族和德国人之所以有一种亲和性，很可能源于我外祖父，因为他是波罗的海德意志人安娜·冯·爱伦施泰特的儿子。到底是什么风把保罗·哈克吹到了亚述海边的乌克兰城市马里乌波尔？他究竟做出了什么特殊贡献而获得了荣誉市民的称号？还有，他为什么和我母亲的双亲关系密切，让他们选择一个德国人成为自己孩子的教父？

我在俄罗斯网站上的一个牺牲者名单中找到了保罗·哈克的名字。1937年，他被当作人民公敌逮捕，并被三人小组审判。在判决书后面标着三个字母：WMN。康斯坦丁告诉我，这是俄语 wysschaja mera nakazania 的缩写，意味着最高刑罚。三人小组裁决的时长一般不会超过五分钟，判决立刻执行。也许德国人保罗·哈克还没有意识到他的处境就被逮捕，然后立刻被子弹打穿了脑袋。

我注意到，他的死亡时间和我外祖父是同一年。两者之间有关联吗？会不会是保罗·哈克告发了雅科夫？他是不是曾有过选择，是成为叛徒还是结束自己的生命？因为他清楚，秘密警察有的是办法和手段撬开他的嘴。保罗·哈克和外祖父是不是旧同志、同路人而被归在同一个刑事诉讼卷宗里？当时我的母亲已经年满十七岁，她的教父被枪毙，或许只因为他是德国人？因为在当时只要是外国人就有间谍的嫌疑，从而被划为敌人。

其实，莉迪娅写道，我母亲的洗礼应该在前一天举行，但是那天他们不得不在地下室度过，因为外面的枪击一直不停。人们甚至不能走到门前，因为院子里的子弹像下冰雹似的满天飞。在教堂的洗礼之前，莉迪娅简明地写了标注：我的妹妹经历了战火的洗礼。

正如我猜测的那样，我母亲出生时的世界，是一个被极度束缚的世界，是所谓"压缩的"时代。莉迪娅原本认为，只有空气和干草才能被压缩，但是后来发现——原来人也能被压缩。首先，统治阶级的"可移动"财产被夺走，然后是不动产。渐渐地，外祖父的大宅里挤进了越来越多的人。这栋房子中没有一个人是属于自己的，所有住客只剩下一个肉身，为了争夺多几厘米的空间，他们身体的每个部分都在不停地抗争。莉迪娅还记得其中几个。

有名格鲁吉亚军人带着妻子和很多孩子住在房子里。他穿着切尔克斯式服装，皮带上挂着一把军刀和一支枪。他因在内战中受了伤，留下了一种怪癖：每隔一会儿就会扯着脖子朝天发出号叫。

还有个契卡分子和他的一家子。人们很少见到他，因为他夜里"工作"，白天睡觉。他的女儿和莉迪娅一般大，她不放过任何一个机会暗示，像莉迪娅这样的"历史残余"在内战中会被她父亲枪毙。大多数时候，她的母亲会在女儿背后出现，为她正名："这人可不是你的朋友。一个资产阶级居然因为疏忽留了下来。"

还有个阿罗诺夫姓的犹太人家庭。家里三个女儿打扮得像玩偶一样。之后她们终于等来了盼望已久的继承人降临人间。父母非常具有时代精神地给儿子取名为"Kin"——共产国际的缩略词。其他人把他们家的孩子们叫作"拖拉机""能量""火车头"或者"托洛列"——托洛茨基和列宁的组合。

最后还有一家叫瓦耶纳。家里有六个孩子，洛瓦和克拉拉是六人中最大的，契卡分子，两人永远穿着皮衣，皮带上挂着手枪。中间两个孩子哈依姆和艾特佳，感染上了肺结核，死了。两个小的蕾切尔和马伊姆在外面院子里跑来跑去，骂莉迪娅和谢尔盖是"没落愚蠢的知识分子"。莉迪娅反击："你们是野蛮的，蠢驴一样的无产者。"

这些人和其他新来的住户行为举止十分随便。厨房里的水管能供水时，他们深更半夜还不断敲门取水。玛蒂尔达还要数他们取水的桶数，因为水费得她来支付。不过大宅里的水管很快被封了，所有人都得去外面的水泵处取水。每次大宅一停电，住户就认为是资产阶级前房主妄图损害工人阶级利益。起初，玛蒂尔达还试图保持厕所的整洁，然而这是个徒劳的尝试。很快，厕所就散发出令人难以忍受的恶臭，只能让人把它用钉子钉死。

关于父亲是怎么从内战的战场上回来的，莉迪娅没有记录，她只顺便提到了此事。也许她在写回忆录时加快了速度，因为她担心自己时日不多，或许她在八十高龄时只能模糊地回忆起久远的事情。五十八年前她被捕后，再也没有见过父亲。她的父亲在她流放期间去世。"我们想错了，"莉迪娅被捕后他说道，

"所有的一切不是我们想要的！我战斗不是为了失去我的女儿啊！"

我的母亲叶芙根尼娅，第一次见到自己的父亲。他把他离家后出生的小女儿抱在怀里，小女孩开始大哭，因为她害怕这个陌生男人。这大概是我母亲和她父亲第一次见面时的情景。

胜利的一方布尔什维克党为了表彰雅科夫在内战中的贡献，给他预审法官一职作为奖励。他的薪水起初还够养活全家，可在迅速恶化的通货膨胀之后就不再值钱了。"钱不值钱了"成了当时的口头禅。没人知道，为什么钱会贬值，到底会贬值成什么样，从来没有一下出现过这么多钱，同时却又不值一文。雅科夫一拿到薪水，立刻到市场上把所有钱换成食物，因为很可能第二天就什么也买不到了。有时，薪水以等价物的形式支付，所有人用全部东西换食品。作为一名预审法官，雅科夫经常碰到所谓的霸王条款官司。比如一个男人，已经把全部财产拿去换了食物，最后卖掉了居住的小屋，只能换来十个土豆煎饼。

幸亏还有亚述海。丰富的渔产使很多人免于被饿死。人们蹚水到膝盖深处，用枕套捞鱼。但是亚述海里的鱼并不是取之不尽的，慢慢地，就连海中的食物来源也枯竭了。父亲在不用工作的周日早晨，带着鱼竿去港口，如果幸运的话，晚上会带些瘦巴巴的海鱼回来。

有一次，托尼娅不知道从哪里搞到了一些剩的油料作物渣滓。她和玛蒂尔达用绞肉机把这堆坚硬的渣滓搅碎，拿蓖麻籽油煎了些碎团子。可是这些团子带来的伤害比饿肚子的伤害更大，因为全家人吃完后难受极了，他们的身体没法消化这些渣滓，又全呕吐了出来。

谢尔盖也帮忙弄吃的，他用弹弓打外面的乌鸦，打到后拿给托尼娅煮肉汤。乌鸦的肉硬邦邦的，怎么都咬不动，只能整团吞下去。

有一次父亲带回一口袋抵薪水的姜饼，到家后打开才发现，其中一面全部发霉了。但是这种小事算不上什么困难。托尼娅把硬成石头一样的糕点放在锅里蒸，还用它们来熬米糊。

很多人吃猫吃狗。所有的猫狗吃完了之后，就开始吃人。听说有女人用食物把孩子引诱到家中杀死，然后拿来做肉馅和肉排。玛蒂尔达把她从市场买回来的碎肉冻切块时，发现里面竟然有小孩的耳朵。警察根本找不到凶手。还有人说有个女人把自己的婴儿杀了，肉煮了，还把肉汤给另外三个孩子吃。而她自己走出家门，在一个废旧仓库里上吊自杀。

一天晚上，响起轻轻的敲门声。莉迪娅打开门，门口站着一个奇怪的生物。那个生物有极度肿胀的躯干，两条光着的、瘦得像棍子一样的腿，皮肤仿佛包裹在涨得通红的橘子外面，肚子那么鼓，看上去只要轻轻一戳，肚皮就会爆炸，里面的一汪水全部淌在地上。这个怪物用几乎听不见的沙哑声音问托尼娅在不在。托尼娅跌跌撞撞跑过来，惊叫着哭了。站在面前的，是她的姐姐玛尔法。托尼娅帮玛尔法脱下衣服，把爬满虱子的破衣服扔进炉子里烧了，之后给她洗了澡。莉迪娅第一次听到了一个词：强制集体化。没收财产小分队把玛尔法村里农民的所有东西全部剥夺，包括最后一只小鸡，最后一颗谷粒。只有一口袋南瓜种子没被他们发现。几个月后，当种下的南瓜成熟时，村子里所有人都变成了橙色，就是玛尔法身上这种颜色。这是南瓜的颜色，南瓜是这些垂死之人唯一的也是最后的食粮。玛尔法全家都饿死了，只有她，不知费了多大力气才来到马里乌波尔，找到了妹妹托尼娅。

所有人集中力量细心照顾了玛尔法一阵子之后，托尼娅把她带到一个亲戚家暂住。亲戚住在下城的一个土屋，他以在内战中丢了一条腿为幸运。"现在他们再也用不上我了，"他说，"丢了一条腿，但是捡回一条命。"

夏天来临，所有庄稼遭了旱。马里乌波尔的树干枯了，脚下的柏油开始融化。没有水，下水道全部爆裂，越来越多的人死于霍乱和伤寒，尸体横陈在大街上。经常过了好几天，才有人来把尸体扔到马车上拖走。炽热的空气被腐臭污染。

人们必须到山脚下的泉水口取水。托尼娅冲在最前面，她肩头挑着两个桶，一手还提了一个，不知哪来这么大的力气。玛蒂尔达还没从生产中恢复过来，她只提得动两个小桶。队列的最后是莉迪娅和谢尔盖——莉迪娅拎一个大水壶，谢尔盖拿一个小水壶。父亲不在队列中，他得上班，为了至少能挣到每天的定量面包。一个女邻居负责照看我的母亲，幼小的叶芙根尼娅。灼热的烈日下，很多人捧着家里的各种家什，没精打采地在路上挪动，仅剩最后一点力气。

在泉水口要等很久,因为从山上流下来的泉水只是一条涓涓细流。没人站着等,所有人一到目的地,立即一屁股跌坐在地上。长长的队伍缓慢向前移动,莉迪娅看见草里躺着一个男人,四肢张开,一动不动,脸部上方一堆绿头苍蝇在飞。他要么已经死了,要么正在死去。托尼娅在胸口画了十字,然后立刻移开了目光,已经见过了太多尸体的莉迪娅则几乎无动于衷。

取水之后,要拿着这些沉重的容器爬一小时山才能到家。至少太阳终于下山了,能稍稍凉快些。回到家中,母亲把父亲每日能领到的两百克面包切成六份。此外,每人一杯烧开的水和半个青绿色的番茄。

内战把马里乌波尔彻底毁了。1922年,城里一家尚能运作的工厂也没有,商铺里全部空空如也。劫掠的团伙还一如既往地在城里横行,每天还有新发生的吃人事件上报。我母亲家里,没有人还有力气能够起床,所有人无精打采地躺在床上。就连他们的父亲雅科夫也虚弱到没有力气去上班,仅有的一丁点儿定量面包也没有了。家里的藏书早就拿去换成了食物。莉迪娅还一直在读仅存的几本书,可是最后,她连捧书的力气也没有了。可能也没人还有力气把我母亲从小床里抱起来,给她换尿布。她两三岁时是什么样子呢?是不是和如今那些饥荒国家的小孩一样,骷髅般的身躯上一个鼓鼓的小肚子,睁着大而空洞的双眼?

最后时刻,救援到了,是美国人伸出了援手。一个名为ＡＲＡ的组织派出的运送食品的船只抵达马里乌波尔,并在城里设立了饥荒救助站。在仔细审查后，母亲家被划定为需要援助的家庭。那些同样幸运的人，还有尚能支撑身体挪到食品分发点的人，每天能领到一碟玉米汤、一份牛奶玉米糊和一杯可可，另外还有一块蓬松无味的白面包。

在托洛茨基的推动下，NEP 即新经济政策启动后，包括率先实现农业和贸易自由化，供给状况几乎一夜之间得到了改善。不久，店铺里几乎能买到所有东西，街头贸易蓬勃发展，饭店打开了关闭已久的大门，海滩上甚至又举办起了疗养地音乐会。

莉迪娅恢复了体力，但是她因为饥饿身体变得很虚弱，非常容易被感染，以至于一次接一次地患重病。以前家里有位家庭医生，一个寡言少语的老人，对病人进行听诊，叩诊，查看病人的喉咙和眼睛。每次问诊结束后，玛蒂尔达都会请他喝一杯摩卡配小饼干，然后递上一个装着诊金的信封。现在，没人有家庭医生，所有人全被指派到居住区的门诊所就诊。有一天，莉迪娅发高烧并且头疼剧烈时，一个胖胖的、满脸堆笑的金发女人只看了第一眼就给出了诊断："典型的脑膜炎，无药可救了。"母亲默不作声，找了很久才找到了那位老医生。莉迪娅情况糟糕极了，连眼睛也睁不开，也说不出话来，身体轻得好像一片羽毛，整个人飘浮在床上。但是她还能听见声音，她听见医生说："您可能必须要和您的女儿告别了，玛蒂尔达·约瑟夫芙娜，她没什么希望了。"莉迪娅没法表达，说话的力气都没有，可是就在这一刻她决定，无论如何也不能死，不管怎么样都不能。然后，她的身体又重新落下，掉到床上。

一天清晨她醒了，发了疯似的想吃巧克力。她从来没乞求要得到什么，因为她深知父母有多穷，但是这一次她实在忍不住了。她哭了起来，哀求着。玛蒂尔达去买了一百克"矢车菊"牌巧克力糖，每天，莉迪娅可以得到半块从中间切开的糖。她的确渐渐好转，可是又患上了疟疾，生命又一次受到威胁。直到父亲费了很大劲，不知从哪里搞到了奎宁。药物立刻见效，但是却给莉迪娅留下了后遗症，终生听力受损。疟疾之后她又得了西班牙流感，姑母瓦伦蒂娜之前就死于此流感。好不容易从流感中活了下来，之后又被确诊感染了肺结核。

就在这时，她的回忆录中出现了一个地名，我在寻亲过程中见到过：赫尔松。就是在那里，幼小的谢尔盖坐在第聂伯河边的树杈上，拍摄了照片。现在我得知，赫尔松还有一个舅父叫安东尼奥，他有一个还没被充公的葡萄园。全家人很可能经常去这个依旧完好的避难所，还是幼童的母亲也许光着脚在草丛里跑，在第聂伯河里洗澡，其实应该有人教她游泳的——她从来没学过游泳。无论如何，莉迪娅在葡萄园度过了整个夏天。清新的空气，可口的食物，当地的宁静产生了一个小奇迹：秋天，她痊愈了，返回了马里乌波尔。

她十二岁了，可从来没上过学。玛蒂尔达还是一如既往地坚信，新国家只是一个噩梦，他们下一刻就会从噩梦中醒来。而且，当时还没有义务教育，玛蒂尔达坚定地让莉迪娅远离苏联的学校，自己教。她教授的科目包括数学、法语、俄罗斯历史、文学、地理、刺绣以及宗教。此外，还教她如何布置一餐六道菜的桌子，如何行宫廷屈膝礼，如何跳芭蕾舞——都是莉迪娅未来生活中肯定根本不会用到的。她从来没教过莉迪娅做家务，玛蒂尔达认为，像她这个阶层的人是不会手里拿一把扫帚的，很可能她也是这么教我母亲的，认为我母亲以后的生活会有佣人伺候。她把自己曾经学的全教给了女儿们，她无论如何都不愿接受，她出身的那个世界已经永远消失了。家里所有基础的家务都是托尼娅操持，我母亲嫁给我父亲时，真的从来没碰过扫帚。我不知道，她是如何用她那双从没做过粗活的手完成德国的强制劳役的，但是也许不太复杂，大概那是一些简单的劳动，从早到晚站在流水线边重复的那种。她缺乏生活能力的灾难其实真正始于强制劳役后，始于自由生活中，当她第一次要煮一锅汤，要点燃炉子，要缝一粒扣子的时候。

玛蒂尔达的私人授课操作起来并不容易。她不需要教莉迪娅读书认字，莉迪娅早就无师自通了，可是学习写字变成了母女间的一场角力。莉迪娅不仅对日常生活技巧一无所知，而且还是个左撇子。玛蒂尔达不能接受左撇子。她认为女儿用左手写字是发育失常，她将其归咎于莉迪娅反叛乖张的性格。莉迪娅一用左手拿笔，就会被尺子打手。莉迪娅大哭大闹，还偷偷把母亲从牙缝里省出钱来买的昂贵的笔扔进了炉子。学刺绣时情况更糟，因为莉迪娅的右手根本不适合这种需要精细技能的活儿。

最终，莉迪娅拒绝上课，而玛蒂尔达对于女儿的顽固无计可施，只能把她送去家庭教师那里。每天，莉迪娅去一位名叫索菲亚·瓦西里耶芙娜的老师家,那里有一群孩子。其间,人们又可以走上街头而无须担心随时可能会发生的枪战。政治斗争的时期已经过去了,无政府主义也已倒台,空气中开始弥漫着充满秩序的气息,人民的父亲——最高统帅斯大林即将上台,开始他长达三十年的统治。

索菲亚·瓦西里耶芙娜和丈夫直到现在都并未受到劫掠和没收财产的影响,还居住在一处宽敞舒适的革命前建筑风格的老式楼房公寓中。公寓里很冷,孩子们穿着大衣坐在巨大的起居室桌子边,索菲亚·瓦西里耶芙娜套着一件报纸做的背心。莉迪娅肚子饿得咕咕叫,但是她很开心。和其他孩子一起学习把她从隔离中解救出来,她有生以来第一次感觉到自己是社会中的一员,属于一个小的、秘密的、由不容于社会的怪人组成的团体。而且索菲亚·瓦西里耶芙娜允许她用左手写字,她明白莉迪娅只能这样,莉迪娅的手无法遵从常规。可是莉迪娅的快乐并没有持续多久。短短几周之后,索菲亚·瓦西里耶芙娜和她丈夫就被作为人民的敌人逮捕,并被流放到偏远的省份。

从这时开始,莉迪娅坚持要和其他孩子一样去学校上学。她的母亲不同意,可当莉迪娅以绝食抗争,超过一周没有吃任何东西后,玛蒂尔达领教到了女儿的不屈不挠,怕她饿出病来,终于让步了。托尼娅给莉迪娅缝制了帆布书包,买不到墨水,就弄了一小瓶高锰酸钾,托尼娅还用外祖父的旧账本制作了两个本子。

苏联的学校里不再有班级,只有小组。"班级"这个词只用于定义社会阶级。法语作为外语被取消了，因为外语是资产阶级的语言。另外，学校也不再教授语法，语法是多余的累赘。历史改名为"革命运动史"。

莉迪娅立刻尝到了她之前所受教育的苦果。学生必须保持教室的整洁，他们要扫地、擦桌椅和窗户，冬天自己剪报纸糊上窗户的缝隙防止窜风。还要自己在外面大街上收集取暖材料拿来给教室里的小圆铁炉生火。莉迪娅遇到了双重阻碍：一是她对这些日常活计一无所知，二是她只会用左手，和周围使用右手的环境格格不入。很快，她周围的人开始责骂她，不仅骂她是堕落的资产阶级，还骂她是退化的人，是个废人。老师们禁止她用左手写字，为此她只好坚持不懈地练习，才从左手换到了右手，但是每次学校作业还是只能得到五分[①]，因为她的字是"涂鸦"，还因为她天马行空的想象力不受欢迎。

让她丢脸的事还包括她没有教科书，因为父母买不起。莉迪娅借着给一对没有学习天赋的双胞胎姐妹代写作业，获得了可以使用她们的书的机会。有时候她们俩还把自己的课间点心分一些给莉迪娅。莉迪娅没法拒绝，因为她总是很饿，可是背地里她又感到羞愧。

在她的小组里，还有家里开箍桶作坊的邻居的儿子——斯拉瓦·勃朗施坦。以前，他和莉迪娅在院子里一起玩，现在他

[①] 德国的考试评分体系的五分制和苏联相反，一分为优秀，二分为良好，三分为中等，四分为及格线，五分为不及格。此处作者把苏联的五分制转换为德国的五分制，便于德国读者理解。——译者注

不想再和莉迪娅扯上任何关系，因为她出生于被视为"人民的敌人"的家庭。他经常大声宣告："我的叔叔是党内最重要的人，全苏联最重要的人。他的名字叫列夫·达维多维奇·勃朗施坦。"谁都知道这个名字背后是托洛茨基，列宁之外全国最有权势的人。大家对斯拉瓦又羡慕又害怕。可是没过多久，化名托洛茨基的勃朗施坦就被宣布为"犹太裔的叛徒""法西斯的走狗"，并被撤销职务。"斯拉瓦，"孩子们在学校里嚷道，"你叔叔被开除出党啦！小心点儿，你们不要受到追究哦！"斯拉瓦轻蔑地啐唾沫："我们和这个家伙一点关系也没有！我们姓勃朗斯坦，他姓托洛茨基！"

对莉迪娅而言学校生活是噩梦。在学校中，她最深刻地体会到了自己的不合群，直到离校她一直是个局外人，一个被仇视的怪人。她不好的出身是她的原罪，是她无法抹去的烙印，慢慢地我领会到，同样的一切对于我母亲来说意味着什么。我总是提起，她深深扎根于乌克兰世界，和那个世界有着千丝万缕的联系，但是，因为出生于和她姐姐同样的家庭，她必然也是一个被排斥在外的人。作为外人在德国生活，对她而言也许根本不是什么新的体验，而是一种她早已熟悉的生活的延续。从头到尾，我对她的设想全错了。她根本不是一个被切断根的人，她从一开始就无根无源，自出生起即流离失所。

毕业之后，莉迪娅接连几周在劳动局排队找工作，但是因为出身没有任何机会。新社会没有一个地方想要她这样的人，到处都把她当作一个没有生存权的刑事犯罪分子。大半年里，她靠给人上私人补习课度日，每次课以一顿午饭为报酬。然后她做出了一项具有重大影响的决定：她想去敖德萨上大学，读文学专业。尽管她知道，她的出身在新的大学里也不会受到欢迎，现在的大学名额首先考虑工人和农民子弟，但是她想至少尝试一下。当然，她既不可能获得任何奖学金，也无法得到大学宿舍的居住名额，可是敖德萨有她的两位姑母——叶莲娜和娜塔莉亚，虽然她俩也一贫如洗，但是却已经做好了在大学期间庇护侄女的准备。

莉迪娅的父母震惊极了。他们依旧像以前一样忍饥挨饿，并把希望寄托于莉迪娅毕业后能够工作贴补家庭。此外，他们还为女儿担心，在如此不安全的时候还要离家远行。抛下父母和弟妹在家挨饿受穷，莉迪娅难掩负罪感，可是，对她而言，留在马里乌波尔与死无异。她反对母亲期望她"嫁个好人家"，把她的所有家当拿到市场上变卖，剪掉了辫子，买了一张前往敖德萨的火车票，只身上路了。

这是一次愉快的旅行。莉迪娅要转很多次车，还有一段要在火车顶上度过。她还年轻，无论如何，她的生活才刚刚开始。旅途中，她意识到必须隐瞒自己的出身，如果说出实情，她必将举步维艰。她一边在车顶吹着风，一边编造好了一个无产阶级的模范履历。

莉迪娅离家时，我母亲八岁。和大姐分别让她难受了吗？她会想念大姐吗？我该如何设想她那时的生活呢？她也像大姐一样，由母亲在家授课吗？还是一开始就被送去学校上学了？她也像莉迪娅一样被严格排斥在外，还是尽管出身不好，但是因为她比大姐温柔可亲而引起了周围人的同情呢？马里乌波尔没有大学，那她后来是在哪里上的大学？她也住在敖德萨的姑母家，还是被哥哥谢尔盖接到了基辅，因为他在基辅音乐学院上学并且背后有一位有权有势的资助者？

无论如何，我约莫知道，她上大学期间是苏联历史上最黑暗的时期，所谓的"大恐怖"时期，这一时期内"大清洗"达到了顶峰。据历史学家估计，三百万至两千万或者甚至更多的人被吞噬——各种数据之间差别巨大。对于母亲来说，上大学应该是一项极大的风险。在那个年代，她并没有像和她相同出身的其他人一样藏起来，而是抛头露面。我不知道，为什么恰恰是她有勇气出头？但是有一点我可以肯定：她自始至终都很饥饿。直到在德国生活的最后几年，饥饿始终是

莉迪娅·伊瓦申科（1911-2001），叶芙根尼娅的姐姐，约 1935 年

她生活中不变的常数。可能其他人也饿，饥饿使他们落入了德国占领者的手中，因为他们幻想在德国可以得到更多食物。我回忆起，她吃东西时，眼中总是带着恐惧的贪婪——总是如此，好像下一秒就会有人把食物从她面前夺走一样，好像她在从事一项被禁止的活动。为了不饿肚子她一直吃，停不下来，可是她的身体似乎不能吸收更多的营养，一直保持着饥饿时的状态，尽管她吃得很多，却始终消瘦，身材像个营养不良的孩童。

莉迪娅在敖德萨可以住在姑母叶莲娜家，她的伙食由叶莲娜和另一位姑母娜塔莉亚分摊，早饭和晚饭在叶莲娜家吃，中饭则在娜塔莉亚家吃。进苏联大学前，必须先参加入学考试，问题的关键在于，莉迪娅到底能不能参加入学考试。她把唯一的希望寄托在叶莲娜丈夫身上，他是一位画家，还在大学里担任讲师。他虽然娶了一位贵族，自己也属于"堕落的知识分子"，在新教育系统下神圣讲堂里的地位岌岌可危，可是尽管如此，不知道他用了何种手段，克服了重重困难，给侄女弄到了入学考试的名额。

因为新苏联人必须接受全面培养，因此大学申请者要通过所有经典科目的全方位考察。让教授们进退两难的是，必须占据大部分入学名额的工农子弟，几乎达不到入学要求，他们没法通过高难度考试。但是，如果让过多的来自受过教育阶层的申请者入学，那教授们丢掉的就不只是教授职位，还有他们的脑袋。不过，大多数工农子弟得到了工会或者集体农庄党委会的推荐，免去了入学考试。

莉迪娅最大的障碍是数学。她向来对数学一窍不通。高于二加二的算术题她就不会了。但是她太走运。当她站在讲台前，毫无头绪地看着教授用粉笔在黑板上写好的考题时，突然教授被外面的人叫了出去。另一个考生，一个数学天才，从座位上跳起来，以闪电般的神速在黑板上写下了答案。教授回来了，没起半点疑心，莉迪娅通过了考试。作为回报，莉迪娅在下一场用乌克兰语写作的考试中，为完全不懂乌克兰语的数学天才完成了作文。两人都冒了巨大的风险。倘若他们被发现，不仅会被即刻逐出大学，而且很可能还被安上阴谋破坏的罪名。

在物理和化学的考试中，莉迪娅也因为会乌克兰语而受益匪浅，这必须要感谢她的保姆托尼娅，是托尼娅教会了她乌克兰语。大多数教授只会"让人丢脸"的俄语，在乌克兰革命后，俄语被宣布是大国沙文主义语言。姑母叶莲娜的丈夫建议莉迪娅好好利用这种局势，而莉迪娅把这出闹剧演绎得精彩绝伦。在物理和化学的入学考试中，莉迪娅用毫无顾虑的目光直视老教授的眼睛，强调她只会说乌克兰语。可怜的老教授只好换成乌克兰语讲述考题，说得舌头快要打结了，然后莉迪娅对着他胡说八道一气，他当然听不懂莉迪娅说的是什么。十分钟后，害怕得汗如雨下的老教授让莉迪娅离开了考场，给了她一分。

文学、历史和地理的考试对莉迪娅来说不是难题。"如果您是工人阶级出身的话，"最后人们如此对她说道，"您可以立刻算作我们大学的学生了。"无从得知，为什么莉迪娅如此坚信自己会被录取，她根本没有动过其他念头。事实是，几天之后，她在大学秘书处门上的公告里找到了自己的名字。公告上列出了所有被录取者的姓名。

对莉迪娅而言，大学是个神圣的地方。这里有全世界的知识，保存着人类发展史的见证。每天，走进门厅时，她的目光最先落在门厅上方，栏杆柱平台内的巨型雕塑上：那是一个地球仪，上有地图集，地球仪中间还有一个大钟。每次目光触及大钟，她都会想起她的父亲，父亲以前也在这所大学上学。还是一名年轻大学生的父亲走进这栋大楼时，也曾看过大钟的金色指针指向的钟点。

苏联时期，大学有严格的作息时间，规定了固定的课程表以及必修课程。文学专业的学习包括历史学、心理学、日耳曼学、语言学和军事学。历史学教授是一位高大瘦削的男人，他长鼻子，每节课都以耳熟能详的学者编年史的一段引言作为开场白："波里安人住在普里皮亚季河边，德列夫利安人住在第聂伯河边。"他对于遥远的历史事件如数家珍，仿佛自己经历过一般。这么一位才华横溢、诙谐生动的教授，却很快再也没有出现在课堂上。大家都在私下议论，说他被逮捕了。可有一天他又出现了。他把他的长鼻子凑近教案，再一次用波里安人和德列夫利安人开场。不久，他又消失了，这次是永远消失。取代他的，是一个自以为是的家伙，有着一张肥胖又通红的脸。从此，历史课只剩下阶级斗争，人民永远是驱动力，被霸权阻止，所有的统治者和将领全部仅仅是他们所处时代的产物。学会这样的历史自然十分简单，年表只字不提，可能讲师自己都弄不清楚事件的先后顺序。学生们必须尽可能踊跃地发言，否则他们会因为上课表现不积极而得到低分。讲师仔细听完学生的发言后，依次给他们做出判决：偏离正确路线分子、孟什维克分子、托洛茨基主义者、沙皇主义者，等等。

心理学教授给学生们解释道，"心理"是灵魂，但是实际上灵魂并不存在。每个人出生时是一张白纸，是社会在这张白纸上留下记号。在他给时代加上如此赞许之后，他那堂十分巧妙又新奇的课才正式开始。有时候，他会突然用让人害怕的目光扫视大家，一一列数有害的理论，比如西格蒙德·弗洛依德、约瑟夫·布洛伊尔还有其他心理学家的理论，他也没放过莉迪娅的姑父——格奥尔吉·切尔班诺夫，严厉地谴责他是理想主义者和神秘主义者。他认真列举了所有传播错误的、有害理论的书籍，学生们心领神会，一下课立刻开心地跑去图书馆借阅。

语言学教授掌握的语言超过十二种，他最爱的语言却并不是乌克兰语，而是波斯语。就因为此，招致了大学生基层党组织的不满。一场愤怒的风暴后，他强调：乌克兰语不是一种独立的语言，而是俄语在某一地区的特用语。爱国积极分子们怒骂他，诽谤他，可他们没有根据。最后，他们起草了一份抗议书，希望把教授从大学扫地出门。但是，教授是众多外国学会的成员，还是英国皇家学会的成员，和全世界数不胜数的学者有书信往来。他的来头实在太大，那些年轻的、恶毒的、"狂吠不停的小狗们"在他前面不值一提。有人建议他去国外，他拒绝了。面对源源不断的各种攻击，他无动于衷，总是一再声明："我没读过列宁的书，我没有时间。"莉迪娅有一次有幸和他一起排队等着拿面包。她不动声色地把自己那份口粮塞进了教授的包里。

巴赫曼教授是一个充满活力、幽默感十足的男人，一位日耳曼学学者。在他的教授下，莉迪娅的德语学得极佳，几十年后还能几乎不查字典而通读歌德以及E.T.A.霍夫曼的书。大学毕业后很多年，在劳改营的营地上，莉迪娅去给她的油灯取煤油。一个身穿夹克、头上裹着沙普卡冬帽的犯人，花了很久才填好了她的物资分配许可证，询问了她的姓名，给她装煤油时又耗了很长时间。"您认不出我了吗？"最后犯人问她。莉迪娅真的认不出他是谁。他苦笑着。莉迪娅猛然意识到，站在她面前的是巴赫曼教授。他是一位太好的老师了，根本没法在大学待下去。

教军事理论的老师，完全符合人们对这个职业的设想：粗壮结实，一脸粗野的表情。"起立！"每次他进门都咆哮。一个在内战中失去双腿，只能拄着拐杖费力行动的大学生，坐着没动。"放肆！"他开始吼叫，"这是对军队纪律的蔑视。立刻起立！"

"对不起，老师同志，"一位学生委员哆哆嗦嗦地说道，"他是残疾人。"

"请您闭嘴。立刻起立！"残疾同学努力尝试用拐杖支撑起身体，但是又跌坐回板凳上。伴随着一声刺耳的声响，他的拐杖掉落在地。一阵尴尬的沉默之后，老师觉察到了群众的愤怒，只得自己退一步。"同志，您可以坐着。"

在军事理论的实践课上，学生们必须学习行军，在泥泞中匍匐前进，还必须学习射击。莉迪娅身高只有一米五四，套在身上的制服快要把她淹没了，军大衣拖到脚踝，她每走一步，套在鞋子外面的靴子都会掉下来。她严重近视，右手一点力气都没有，射击差得惨不忍睹，有一次还差点打到老师。老师气得脸色煞白，满脸通红地跑过来。"伊瓦申科同志！"他大吼道，"站着别动！放下武器！出列！"莉迪娅的军事生涯就此结束，以后她再也不用上实践课了。不知为何，老师还是给了她两分的成绩。

热烈的讨论一直在继续：到底应该用哪种语言授课，是乌克兰语还是俄语。大量学生、执政党以及乌克兰作家协会偏爱乌克兰语。所有有关俄语的提议全部遭到长篇大论的漫骂。大学楼门厅里悬挂着一幅巨大的布告："校内禁止说俄语。"可以说德语、意第绪语、英语、法语、希腊语、意大利语，但是所有人都会说而且都能懂的俄语，却被禁止。

文学研讨课上探讨的主题不言而喻。大家要用长达三四个小时来讨论普希金和果戈里到底是小地主还是大地主。学生们必须数出格里博也多夫在喜剧《聪明误》里使用了多少连接词，因为据说从连接词的数量可以推断出格里博也多夫的世界观。莉迪娅得到的任务是，从"农业的角度"写一篇有关托尔斯泰《安娜·卡列尼娜》的文章。

学生们依照"工人尖兵走进文学"的指示去工厂发掘人才并组建文学社团。如果一个工人符合标准，那么意味着他体内潜藏文学天赋，属于培养对象。莉迪娅的一些同学靠"发掘人才"赚了不少钱。他们在工厂里找一个"作家"，把自己的文章塞给"作家"并以他的名字发表，得到的稿费双方平分，皆大欢喜。

工人尖兵走进文学，而文学专业大学生走进生产。为了实现培养"全面发展的社会主义接班人"的目标，莉迪娅被分配到黄麻纱纺织厂工作。"接班人"每天早晨五点半起床，要搭乘轻轨在路上颠簸将近一个小时。有时候她和同学在路上站着也能睡着。她们在工厂入口把通行证递给师傅查看后才能进入车间。走进车间后，她们倒在黄麻纱堆里又睡上两三个小时，一直到听到党内积极分子警告和恐吓，她们才醒。

她们必须通过实践熟悉车间的整套生产过程。莉迪娅要把一个巨大的沾满灰的黄麻纱球打开，整平，然后把麻纱线抛一个弧线扔到流水线上。这工作本来应该由一个高大有力的男人来完成，而不是一个特别矮小又饿得手无缚鸡之力的女人。莉迪娅经常挨骂。每次她试图打开一个麻纱球时，都会顷刻被一大团灰包裹，她不停咳嗽，连气还没喘上来，下一个麻纱球紧接着又滚了过来。离开车间后她几乎咳嗽了大半年，直到把所有黄麻纱灰全部咳出来。

两周后，她必须到纺纱车间工作，车间里排着一长条纺纱机，震耳欲聋。因为近视，莉迪娅看不到纱线的断头，总是无法正确调整。工头骂她，车间主任也注意到了她。她似乎要大难临头了。在工人占主导的国家里，一个女人有一双不中用的、娇生惯养的手，无法适应劳动，还有什么能比这更糟？

第三站织布车间拯救了莉迪娅。车间里用原始的、手动的织布机制造粗麻布织物。莉迪娅能看清织布机用的粗线，立刻找到断头，然后灵巧地把缠在一起的纺线解开。她学习打结并且很快就能毫无困难地操作织布机了。师傅开始表扬她，常常让她独立工作。在第二周的末尾，她已经是一名工人尖兵。为此，食堂给她加了一勺麦糊和一个白菜馅饼。有一天，车间主任甚至找她谈话："真是个聪明的姑娘！你在大学能学到什么啊？文学？是你自己把生活变得艰难了。文学又不能填饱你的肚子。留在这里，我们会给你一间宿舍，你会得到一份相当不错的工资，而且工人尖兵每周还能分到额外的口粮。你将属于工人阶级，而不再属于直不起胸膛的知识分子。"后来，莉迪娅还经常想起工头的这番话。如果她听从了工头的建议，她以后的生活会省去很多麻烦。

渐渐地，她和一些同学交上了朋友。我在她的回忆录中又看见了出现在卷宗里的名字：安娜·波卡，萨拉·波尔特曼，安娜·爱德施坦因，列夫·波兹南斯基，还有对莉迪娅产生巨大影响的贝拉·格拉泽尔，移居美国的俄裔犹太人的女儿，她才刚回来不久。她母亲离婚了，带着她从"该死的资本主义世界"逃到了共产主义天堂。贝拉身上的美国光环还没消散。她穿着丝袜和时髦的系带鞋，一身查尔斯顿连衣裙和紫色的毛皮大衣。一位具有独特魅力的年轻女性，受过别样的教育，具有刀子般锋利的批判性头脑以及强烈的自由意愿。她逐渐让莉迪娅理解到，在苏联所见的一切并不是工人阶级的天堂，而是腐败的、背叛了工人的寡头政治。她讲出来的是别人想都不敢想的。她小心翼翼地向莉迪娅透露了"解放无产阶级小组"的工作，这是她建立的地下活动组织。随着时间推移，莉迪娅成了贝拉的同盟，定期和贝拉及其他小组成员聚会。对于莉迪娅来说，小组是她唯一可以开诚布公自由表达想法的地方。正因如此，小组对她至关重要，因为她害怕适应周遭环境的压力，害怕无法保持伪装而说错话或者做错事，进而给她的生活带来严重后果。小组如同一个保护空间，一次喘息的机会，在无所不在的监视机器眼皮下的一次短暂藏匿。

在不断进行的大规模扫盲运动中，大学生们必须为能上大学这一特权付出代价。莉迪娅被选中，教一间制鞋工厂的工人们读写。工厂一共有两百名工人，其中九名工人被以"不透明"的方式选中，参加学习。工厂大楼里收拾出一间教室，还把列宁画像和红旗作为装饰。

才第一天，莉迪娅就发现，这九名制鞋匠会读会写。她一脸困惑地看着他们。其中年纪最大的学生给她提出了一个真诚的建议："根据规定我们得完成既定计划，老师同志。"制鞋匠学习小组的三个月实际上变成了：每天晚上下班后以最快速度做听写，尽量用不流畅的字迹，再加上一堆拼写错误和语法错误，莉迪娅用红墨水笔一一纠正。听写之后，她给他们朗读小说和诗集里的节选，或者给他们讲她自己轻松编造的故事。制鞋匠们听得聚精会神。

培训的最后，一位身着军服戴着红围巾的干练女士负责检查学生们的进步情况。学生们向她展示了写得满满的本子，上面的错误全部被纠正过；读报纸时，他们结结巴巴，有的地方还故意卡壳。女干部对学生和老师非常满意。她表示，希望工人们能够很快阅读报纸并对其中的内容进行讨论，然后就离开了。

因为这出滑稽戏演得好，莉迪娅得到了歌剧票作为奖励，此外，她和她的学生们还得到了休假券，可以一起去克里米亚半岛，去雅尔塔、阿卢普卡、阿卢什塔和塞瓦斯托波尔。莉迪娅终于能在酒店里饱餐，享受单独的酒店房间和在大海里游泳了。她的学生们互相打赌，向她大献殷勤。她不想让他们难过，她告诉他们自己已经心有所属，但是她爱他们所有人，这样他们才接受。

度假回来后，她获得了每教一个学生九个卢布的报酬，心怀感激的制鞋匠们送给她两双极好的夏季高跟鞋留作纪念。她拿着这笔钱，穿着新鞋踏上了第一次回马里乌波尔的路途。然而，一到家就不得不立刻面对家中的穷困。她的父母和弟妹在饿肚子。父亲雅科夫的收入少得几乎没有，他变得年老体弱，双目几乎失明。母亲玛蒂尔达必须把法庭卷宗念给父亲听，还要帮他完成笔头工作。托尼娅在纺织厂找到一份工作，但她仍然继续帮助母亲操持家务，甚至拿出钱来贴补家用。我母亲十岁，在上学。谢尔盖已满十五岁，正在参加"为饥馑掘金"运动。他虽然自己饥肠辘辘，但是仍旧帮忙清空城市里的教堂和犹太教堂，把所有值钱的东西如金银、钻石、红宝石和其他宝石从建筑物上撬下来，送到收集点。这份工作让他每天可以领到一小份口粮。

莉迪娅发觉，家里没人在等她回来，她回家只不过徒增了一张不受欢迎的吃饭的嘴。她很乐意帮助家里，只要她知道该如何做。但她必须立刻回敖德萨，因为她收到了姑母的消息，敖德萨发生了变化。叶莲娜的儿子结婚了，现在儿媳也住在她狭小的公寓里，没有地方再给莉迪娅了。而娜塔莉亚则收留了她朋友十六岁的儿子，因为她朋友夫妻二人同时被捕，她没有办法再继续负责分摊莉迪娅的伙食。

这个消息对莉迪娅是个沉重的打击。接连好些天她心灰意冷，然后，她心里那股执拗劲儿又冒了上来。她大胆地决定，仍旧回敖德萨。她脑海里浮现出一幅画面：如果她站在姑母叶莲娜家门口，姑母也不好轻易赶她走，任她无家可归。她的想象成真了。叶莲娜让她进了门，甚至端来一碗汤，给刚下长途火车的她喝。只有一张折叠床可以供她睡觉，但是不管怎样，她又回到了敖德萨。

第二天，莉迪娅立刻冲出门找工作。外面大雨如注，她浑身湿透，可是幸运之神再次眷顾了她。她被雇用成为一个粮票分配点的帮工。一整天她都坐在昏暗的窗口边，检查证件，分发粮票，窗口前的人们排着长得看不到尽头的队伍。薪水少得可怜，钱还不够她填饱肚子——她现在必须自己负责伙食，更别提拿多余的钱来贴补姑母叶莲娜的住宿费了。

这个时候，贝拉·格拉泽尔伸出了援手。她利用和大学图书馆馆长的关系，给莉迪娅在图书馆谋了份差事。莉迪娅负责每天下午五点到晚上十点，把书从书架上搬下来，拖到借阅处，再从还书处把书拖回放回书架。这份工作很费劲，但是挣得比之前那份多一些，而且在图书馆工作让她感觉好多了。在折叠床上短暂地睡一觉后，莉迪娅赶紧起身出门，经常早早地就到学校了。她没有钟表可以看时间，可是绝对不能迟到。有时候她在校门口的台阶上又睡着了，因为校门还没开。

日常生活变得越来越压抑，越来越没有前景。人们挤在最狭小不堪的空间里生活，而且所有人只为自己活，每个人只忙着生存下去。商店里，除了干巴巴的李子做的不加糖的李子酱之外，什么也没有。大学食堂里最好的伙食是稀麦糊汤，浓稠些的麦糊作为主菜；差一点的伙食是白菜汤和蒸白菜。莉迪娅多数时间里不吃早饭，有时候她在大学餐厅买到一块油煎豆腐饼，能啃很久，因为豆腐饼硬得像橡胶一样。

春天，为了促进集体农庄的组建，与文盲继续作斗争，大学生们被派到附近的村子。在所谓的集会上，莉迪娅要在农民面前夸夸其谈，给他们描绘集体农庄中全面发展的新苏联人的光明未来。时值1932年，正是乌克兰大饥荒(Holodomor)的开始。Holod在乌克兰语中是"饥饿"的意思，mor源于moritj，意为"折磨，痛苦"。直至不久前，乌克兰还因其肥沃的黑土地被誉为欧洲的粮仓，现在却变成了停尸房。斯大林的大型集体化试验，后来被作为对乌克兰人民的种族灭绝大屠杀记录在册。

尽管正值播种的季节，但是没人在田里干活。所有农活全部停滞。没收农民财产使整个乌克兰的农业陷入瘫痪。被赶出农场的农民们无所事事，到处瞎转悠，窝在潮湿的地上，大多数妇女带着她们瘦弱不堪、病歪歪的孩子们。不愿意上交财产集体化和进入集体农庄的男人们，不是被送到劳改营，就是被杀。整个农村饥荒遍地。没有人埋葬死者，尸体在倒地的地方就地腐烂。到处笼罩着疯狂，充斥着人吃人的惨剧。

大学生们从农村回来后，纷纷吹嘘自己为集体化做出的贡献，夸口他们说服了多少农民，镇压了多少次农民起义。莉迪娅的报告全是共产主义修辞，满篇毫无意义的数据和对斯大林语录的引用。"你还可以做出更多成就，姑娘，"执行委员会的主席对她说，"只是还需对你稍加打磨。"

有一天，舅父瓦伦蒂诺突然出现在敖德萨。最后一次见到他的时候，莉迪娅还是个孩子，后来有一天，外祖父家曾经的司机号称带她开车兜风，把她带到舅父家的德国园丁那里，之后司机连人带车消失得无影无踪。她从未忘记舅父宅邸废弃荒芜的景象。当瓦伦蒂诺突然出现在叶莲娜家门口时，她简直不敢相信自己的眼睛，她以为舅父早已不在人世了。舅父对于这么长时间的经历只字未提，但是显然他不知采取了何种办法，成功保住了部分财产，不然他不可能有钱住酒店。他讲了安东尼奥的事，莉迪娅曾在安东尼奥的赫尔松葡萄园里休养，并从肺结核中康复。安东尼奥的财产被没收后，和妻子女儿一起被遣送西伯利亚，患有骨结核的女儿在那里没有半点存活的机会。瓦伦蒂诺舅父想方设法把安东尼奥一家也弄到敖德萨来，然后再和他们一起通过黑海前往罗马尼亚。

他住在敖德萨期间，多次请莉迪娅去餐厅吃饭，还给她买了一些急需的必要衣物。一切像在梦里或者童话中一样。她回想起孩童时期和母亲一起在舅父宅邸里度过的快乐时光，好似她看过的小说里的经历。

几周之后，瓦伦蒂诺的哥哥安东尼奥一家经过了不为人知的艰险和东躲西藏，真的来了敖德萨。瓦伦蒂诺用一笔高达天文数字的钱给一家三口赎身，把他们藏在港口的一个渔民小木屋中。一个月黑风高的晚上，一艘快艇将把他们这些逃难者全部带往罗马尼亚。莉迪娅和瓦伦蒂诺告别时，难过地拥抱了他。她知道，再也见不到她的舅父或者父亲了——到底是舅父还是父亲，只有她母亲清楚。后来她听说，瓦伦蒂诺和安东尼奥一家成功逃到了法国，继续从事葡萄种植。

告别时，瓦伦蒂诺给了莉迪娅六个沉甸甸的银汤匙，上面有"德·马尔蒂诺"字样。靠这些汤匙，莉迪娅挨过了半年。每个月，她把一个汤匙拿到一家和外国人交易的典当所换钱，尽管店里根本没人还和外国人打交道。铁幕早已把其他国家隔绝在外，"外国人"也变成了一个贬义词。敖德萨人把他们最后一点儿值钱货，最后一件首饰或是最后一套旧餐具变卖掉。乌克兰大饥荒期间，这种典当所里应有尽有，甚至还有尼古拉二世在位时期的橙汁、巧克力、火腿、咖啡，还有鱼子酱。莉迪娅用一个银汤匙换来的钱足够买一个月的粮食、油和干蔬菜。在家时，她在叶莲娜的厨房里煮汤或者荞麦粥。

后来，她意外发现了一个收入来源，那就是文具店里能买到的透明描图纸。她和娜塔莉亚姑母偶然发现这种描图纸中有一层是上等细亚麻纱制成的。她们把纸泡软，煮沸，一直煮到细亚麻纱这一层脱落下来。等到细亚麻纱晾干、熨平之后，就能用来缝制精美的内衣，拿到市场上出售或者换食品。娜塔莉亚姑母当然没有缝纫机，她只能大半夜坐在厨房的灯下用针缝制。不过问题在于，她们没办法经常购买大量透明描图纸，不然会引人怀疑。最后，娜塔莉亚的女儿安聂诗卡想出了解决办法。她工作的地点，也就是图书馆的档案室，就有大量用透明描图纸绘制的图。由于墨水没法通过烧煮从细亚麻纱上褪去，所以莉迪娅和姑母缝制的这批衬衣、短衬裤和胸衣上有神秘莫测、残缺不全的技术绘图图案。尽管如此，这批"精品货"还是在黑市上很畅销。她们必须小心谨慎，因为警察无所不在，幸运的是，她们从未被发现。

莉迪娅继续通过敖德萨的乌克兰化[①]规定获得额外收入。把俄语的企业规章制度和操作手册翻译成乌克兰语，能得到不错的报酬。还有一次，她负责测试邮局员工的乌克兰语。她给他们做听写——考生们只会俄语，最多只能听写出一半，还满是错误。莉迪娅给他们打了"不及格"，这样一来，所有邮局公务员都得被迫参加乌克兰语辅导课。感谢她的乌克兰保姆，莉迪娅的乌克兰语完美到每个人都认为那是她的母语。这不仅帮她获得了急需的收入，而且还给她增添了性命攸关的无产阶

[①] 乌克兰化，是指随着布尔什维克占领乌克兰，为纠正以往俄帝国的同化政策，积极扶持乌克兰语、促进乌克兰文化发展的本土化政策，涉及教育、出版、政府和宗教等各领域。1923年7月《关于对教育和文化机构乌克兰化的执行法令》被视作乌克兰化计划的开始。20世纪30年代初，乌克兰化政策突然逆转，"大清洗"意味着苏联乌克兰化政策的终结。——译者注

级保护色。

大学的最后一学年中,仍旧有人试图把她赶出大学。没有任何缘由,一夜之间她就被要求缴纳高昂的学费,谁都清楚她根本付不起。在几乎已经准备放弃时,她想到了最后一张也是唯一的一张王牌,这张牌还从没用过。虽然从根本上说此举是欺骗,因为她父亲很久以前就和苏联脱离了关系,但是莉迪娅想方设法搞到了法庭判决书,判决书中写了她父亲由于参加推翻沙皇的工人革命运动被判流放二十年。她把这张判决书和一封信交到了校长办公室。第二天,当她经过门厅公告栏时,在张贴的"本校最优秀的学生"名单中找到了自己的名字。她的学费也被免除了。

莉迪娅短短三天就写完了她的毕业论文,完全符合了那句谚语:"纸上什么都能写"[①]。她把乌克兰作家柯秋斌斯基和马克西姆·高尔基进行比较,然后凭空捏造,说高尔基的作品受到了柯秋斌斯基的巨大影响。她的指导老师很惊讶,因为对这个结论闻所未闻。另外还让导师惊讶的是,莉迪娅的论文是用俄语写的,但是莉迪娅和他解释说,她是以此感谢大学教会了她娴熟地使用俄语。这些胡说八道,让她得到了一分的优秀成绩。她的毕业文凭上写着,她现在是文学讲师了——很圆滑的,上面并未标明到底是俄国文学还是乌兰克文学。

她在大学图书馆的职务已经升级为阅读室主管,然而这份

[①]德国谚语,意为纸上什么胡言乱语都可以写,但不都是真实的。——译者注

工作却以轩然大波结束。她申请休假三周被拒后，就再也没去过图书馆。三周后，她看见图书馆门口张贴了一张告示，上面写着：旷工者莉迪娅·伊瓦申科严禁入内。但是，这对她再也无法产生任何影响，反正她在敖德萨的日子也到头了。

善良的姑母娜塔莉亚用旧裙子给她改制了一条连衣裙，是时兴的"电子荧光色"，此外还用从透明描图纸里取得的上等细亚麻纱缝制了一件波列罗背心，让莉迪娅参加毕业庆典时穿。为搭配这身服装，莉迪娅还穿上了制鞋匠送的时髦高跟鞋。党和斯大林同志掏钱赞助每位毕业生一个油煎土豆饼、一份包括一个甜面包和一杯茶的餐后甜点。莉迪娅发现，她不是唯一装成单纯的乌克兰乡下姑娘的人。当天晚上最惬意的部分开始时——跳舞和喝含有酒精的饮料，大多数人全然忘记了他们必须说乌克兰语，愉快地说起了俄语。

莉迪娅回到了马里乌波尔。当下，她的主要任务是资助她的弟弟和妹妹完成学业，减轻父母的负担。对于自己的未来，她并没有任何打算。她既没有考虑过从事哪种职业，也没有想过组建自己的家庭。所有事情只是以生存为中心。

她在《亚述的无产者》报社找到工作，做编辑兼翻译。工资勉强可以接受，此外食堂还提供一份免费午餐。晚上，编辑定稿后，她在一家炼钢厂教工人读写。两份收入终于能让全家人差不多填饱肚子，父母的精神看上去也好多了。

她在报社大约工作了几周。一天，临近收稿截止时间时，进来了一则报道，要求必须在第二天报纸的显著位置登出。那是一则关于召开党内积极分子集会通知的报道——会议将于次日六点在文化宫图书馆前厅举行，所有相关人员必须到场。莉迪娅把这篇简单的报道翻译成乌克兰语后，送到了印刷间。没想到，第二天早晨就爆发了一场骇人的风暴。党内积极分子早晨六点睡过头了。当他们惊慌失措地在文化宫碰头时（不到场可能会有生命危险），却惊讶地发现，主席没来。然后大家发现，集会的时间不是早晨六点，而是晚上六点。直到最后也没搞清楚到底是谁写错了，是报道的撰写人还是负责翻译的莉迪娅。但是以此为开端，潜伏已久的灾祸露出了苗头。莉迪娅受到公开攻击和刁难，周围人盯着她，问她刁钻的问题，还突然对她看什么书感兴趣。一个女同事意外的亲近，每天晚上陪她回家，打听她的生活。莉迪娅向来孤身一人，所以对和人同路闲聊丝毫没有防备。

当她收到一份敖德萨发来的电报时，她立刻明白自己已身处险境：妮娜生病了，你赶紧打疫苗。"妮娜"是贝拉的假名，"生病"是指她被捕了。直到后来，莉迪娅还能清晰地回忆起，1933年11月9日晚上，她同事亲切地陪她一起从编辑部走回家。那是一个宁静的夜晚，空气柔和，花在花园里绽放。这是她生命中最后一个寻常的夜晚。

第二天下班后，她还是像往常一样在炼钢厂教课。工人们虽然辛苦工作了一天疲惫不堪，但是他们仍规规矩矩地认真听讲。大约半小时后，门被轻轻打开了，学习部的头儿示意她到外面来。莉迪娅向学生们致歉后，走了出来。门口站着两个便衣，请她跟随他们走。她还想回去告诉学生们一声，顺便拿上自己的公文包，但是那两个男人认为她完全多此一举。在昏暗的路灯下，两个男人向莉迪娅出示了一张盖了章的文件。随后，只听见刀子般锋利的一声："您被捕了！"

她被内务人民委员部的公务车带回家。在车上，她才想起家中抽屉里有成为罪证的材料：贝拉在卷烟纸上的宣言中把党称为敌对工人的团体，并呼吁掀起一场针对实行恐怖统治的国家资本主义的新革命。另外还有很多贝拉的信件，信中她毫不掩饰地敦促莉迪娅，通过在马里乌波尔的工厂里组建文学社团来建立和工人们沟通的渠道，并对他们进行宣传鼓动。来自敖德萨的警告并没有让莉迪娅意识到及时销毁这些证据。她不明白，自己怎么能如此粗心大意。

家中被搜查时，莉迪娅低声告诉母亲她被捕了。整个房间被翻得乱七八糟，每条缝隙都没放过，莉迪娅藏在书背面和夹层中的贝拉的信和宣言全被搜了出来。夜半时分，莉迪娅被带到内务人民委员部指挥部。她和我的母亲，曾有过最后一眼目光交流、说过一句告别的话吗？她们姐妹俩再也没有见过面。当莉迪娅于耄耋之年写下她的故事时，已和我的母亲分别六十余年，只剩下回忆，也许她已无法再辨认出她的样子。

指挥部里的审讯一直持续到第二天清晨，之后莉迪娅能在审讯室的沙发上睡几小时。随后，一个穿制服的人叫醒她，命她跟着走。她穿上大衣，拿上弟弟谢尔盖送来的小行李卷。谢尔盖大骂她是祖国的叛徒、变节分子，自私主义者，给全家带来了不幸和灾祸。或许这是姐弟俩最后一次见面。多年后，谢尔盖已经去世，莉迪娅在回忆录中写道：她很长时间无法原谅自己的弟弟，直到后来她才明白，弟弟是被迫和她划清界限的。只有这样，他才能保全其他人，才有可能保护自己免遭后续的灾难。

出门后，莉迪娅被囚车送到顿涅茨克的地方监狱，剃了光头，单独关进一间囚室。囚室昼夜通明，里面只有一张冰冷的木板床和一个茅坑。起先几周，她每天被带出去审讯，问的全是同样的问题。然后，审讯突然终止了，她就像被丢在土牢里，完全被人遗忘了。虽然老鼠和蟑螂让她备受折磨，但是她十分享受一个人待着。在长期"被压缩的"蜗居之后，独处对她来说是种幸福。从此，她爱上了思考，她终于有了时间。她闭着眼睛躺在木板床上，思考着她的生命，除了未来。

三周后，她被从地下牢房放了出来，饿得半死，眼睛被囚室里的长明灯刺得几近失明。人们把她带回了她厄运的起点敖德萨，她被转到拘留待审监狱。这里不再是单独隔离牢房，而是十一人一间的狭小女囚室，十一个女犯人整天为了争抢八个木板床吵闹不休。莉迪娅多数时间睡在地上，但是偶尔会有一名二次被捕入狱的德国年轻女共产党员，让莉迪娅和她挤在一张木板床上，小声指导莉迪娅在审讯时如何做出正确的反应。有一天，她透过铁窗看到了贝拉·格拉泽尔，两个穿军装的人正押着她穿过监狱的院子。这是她最后一次看到她。

关于审讯，莉迪娅只字未提。她只写了一个特别事件。她认出审讯者中的一人是斯拉瓦·勃朗施坦，她曾经的邻居和同学。在学校里，他起先和其他人一起排斥她，后来又同她搭讪。而现在他开始报复她。他在审讯室里强暴了她。强暴在当时被认为是一种用在女被告人身上的有效审讯方法。之后，莉迪娅请求斯拉瓦给她纸笔，她想写供词。他沾沾自喜，自己的方法果然奏效。但是莉迪娅写下的并不是供词，而是告发信。她告发斯拉瓦故意隐瞒和托洛茨基的关系，告发他对国家的仇恨，还有他父亲的箍桶作坊，直到革命前还雇了二十个人做活，只给很低的薪水。第二天，莉迪娅又被带去审讯室时，在走廊上碰到了斯拉瓦。他脸色像粉笔一样煞白。"你这个脏货！"他窃窃地叫骂。其实，离他向莉迪娅借书的那天并没有过去很久，莉迪娅至今仍旧记得很清楚，当时他借的是一本消遣的厚书，《爱的天使》。"不，不，"她走过他身边时匆匆回道，"我是爱的天使。"几天后，她看见他浑身是血，被人拖过监狱走廊。

将近五个月的拘留待审后，莉迪娅被带进了一间不知道是什么地方的小隔间，有人要求她在判决书上签字。透过一扇虚掩的门，她听见两名监狱工作人员的对话。"我们已经超额完成了医生和工程师这一块的定额指标，"其中一个人说。"但是教师这一块我们还落后，要追上。"另一个人回道。

让人难以置信的是，二十三岁，身高只有一米五四，在长时间的拘留待审后瘦得只有苍蝇一般轻的莉迪娅，竟然被认为是极度危险的犯人，由两名武装士兵陪同，乘坐单独预留的一节火车车厢，一路押送至梅德韦日耶戈尔斯克。几千万被审判的人，是不是每个都像莉迪娅一样，被劳师动众、舒舒服服地送到了目的地？两个士兵直到莫斯科也没和她说过一个字。她每日两次得到一杯茶，还有面包配熏肉。每次如厕有人陪同，并且不让关门。到了莫斯科，他们离开火车，乘坐一辆囚车到另一个火车站继续前往摩尔曼斯克；还是单独一节车厢，换了两个士兵陪同，但是状况有所改善。窗户没有挡板，她可以看外面的风景，四处冰雪覆盖，人烟越来越稀少。

1934年4月1日，她抵达梅德韦日耶戈尔斯克。在接收新犯人的棚屋里，一个年轻的犯人友善地和她打了招呼，登记了她的个人信息。这个犯人，莉迪娅加了一句注释，就是她未来的丈夫尤里。

登记之后，她"自由"了，她可以去任何想去的地方。天上只有几颗硕大而遥远的星星闪耀着，她穿着轻薄的低帮鞋和薄大衣站在雪地里。流放者被放逐到野外，他们必须自己应付一切。谁都知道，他们没法逃跑，这里辽阔偏远，除了森林、沼泽、熊和狼之外别无他物。远处有些微弱的灯光在闪，可是莉迪娅才刚走了两分钟，就被一个掉落的冰锥吓呆了，没法辨认出通向光亮的路。她无计可施，又走回接待棚屋。

尤里不只在这个晚上救了她。很可能因为有他，莉迪娅才能在劳改营里存活下来。从莉迪娅的儿子伊戈尔那里我得知，他的父亲尤里出身于一个著名的俄罗斯东正教神父家庭，自己不愿意继承家族事业，而是希望成为工程师。由于妄议斯大林最信任的伏罗希洛夫元帅，贬损他是"阿谀奉承之人"，尤里被流放五年。现在他虽然不过是个劳改营的犯人,但却是有特权的犯人,一个深受营地领导喜欢的有才华的年轻工程师,这点至关重要。这个晚上,他把莉迪娅带到一间有取暖设施的妇女棚屋,让她接下来几天住在这里。尽管没有木板床,但她可以睡在暖烘烘的炉子边的地上。妇女们大方地把自己的口粮分给她,然后几乎偷走了她行李小包里的所有东西。

分配给莉迪娅的第一份工作是在幼儿园里看护级别较高的营地干部的子女。那些母亲对待莉迪娅像对待农奴一样。但是,这个岗位让她在一间设施较好的女子棚屋里有了自己的木板床,能领到内务人民委员部食堂的食物券,还可以吃孩子们剩下的食物。可是幸福很短暂,由于对当地环境不熟悉,莉迪娅和孩子们在一次找莓果的途中陷入了沼泽地。最后关头,当不少孩子已经开始往下沉的时候,一个看守士兵在远处发现了他们,把他们带出了死亡区域。莉迪娅立即被幼儿园开除,不过她应该庆幸,她的流放期没有因此被延长。倘若哪个特权干部家的孩子在沼泽里丧生,后果将不堪设想。

为了不去伐木,莉迪娅开始自己找工作。她乘坐所谓的"咕咕鸟火车",在幅员广阔的营地内,从一个流放区到下一个流放区,到处推荐自己。"咕咕鸟火车"由一个小型的蒸汽火车头和一个装载大块木料的拖车组成,大木头用来给火车头加热蒸汽,同时也被当作座位。有一次火车因为燃料用尽,在丛林沼泽地区抛锚了,必须再砍新的树做燃料,一名同车的乘客就建议莉迪娅一起徒步十五公里到下一个流放区。那是一个明亮得白晃晃的夜晚，可是没走多久，他们就进入了一片沼泽地，不得不在铺着木枕的火车轨道上走完剩下的路。莉迪娅的同伴有双大长腿，枕木间距对他来说也就一步，但是莉迪娅只能从一根枕木上跳到下一根上。她跳了整整十五公里。有一回她没踩稳，掉了下去，她的同伴必须立刻把她从冰冷污黑的泥沼中拽出来，因为她已经开始被泥沼往里吸。不知什么时候，一只巨大的棕熊靠近了他们。棕熊在这里到处转悠，夜里还会闯进流放区寻找食物。幸好沼泽隔开了饥饿的庞然大物。

没人想雇用一个"政治犯"。经过几周徒劳无功的求职，又是对莉迪娅产生了羞怯爱意的尤里帮助了她，让她成为一个罪犯流放地的老师，教未成年的犯人。她刚到营地时，求生的本能让她立刻抓住了第一根救命稻草——尤里，可是现在尤里已不仅仅是一根救命稻草，而是一根粗壮的缆绳，他帮助她，把她从营地的危险地区解救出来。她不可能承受得了长期的重体力活，就这点而言，能当老师等于救了她一命。可是，这份新工作意味着要和尤里分开。名为极圈的少年儿童流放地在白海—波罗的海运河边，距离尤里工作的技术指挥部所在地梅德韦日耶戈尔斯克二十公里。在莉迪娅去新的工作岗位前，她和尤里结了婚。只有成了夫妻，他俩才能得到偶尔相互探视的许可。

极圈流放地里生活着两千名八岁到十七岁的少年。他们是街头流浪儿、孤儿或是犯人的孩子，小小年纪已经是罪犯，甚至是杀人犯。莉迪娅分到了女性教工棚屋里的一张木板床。一个塞满锯木屑的大口袋用来做床垫，有人当面交给她一个铁碗、一个杯子和一把汤匙。夜里烧小圆铁炉取暖，烧炉子的木头需要妇女们自己到森林里捡，不过反正有的是木头。夜间，妇女们用大树根挡住棚屋的门，以防入室窃贼和熊。中午，莉迪娅可以在教工餐厅吃饭，晚上，她分到一份口粮拿回家。有时候妇女们会到周围森林里找些蘑菇和越橘来改善伙食，但必须得特别小心暗处的沼泽地。

国家为了犯罪青少年的改造教育，找来了八十个老师。每个班级上课时，都有一名武装哨兵在场。莉迪娅不了解情况，拒绝武装哨兵在场，她想和她的学生们单独在一起。人们警告她，但是她坚持自己的想法。当她第一次在校长的陪同下走进教室时，学生们全部规规矩矩地起立。二十五个身穿白衬衫的男孩，看上去很整洁，而且彬彬有礼。给他们介绍了莉迪娅的校长才刚刚走出教室，教室就炸了锅。各种挖苦的、极尽下流的话向她袭来，还有学生宣布要好好招呼一下这个"玩具娃娃"。莉迪娅想赶紧逃走，但是门已经关上了。而且，就算成功逃出教室，外面也好不到哪里去，她很可能会因为未经允许擅自离开工作岗位而被关数日禁闭，然后再被派去伐木。

她决定以攻为守。她尽可能简洁明了地向学生解释道，如果他们自己计划干点什么，肯定是不可能达到目的的，而且最后会有人把他们全部枪毙。不过无论如何，都不应该过分苛刻地对待他们，至少先尝试一下上课，可能会好一些。学生们立刻提出反对意见："我们才不稀罕你的课！"莉迪娅开始手足无措，她像《一千零一夜》里的舍赫拉查德一样，讲自己编的故事。刚开始，学生们哄堂大笑，还挖苦她，后来教室里越来越安静，男孩们的脸也变得严肃认真起来。当下课铃声响起时，他们全都抗议："我们不要休息，继续讲！"莉迪娅告诉他们，她现在累了，明天才能继续讲故事。而且她还必须把规定的内容给他们讲完，否则她会被解雇。她建议上课时先尽可能快地把课程学完，然后再讲故事。学生们同意了。

第二天，当她胳膊下夹着二十五本练习簿走进教室时，学生们唱着小调儿欢迎她："小婊子，小婊子来了，小婊子给我们讲故事！乌拉！"莉迪娅装作没听见，放下本子，脱下大衣挂在钩子上。转过身来发现，本子不见了。她问他们，但是学生们又齐声回她，教室里根本没有本子，一定是她记错了。

莉迪娅必须应对一下眼前的局面了。她想起校长曾经好心建议她选出一名班长。班里有个目光清澈机敏的男孩在第一天就引起了她的注意，他说自己是伊万诺夫26号。后来莉迪娅得知，这个流放地的所有人都叫伊万诺夫，只以编号来相互区分。真实姓名从来不能泄露，谁泄露了谁就会被小组严惩。有一次营地领导通过许诺给好吃的、好衣服，甚至许诺吸收加入先锋组织，成功诱使一名年轻犯人吐露了他的真名。人们给他系上了红领巾，好酒好菜款待了一番后，让他回到棚屋。第二天一大早，有人发现他被红领巾勒死在木板床上。

课后，莉迪娅查阅了伊万诺夫26号的档案，想定他为班长。这个有着清澈蓝眼睛的十六岁男孩，已经杀死了三个人。他用枕头把自己的祖母捂死了，就为了抢她的钱，可祖母的钱全是省下来给他的；一次入室盗窃中，他用榔头敲碎了一个男人的头，最后他还枪杀了一名警察，当时他才十二岁。

莉迪娅犹豫了。有一次利用时机，莉迪娅和他聊起了消失的练习簿。这才得知，学生们不仅用纸来做游戏牌，还制作伪钞，制作水平高到从来没人识破他们的花招。他们是不允许在营地小卖部购买物品的，按规定，他们不可以拥有钱。所以他们把假钞卖给其他营地的人，然后以香烟和古龙水的形式按比例抽头，古龙水因为含有酒精被他们拿来喝。他们玩牌时会下很高的赌注。如果有人输掉了自己的声音，就只能学鸡咕咕叫或者学狗叫。玩家用自己的口粮、中饭、唯一的一双鞋，有时甚至用生命来下注——没法更多，这是他们仅有的了。

有一次，一个输掉性命的人，顺从地跟着赢了的人走。两个十一岁的孩子，往下走到一个山谷中，在那儿，赢家用绳子把输家的手绑住，开始用一把钝剃须刀割他的喉咙。早已习惯了营地严酷纪律的孩子，起先不怕死地一动不动，然后挣脱跑开，一边跑一边大叫，血流如注，往上跑了没多久哨兵就来了。这孩子被带去医疗站，肇事者的判决立刻下达。他们用枪指着他的太阳穴，问他还有什么话要说。"叔叔，我再也不敢了。"他小声说。随即一声闷响，男孩倒下了。

当莉迪娅给学生们讲故事时，她观察到，这些长时间没听过正常词汇的半大小子们身上正在发生改变。他们的面色变得柔和、平易近人起来。有时候他们会提幼稚的问题，会提出真诚的观点。随着时间推移，有一种类似友谊的东西在他们和莉迪娅之间萌生，但是莉迪娅从来没有忘记，她面对的是些什么人，她一直小心翼翼。

极夜和漫长的昏暗无光导致莉迪娅在业余时间睡得越来越久。那里，白天经常只有一两个小时日照，而且，即使有日照，天空也只显现出一丝灰色。有时白雪在黑暗中闪着光，有时人们看见硕大明亮的星星挂在天空，还有不断变幻的童话般的极光。可是，莉迪娅越来越疲累，越来越没有力气。有一次她在周末断断续续地睡了二十个小时。医生诊断她患上了坏血病，她应该多吃莓果和大蒜，多喝松针煮的汤水，并且睡前散步。说起来容易，流放地里根本没人散步。比熊、狼和无主的咬人的狗更让莉迪娅害怕的，是这里的人。

一天早上，她怎么也没有办法从木板床上爬起身。她知道，如果她没请假就旷工的话，就会面临被关禁闭的风险，但是她实在没气力起身，身体沉重得像块水泥，一动不动地躺在床上，呆望着深色的棚屋天花板。她清楚，自己是再也没法起来了。同屋的女同事们对这种情况再熟悉不过了，她们把自己的口粮分给莉迪娅，用小圆铁炉给她煮了医生建议的松针汤水，还往里面加了一勺珍贵的越橘果酱。

第三天，同事们讲了一则学校的故事给她听，把她的精神又提了起来：她不在校期间，有一位重要的教授从列宁格勒来到流放地。他听说了很多卡累利阿改造教育学校的有名事迹，想利用这次机会，给莉迪娅的学生们上一节试验课。一位年轻女教师上课时拒绝哨兵在场的故事传到了他耳朵里，所以他也想按照这个给他留下深刻印象的例子试试。校长还没向班里学生介绍完教授，班长伊万诺夫26号就站起来问，他们年轻美丽的老师到哪里去了，这个让人讨厌的糟老头子想干什么？随之而来的是同学们最粗野的谩骂和越来越大声的吼叫。教授想为自己辩解，并开始上课，但是叫喊声越来越粗野。当他终于忍不住用拳头敲桌子叫学生们安静时，学生们抄起墨水瓶向他砸去。他吓得半死，浑身墨水逃出了教室。整个班被关了四十个小时的禁闭，可是即使在去禁闭室的路上，学生们还在重申，他们绝对不允许有人把他们的老师弄走，他们想她立刻回来。

莉迪娅回到教室那天，劝告学生们要遵守纪律，他们不仅很不礼貌地对待了一位老人，而且还会给他们自己带来严重后果。但是男孩们坚持，就应该对那样的屎壳郎采取果断措施，并强调，他们不会让莉迪娅出事，她处于他们的私人保护之下。

莉迪娅某天突然注意到，他们从来没有这么勤奋过，他们对她几乎带着一种温柔的关心，不让她离开他们的视线范围。伊万诺夫26号小声告诉她，隔壁班的一个男生把莉迪娅当赌注赌输了。所以莉迪娅暂时不能单独迈出一步。每天早晨她要出发去学校时，真有不少学生已经在门口等着她，下课后他们护送她回棚屋。

跨年之际，莉迪娅被准许去丈夫所在的梅德韦日耶戈尔斯克住上几天。她没有告诉她的学生们，而是下课后静悄悄地去办公室拿上她的通行证，很快就走到了矗立着哨塔的栅栏边。

哨兵检查了她的通行证，只需片刻她就走出流放区，站在大门外。她面前是一条穿过极夜长达二十公里的路。外面的气温只有零下十五度，明亮的月光照着一条宽阔的林间小道，四周一片寂静。她迈着轻快的脚步，满心欢喜地盼着见到尤里。她了解当地的规则，把装有物品的公事包拎在手上，而把通行证和钱藏在衣服下面。树枝发出咔嚓声，可是她并未在意——可能是松鼠，因为这个季节熊还在洞里冬眠，狼通常会靠近居住区行动。可是她还没看清，就被黑暗中窜出来的什么东西扑倒在地。是两个人。两个男人中的一个坐在她胸口上搜身，另一个乱翻她的公事包。"把钱和通行证交出来，否则你就完了！"男人小声命令她。莉迪娅把身体往雪里一埋，使出全身力气开始大叫。第二个男人暴跳如雷，粗暴地抓住她的腿，腿骨发出了咔嚓声。突然一声枪响，接着是马蹄声，骑兵巡逻队来了。两个男人逃进了森林，莉迪娅被拉上了马，带到了火车站。一辆救护车在那里接她，把她送到了梅德韦日耶戈尔斯克。在病房里，她的腿被复位了。第二天，人们抓住两个男人给她指认。莉迪娅看着两张又脏又狡黠、带着乞求的眼神的脸，她摇了摇头。她知道，就算她并没有指认，他们也会吃苦头。

自由的日子结束后，当她拖着一条仍然疼痛不已的腿回到流放地时，没人问她发生了什么。倒是她的学生们简短地告诉她，危险已经过去，她不再需要特别保护了。莉迪娅不明就里，但是她感觉到，她现在属于"家庭"的一员了。

教室里冷极了，学生们在写字前，得把墨水瓶放在衣服里面焐一焐才能化开冻着的墨水。有时连续几周暴风雪肆虐，整个世界陷入黑暗，教室里必须全天开灯。有时教室里寂静无声，只能听见笔尖划在纸上的声音，一束阳光仿佛从虚无中冒出，照进来。所有人如同触电般放下笔涌向窗边。在一片永恒的深灰色中，一条细而亮的阳光的边缘，仿佛触手可及。还没持续一分钟，发光的镰刀又落到了地平线下——一瞬间的光亮，一束照进地狱的希望之光。

一天，莉迪娅被叫到了营地领导办公室。领导问她在流放地过得如何，有没有什么不满。然后问她爱不爱她的祖国。她非常清楚，这个问题意味着什么。这种问题专门用来问那些将被安插为密探的人。的确，领导需要她的协助来除掉一个"有害分子"，她的一位同事，自然课的老师根纳季·彼得洛夫。莉迪娅没有否决这个"要求"，她明白，如果拒绝，她的流放期将会大大延长，不过她决定装傻。一周后，她向营地领导呈交了一份报告，里面写道：刑事犯P每天早上六点起床，洗脸剃须，给试验花盆里的新芽浇水，然后到食堂吃荞麦粥；课上，他讲了豆子在北方气候条件下的发芽能力，还因为一个学生的指甲太脏批评了他；他抱怨背痛；等等。营地领导办公室的人向莉迪娅解释，她把任务理解错了，他们需要的是让彼得洛夫身败名裂的材料，而不是流水账。莉迪娅努力点了点头，可下次又交了一份类似的报告上去。这终结了她在著名的极圈改造教育学校的任职生涯。她被认为智力缺陷而被开除了。

最后一个工作日，她在营地小卖部买了二十五个鱼钩，送给每个学生作为告别礼物。男孩们极度沮丧，但是他们没有提出抗议。他们知道营地的规则是不容改变的，莉迪娅也不是自由之身，她同样无法决定自己的命运。

她还需在梅德韦日耶戈尔斯克一家木材厂工作两个月，流放期就结束了。其间，尤里也重获自由。他们有了儿子伊戈尔，将近八十年后，我会在西伯利亚的米阿斯找到他。莉迪娅在一所普通学校当老师，她丈夫则在一家冶金联合企业担任工程师。夫妻俩和孩子一起住在一间没有水电的土屋里，但是夫妻俩心里明白，暂时先坚守在远离政治权力中心的安全之地对他俩更好些。莉迪娅得出了一个悲伤的结论：我变得粗俗了。她写道，我丧失了很多批判精神，也失去了细腻的情感。体制取得了胜利。

当莉迪娅和家人隐居在西伯利亚的丛林沼泽中时，我的母亲和她的母亲玛蒂尔达还有托尼娅可能在马里乌波尔勉力支撑。父亲雅科夫已经离开人世，弟弟谢尔盖在基辅的音乐学院上学，莉迪娅相隔遥远。也许我的母亲看上去和旧照片里的一样，就是她和她白发苍苍的母亲合照的那张——年轻消瘦，黑色的刘海，眼神中混合着让人惊愕的无邪和聪慧。可能在这段时间里，她和母亲的关系令母亲满心忧虑，母亲已年过六旬，作为曾经的大资本家的女儿，政治上一直遭迫害。我母亲是不是终归某天会抛下她一人，远赴敖德萨上大学？我母亲是不是也同样栖身在姑母家，在一个姑母家吃中饭，另一个姑母家吃晚饭？她是不是也必须数格里博也多夫在《聪明误》里使用了多少连接词，在军事课上学射击，把麻纱球抬来抬去，还要教邮局员工学乌克兰语？她也从保姆那里学会了乌克兰语吗？她以优异的成绩毕业，这到底说明了什么？在那个年代，优秀难道不是专门留给工人农民子弟的吗？

1941年，莉迪娅的生活中出现了一个小小的奇迹：她得到了学校工会领导发给她的一张休假凭证，凭借这个可以去克里米亚半岛休假三周。对于她这种政治出身的人来说，这简直不可思议，不过我能出生要归功于这件事。莉迪娅的丈夫要上班，无法独自照顾年幼的伊戈尔，本来她根本没法度假，但是在极圈的漫长岁月后，能去克里米亚半岛度假的诱惑实在太大了。莉迪娅给她在马里乌波尔的母亲发去了电报，问母亲能不能到她家来住上三周，帮她照料还没见过面的孩子，她的外孙。然后，六十四岁的玛蒂尔达真的踏上了去遥远的卡累利阿的路途，却并未预料到战争将切断她的归路，她再也回不了马里乌波尔，也再也见不到她的女儿叶芙根尼娅。

如果莉迪娅没有得到休假许可，那我的外祖母就不会长途跋涉前往梅德韦日耶戈尔斯克，我的母亲就会走向另一条路。她不会嫁给我的父亲，她甚至很可能根本不会认识他，而且也根本不会被强行遣送去德国。她不会在战争中抛下她的母亲，她肯定会藏起来不让德国人发现。她会留在马里乌波尔，也许后来她会生下另外一个孩子，但不是我。我是一张休假许可的产物，是不知道哪位苏联干部出于无法理解的原因给我的姨母——一个曾经的反革命分子的一张休假许可带来的后果之一。

莉迪娅在克里米亚半岛上度假的快乐还没持续一周,第五天或者第六天清晨,她被远方传来的隆隆声惊醒。这并不是人们第一反应中的雷雨,而是战争的开始。德军突然袭击苏联。所有住客必须离开旅馆,乘大巴至辛菲罗波尔,从那里再继续乘坐拥挤的火车。田里成熟的大麦在燃烧,为了避开轰炸机,火车往前开一小段,又退后,再往前开一小段,再退后。人们惊恐万状地叫喊着,莉迪娅乘坐的车厢里,一个赤着脚的年轻女人,裙子突然被鲜血染红了,她怀里的孩子不幸被炸弹碎片击中。

到达哈尔科夫后,火车无法继续前行,因为铁轨被炸断了。火车站周围的房子着了火,大街上到处躺着人。莉迪娅揉了揉眼睛才发现,这些人不是在睡觉,而是死了。她在惊慌失措不断拥挤的人群中迷失了方向,当她终于走到了另一个有开往列宁格勒的火车站时,站台已经关闭了。个子矮小的她竟然翻过了铁栅栏。火车开始启动,她把箱子从一扇打开的窗户扔了进去,车厢里的人伸手把她从另一扇窗户拉进了火车。三天中,火车时而前进,时而退后。车厢里没有吃的,没有饮用水,脏污溢出的厕所散发出令人难以忍受的臭气。

火车终于在晨曦中抵达列宁格勒。人们远远地望见熊熊燃烧的食品仓库,火焰直冲天空。尽管在下雨,但是整座城市被火焰照得通亮。阻塞气球悬在空中,以阻止德军的"梅塞施密特",即重型轰炸机坠机。莉迪娅刚成功从列宁格勒城里走出来,城里的居民就立刻被包围了——人类历史上史无前例的、超过两年之久的军事封锁开始,近百万人被慢慢地活活饿死。城里再没有一只狗,没有一只老鼠。人们吃光了所有东西,他们的鞋垫、贴墙纸的糨糊,还有尸体。

莉迪娅从梅德韦日耶戈尔斯克火车站赶回家。她的儿子伊戈尔、丈夫还有她母亲都还活着。尤里不用上前线,因为在征兵检查时发现他患有肺结核。这不仅救了他自己,还救了全家人。莉迪娅写道,没有他的话,她和幼子还有年迈的母亲不可能活到战争结束。战火也烧到了梅德韦日耶戈尔斯克,空袭不断,总有飞机在空中相撞,燃烧的碎片从天而降。苏联士兵用他们的原始武器射击德军战机,而德军飞行员以机枪排射还击。玛蒂尔达在屋外晒衣服,愤怒地嚷着:"不要再乱扫射了!这儿有孩子,你们看不见吗?!"

有一次空投下来很多传单。传单一面上画着一个农民,脚穿草鞋,身上裹着破布,身后还拉着犁,标题为"俄罗斯农民在苏联政权下的生活"。另一面,还是这个农民,但是满面红光,戴着毡帽,脚蹬皮靴,坐在一辆崭新的拖拉机上,标题为"俄罗斯农民在德国元首统治下的生活"。偶尔,尾部带有纳粹万字符标志的歼击机飞得地面上的人能看清机舱里德军士兵的脸。

莉迪娅的一个学生受伤了。他躺在地上,内脏从肚子里流了出来。莉迪娅弯腰把沾满血还热乎乎的肠子捧在手上,防止肠子掉落在地。男孩没命地号叫。两个卫生员跑过来,把男孩抬上担架。在去野战医院的路上，莉迪娅一边跑一边继续用手牢牢捧着男孩的肠子。跑到一半的时候，莉迪娅几乎要恶心得晕过去，但是卫生员的严词训斥又让她的血液重新涌到头部。野战医院门口，一名卫生员朝莉迪娅迎面跑来，给了她一个搪瓷碗，她赶紧把肠子放进去，男孩已经失去了知觉。后来她听说，男孩活了下来。

当地越来越多的居民逃走了。被遗弃的房子和商店的门敞开着，没人理会。无主的母鸡和牛遍地跑。一个赤脚的女人尖叫着，怀里抱着她生病的父亲。整村人被杀死的消息不绝于耳。

十月，莉迪娅和家人被疏散到哈萨克斯坦。他们乘坐货车穿越了整个俄国，跨越了近五千公里，经过一个多月的奥德赛之旅，穿过了战火熊熊燃烧的国度，不停地前进又后退，一直到了中国边境。部分被疏散的人死在了半路上，其余的人在冰天雪地的夜晚被扔在了哈萨克斯坦的野地里，听天由命，大多数人命丧荒野。尤里成功徒步到了阿拉木图，驾着一辆马车回来接家人。

最后，莉迪娅写道，多亏了尤里和这场战争，他们把护照烧掉，销毁了被定为所谓人民公敌的所有证据，然后对阿拉木图的官方机构坚称，他们的护照在战乱中遗失了。当地人相信了，给他们发了新的护照。莉迪娅又成了一张未被描画过的白纸，一个全新的人。她可以再次从头开始。

第三部

戴头巾的叶芙根尼娅，约 1943—1944 年

1941年10月8日,我的母亲二十一岁。马里乌波尔被德国军队占领,旨在杀害斯拉夫人,给雅利安人提供生存空间的巴巴罗萨行动开始。马里乌波尔被占领时有二十四万居民,两年后只剩下八万五千人。

我不清楚到底是什么使我父亲离开俄国去了乌克兰,我也不知道,我的父母什么时候又是怎样相识的。但是我相信,这些都发生在战时,是战争促成了这桩婚姻。也许,对斯大林的憎恨也在其中起了作用,我的表兄伊戈尔就认为他父母最大的共同点正是这种憎恨。可是更加重要的是,我母亲在战争地狱里,除了托尼娅别无他人,她得靠自己挣钱过日子。也许她在孤寂和对死亡的恐惧中轻易跟随了承诺给她保护的人。这个来自伏尔加河的俄国人比她年长二十岁,拥有她不具备的能力。他可以斗争,可以排除万难,活下去。一个长相英俊,具有男子气概的男人,可能立刻吸引了她。对他来说,她是意料之外的幸运收获——一个年轻姑娘,还带着革命前精英阶层的光环,是他这种身为小百货商人的儿子绝对接触不到的。而她,年轻美貌，纯洁，而且未经世事，轻而易举就落入他的手中，简直是战争送给他的礼物。她被他的长处吸引，为他激烈而霸道的追求着迷，她体会强烈的初恋，因为处于死亡无处不在的战争中而显得更有存在感。

她嫁给他时，知道他的前妻是个犹太人，并且和他一起生了两个孩子吗？我后来才得知他之前的那段婚姻。对我来说，那是我父亲阴暗的履历里最不光明正大的一面。他从来没有讲过他在苏联的往事，过往在他心中尘封，如同被封在一个保险柜里，也许他自己也不曾拥有过柜子的钥匙。在我母亲死后，他一次也没有提起过她——就像她从来没存在过一样。妹妹还有我，和他这么一个捉摸不透的、自我放逐的人一起留在了人世。除了他反复无常的突发暴力举动之外，我们看到的他只是沉默，喝酒，抽烟，看厚厚的俄语书，他每个月让慕尼黑的托尔斯泰图书馆给他邮寄一大包书。偶尔心情好的时候，他会和我们讲革命前在卡梅申的生活，介绍传统的宗教节日、婚礼和葬礼，他在教堂唱诗班是怎么唱歌的，还有世界上最大最多汁的西瓜是在永无穷尽的伏尔加河岸边生长的，相比而言，德国的易北河就是条小溪。可是他见过易北河吗？他透露的关于自己的唯一一条重要线索是，在他十三岁时父母得伤寒死了，他靠变卖父母的小房子换来的一口袋面粉，让自己和三个弟弟没被饿死。几十年后，我从莉迪娅的回忆录中得知，这就是她父亲作为预审法官碰到的那种所谓的"霸王条款生意"。

关于父亲第一个家庭的命运，我无从所知。但是这个家庭的存在证明了我母亲和我的一个共同点：我俩都在我们父亲的第二个家庭中出生，都是年纪较大的男人的后继子女，他们结束第一段婚姻后又娶了年轻许多的妻子。雅科夫的第一任妻子可能留在了西伯利亚，共同的儿子被他带回了华沙。那我父亲又是如何做的呢？他认识我母亲时，到底是已经离开了第一个家庭，还是在当时追捕犹太人的背景下抛妻弃子，只为了和一个二十三岁的姑娘跑到德国？他的前妻和我同父异母的哥哥姐姐是已经被纳粹杀害了，还是在我父母相识时已经不在人世？这些事情我永远不可能知道。所有往事，毫无疑问肯定远远不止这些，秘密全部被我父亲带进了坟墓。1989年，母亲离世后的第三十三年，白发苍苍、又盲又失语的父亲在德国一家养老院中去世。

当年，大批乌克兰人开始是在占领者无所不在的煽动宣传下被送往德国的。不管走到哪里，苏联居民都会受到煽动，让他们报名去德国工作，承诺他们到德国就像进了天堂。洗脑无处不在，电影院的开场序幕、广播电台每个频道，所有工作地点、所有火车站、所有剧院……所有公共场所，还有所有大街小巷。大幅的彩色海报上画着幸福的乌克兰人坐在德国先进的流水线边，戴着首饰的乌克兰家务帮工在准备烘焙德国的周日糕点。乌克兰女佣特别受欢迎。1942年，希特勒下令遣送五十万乌克兰妇女到德国从事家政服务，以减轻德国妇女的负担。媒体天天宣传：

乌克兰的男人们和女人们：

布尔什维克专员们毁了你们的工厂和工作岗位，夺走了你们的工作和面包。德国会给你们提供报酬丰厚的工作。在德国，你们将获得极佳的工作和生活条件，按合同和工作成果获取报酬。我们将特别优待乌克兰工人。为了让你们能够在符合你们需求的条件下生活，并保持你们的文化习惯，我们将为你们建立独立的居住区，里面应有尽有，一应俱全：电影院、剧院、医院、广播电台、浴室等。乌克兰人将居住在明亮、设施完善的房间里，并且获得和德国工人相同的伙食。除此之外，考虑到所有民族的饮食特点，企业厨房将专门为乌克兰工人制作乌克兰饺子、红烧牛肉、格瓦斯等。

德国需要你！成千上万的乌克兰人已经在自由、幸福的德国工作。你还在等什么？在德国工作期间，我们会为你照顾好故乡的家人。

起初，这些煽动宣传的确奏效。不是所有的东方劳工都是被暴力遣送的，一开始很多人自愿报名。后来，真相才渐渐露出水面：第三帝国的工作及生活条件和天堂根本毫不沾边。最初是隐藏在信中的消息，例如一个十六岁的男孩在给妈妈的信里画了一朵花，花是约定好的信号，代表他过得很差。随着时间推移，越来越多的遣送工人拖着垮掉的身体从德国回来，他们是被驱逐回乡的，因为他们不能再被当作劳动力使用。他们讲述的真相，让那些满怀憧憬报名去德国工作的人们希望迅速破灭。德国军工业面临严峻的问题，因为德国男人全部上了战场，没有劳动力可用。

然而，战争需要源源不断的产品输出，德国的胜利要依靠从还有男劳力的国家进口奴隶劳工，特别是苏联，准确地说是从乌克兰。希特勒任命纳粹模范省长官弗里茨·绍克尔为全德意志劳动力调配全权总代表。后者是法兰克地区邮政公务员和女裁缝的儿子，战后在纽伦堡审判中被称为"法老时代以来最大最残暴的奴隶主"，他一边号召"终于能摆脱人类忽略掉的最后渣滓"，一边下达了开始抓捕的命令。乌克兰是"猎人们"偏爱的行动地区。东方劳工中的绝大部分是乌克兰人，他们被视作最低等的斯拉夫人，在纳粹种族等级制度里，比他们更低级的只有辛提人、罗姆人和犹太人。他们在大街上被抓，在电影院、咖啡馆、轻轨车站、邮局，所有能抓得到的地方被抓捕。进行大搜捕的警察把他们从家中、地下室还有藏身的棚屋里，驱赶到火车站，装进运牲畜的车皮送往德国。无数人消失得无影无踪，除了身上穿的衣服什么也没带。特别受欢迎的是青壮劳力——大量货运车皮装满了乌克兰青少年，天天开进德意志第三帝国。但是渐渐地，也开始运送四五十岁的人。最后，连年老体弱的人也运送。一个个的村庄，全村人被强行遣送，包括祖母和她们的孙辈，无人的村庄被一把火烧光。起初，奴隶劳工的最低年龄定为十二岁，之后又降到了十岁。而且不仅如此，根据1942年春颁布的规定，乌克兰所有十八岁至二十岁之间的青年人必须在帝国服劳役，为期两年。近万名强制劳工被日复一日地送往德国，所有人的伙食、住宿和待遇须按照弗里茨·绍克尔的命令安排：花费最低限度的开支，使他们发挥出最大限度的劳动效率。

我的一位前东德的朋友让我关注一本于1962年在德意志民主共和国出版的小册子，其中有一篇弗朗茨·菲曼写的短文，当中他回忆了曾经在乌克兰境内前线上的经历：

> 在我们面前，靠近棚屋的墙边，站着一队乌克兰女人。她们三人一组，沉默地摆着臀部向前挪动。她们手臂挽着手臂，紧贴着，如同风中摇曳的草秆。她们每人有一小行李卷，放在面前地上，里面只有衣物、一口煮锅和一柄汤匙。风刮着棚屋的顶。然后我们才听出，她们的队伍不是沉默无声的，她们在非常轻声地哼唱一首轻柔的歌。妇女们面前站着身穿皮毛大衣挂着枪的哨兵。一个中士抽着烟走来走去，火车汽笛发出刺耳的声音，随即一列黑色货车驶进站台。我们没有往前迈步。我目不转睛地看着这些妇女，其中一个走到我们附近的时候转过头来，打量着我，也打量着尼克莱和弗拉迪米尔——两个带着袖章的辅助工。然后她碰了碰旁边的妇女，整列妇女像书翻页似的慢慢转过头来，打量着两个辅助工的脸，盯着他们的袖章看，之后她们又一个接一个，沉默着转过头去。两个辅助工脸色煞白，嘴唇颤抖。货车停止轰隆作响，冒出褐色的烟雾，温

热的一团。我以为，辅助工会避开烟雾，但是他们站在原地没动，像冻住了一样。货车的拉门被打开，露出了一个个空洞，妇女们沉默着拿起行李，中士大声喊着："走，走，快走！"把妇女们往前赶。突然弗拉迪米尔大叫一声，扔下了电缆线轴，冲向火车。一个已经转过身的女人，再次转过头来，弗拉迪米尔喉咙咕噜作响，叫出一个名字，一个哨兵冲过去，推搡着他，咆哮着叫我们滚开。弗拉迪米尔攥紧了拳头，而哨兵拿起了枪。我把弗拉迪米尔拽了回来，他感觉到我的手搭上他的肩膀，缩了缩肩，接着转身离开，低垂着头摇晃着向棚屋后面走去。尼克莱一声不吭地站着，两腮一鼓一鼓的。妇女们消失在车厢的黑暗中。我好像第一次看见其实已经在货车车站目睹过几十次的场面，我也无数次地用电报传递信息：劳工被送到德国，送到柏林或者维也纳，或者埃森，或者汉堡。但是现在我看到，我的老天，她们脚上没有穿鞋，只有一些破布还有水泥的袋子围着前胸和后背。没有人有被子，车厢里没有取暖设备，没有炉子，地上只铺了薄薄的一层谷壳，窗户栅栏上挂着冰。中士走上前来。"您在这里张着嘴呆望什么？"他低声问道。我汇报了一声，然后赶紧和尼克莱拿起电缆线轴，离开了。弗拉迪米尔倚靠着火车站前的一棵树，双眼紧闭，像被霜冻了似的发抖。我把手放在他肩头，想找些话来安慰他。我想对他说，基辅来的妇女们穿戴得要好一些，她们会在德国好好住下的，但是我一句话也说不出来。我拿出烟盒,给每人一支烟。我们抽着烟,听着火车的隆隆声越来越快又越来越小,汽笛发出一声尖锐的鸣叫,之后隆隆声消失在黑暗之中。那是他的女朋友还是姐妹?我想问,但是我没有开口。①

读这篇文章时,我似乎看到了我的母亲,她靠着火车站棚屋的墙,和其他妇女一起轻声唱着乌克兰民谣,可是我知道,我是不可能在这样的画面中找到她的身影的。她不是走陆路,而是走水路跨越黑海离开乌克兰的,像她舅父瓦伦蒂诺曾经那样。我的记忆和一家国际寻人组织寄给我的当时美军占领区管理机构的文件相符。我呆呆盯着文件,这些幽灵般的材料向我证实了我从来没有完全明白的事实。严重泛黄的纸上并没有标注日期,但它的确是关于我父母的报告,和他们提出的众多移居美国的申请有关。他们旅途中停留的站点毫无疑问说明了他们是在躲避红军。

我不知道父亲在德军占领马里乌波尔期间做过些什么。也许他比母亲有更多的理由躲避卷土重来的苏联当权者,可是如果母亲的罪过至今不过是出生于人民公敌、大资本家和反革命分子家庭,那么现在她成为德国劳动局的员工,变成德国劳工运送机器上的一个小小齿轮,简直罪上加罪,她是积极的反苏

---

① 出自弗朗茨·菲曼:《斯大林格勒的每个人》,《弗朗茨·菲曼文集》第三卷,罗斯托克:Hinstorff出版社,1993年。

联罪犯，背叛祖国，勾结敌国。被送到劳改营已是她将面临的最轻的惩罚了。如果她落入卷土重来的苏联人手中，可能会被就地枪毙。

在上路逃亡之前，他们结婚了。结婚证书复印件的背面显示，他们是在德国占领者撤退前六周结的婚，似乎明显忽略了苏联军队将重新夺回这座城市的事实。之后，他们作为夫妻踏上了漫长的旅途，这样他们途中不被分开的几率要大一些。

1943年8月的一天，我母亲最后一次穿过大宅饱经风霜的拱门。那个时候，城市看上去是什么样？整个马里乌波尔在燃烧，被炸毁。同年，自由德国民族委员会特派员弗里德里希·沃尔夫在给妻子的信中写道。故乡给我母亲留下的最后一幅画面是巨大的毁灭。德国将战败的事实早已清晰明了，但是德国士兵直到最后一刻仍在毁灭马里乌波尔剩下的一切。他们狂怒地炸毁一座又一座建筑，用火焰喷射器点燃还未损坏的住房的门窗，他们毁坏学校、幼儿园、图书馆、谷仓和蓄水池，把尽可能多的土地化为焦土。

母亲携带了哪些东西踏上未知的旅途？我知道的有那尊圣像，古老的纯金底座上手绘了俄国东正教最重要的圣人群像，圣像现在挂在我家的墙上，是我唯一一件珍贵的家族遗产。还有三张照片，其中一张是她戴着头巾的单人照，仿佛她为了给自己留作纪念带上的。还有结婚证书和一些文件，我孩提时把文件全毁了。另外还有两本小的俄罗斯诗歌小说集，她经常给我读书中的诗歌和故事。书已经被我弄丢了，但是直到今天，那些被翻坏了的、几乎变成土黄色的带着霉味苦味的书页，已成为我的一部分。我还能背诵出，普希金笔下那只博学的猫，被金链子拴在一棵橡树上，日夜围着树绕圈；莱蒙托夫笔下的帆：蔚蓝的海面雾霭茫茫，孤独的帆儿闪着白光！……它到遥远的异地寻找着什么，它把什么抛在故乡？母亲的家早在很久以前就被陌生人占据。她最后一次穿过大宅拱门时，这几样和其他东西一起装在了她的行李小包中。她的保姆托尼娅也许帮她一起收拾行李，也许还陪她走了一小段路，帮她拿着行李。好心的托尼娅，她的第二个母亲，给她换尿布，把她抱在怀里，教会她唱乌克兰的歌谣——母亲和托尼娅也要永远告别了。

美国机构的文件显示，我父母逃亡的第一站是敖德萨。可能他们在离开马里乌波尔时，还没打算去美国，或许他们只是想去敖德萨，当时的敖德萨还牢牢掌握在德国占领者手中。他们在黑海边的敖德萨待了整整八个月，至少美国机构的文件中是这么记录的。母亲的职业那栏空着，父亲那栏填的是簿记员。之前我一直以为，他在战乱中从俄国流落到了乌克兰，现在一切真相大白，早在1936年起，他就已经在马里乌波尔生活，做着簿记员的工作。出自1947年、几乎无法辨认的美国机构文件给我提供了有关他的信息，这些他从来没告诉过我。而这些信息又带来了新的问题。

我的名字意味着，我父母曾经得到过我的姑婆娜塔莉亚的庇护。娜塔莎是娜塔莉亚的爱称，据我推测，我母亲是为了感谢她的姑母，一位温柔羞怯、眼神中透着虚妄的女性，所以给我取了她的名字。姑母是乌克兰最后一个和她同处一个屋檐下的人，她用姑母的名字给她的第一个孩子，也就是我取名。

1944年4月10日，敖德萨被红军夺回——我的父母在最后时刻离开了乌克兰。他们到底是自愿离开还是被从敖德萨运走的，我无从知晓。但是，那时他们不可能不知道在德国等待他们的是什么。也许他们只能在鼠疫和霍乱中选择一个，就像在德国强制劳役和留在乌克兰等死中选一个一样。他们可能还抱有一丝希望，想通过德国逃往美国，我认识的他们一直是这么期望的。美国很可能从一开始就是他们的最终目的地，德国只是无法避免的中转站，而强制劳役是他们为了去美国必须要付出的代价。或者，上述中没有一条符合当时的情况，他们当真只是想前往敖德萨，却在当地被抓住，然后被强行运走，就像其他许多人一样？

随着母亲越来越接近德国，她离我却越来越远。她在乌克兰生活的序幕才刚刚在我面前出乎意料地完全揭开，可我从来找不到任何有关她在德国服强制劳役的信息。我只知道，我父亲的劳工证上写了什么。追溯她赴德国的路线时，美国机构的文件给我提供了定位帮助，剩下的只有靠我独自重溯历史。文件并没有告诉我，我父母从敖德萨到罗马尼亚途经的哪条路，但是我的回忆帮助了我。我想起他们经常提到一次乘船经历，船上有危及生命的苏联炸弹。

我仿佛看到，人们被一批批地驱赶到敖德萨港口，船已经在岸边等待，所有人被赶上甲板。不久，母亲看着黑海海岸远去，乌克兰的蔚蓝天空永远消失在视线中，沉入波涛汹涌的大海。她没有时间哭泣，她清楚，在接下来的几小时中她可能死去，因为德军联合舰队在撤退中必然会遭到毫不留情的轰炸。

按照路线，撤离敖德萨前往罗马尼亚的德国船只实际运载的货物一般是德国军工业需要的战略原材料，一并搭载的强制劳工，不过用来作为抵挡苏联军队的人肉屏障，苏军从空中对敌军船只进行攻击。甲板上聚集着成百上千人，他们对即将到来的死亡恐惧万分，部分人甚至叠在一起，而抵挡风雨严寒的只有顶棚。有时，苏联的轰炸机飞行员没有看到船上载人，还有时，为了击沉一艘德军船只，牺牲同胞也在所不惜。于他们而言，这些人不过是叛徒、通敌者，既然爬上了敌方的船，他们的生命就一文不值。仅一次这样的进攻，就有八千人在黑海的洪流中丧生。

我父母搭乘的那艘船，最终抵达了罗马尼亚，但是抵达哪个港口，我不知道。美国机构的文件中显示，下一站是布赖洛夫过境营①。布赖洛夫（brailov）是这个城市的英语名称，位于多瑙河下游的腹地。这艘船可能是一直开到那里，也可能是停靠在罗马尼亚黑海一侧的大港口康斯坦萨，再从康斯坦萨转火车到达二百公里外的布赖洛夫。无论如何，我父母已经抵达了世界的另一边。罗马尼亚是德国的战时同盟国，在罗马尼亚的

---

① 过境营为"二战"时期轴心国设立的营地，供战争难民、战俘及强制劳工跨越边境前暂住。——译者注

疆域上，苏联体系再也无法触及他们。我母亲仍旧无法相信，但是他们一直以来认为没有可能的一切发生了：他们逃脱了，真的逃脱了。他们得救了，获得了自由。至少在他们看来是这样。

我在互联网上利用各种各样的关键词来搜索位于布赖洛夫的过境营，正如我猜想的，一无所获。谁会把整个欧洲境内数不胜数的中转营①、过境营还有筛选营全部记录下来呢！我在地图集上找到布赖洛夫，它位于罗马尼亚的瓦拉几亚地区，我随即想起来，我在寻亲时手指曾经划过这块地方。我的外曾祖母，安娜·冯·爱伦施泰特的家族出自这一地区，我在十八世纪的一本奥地利贵族百科全书上找到——雅克布·茨维拉赫，被封爵为冯·爱伦施泰特，瓦拉几亚第一陆战队团部上尉。我的母亲知不知道她在另一个世界的第一站，瓦拉几亚地区的布赖洛夫，是她父辈先人的出生地？她知道她的家族过往吗？或者我知道的家族史比她知道的还要多？她对她的出身和起源，是不是像我对我自己的出身一样，所知少之又少？她是不是一个不仅没有未来，也没有过去的人？

我盯着中转营的照片细看了几个小时，希望能在茫茫人海中猛然发现二十四岁母亲的面孔。年轻妇女，戴着头巾的女孩，她们拿着纸皮箱子和行李布包，有些几乎还是孩子，穿着破衣烂衫。所有人惊恐万状，不知道会被从家乡的城市和村庄带往

---

①中转营为"二战"时期轴心国尤其是德国设立的集中营的一种，一般为监狱加劳改营一样的设施。除了犹太人还关押很多其他普通罪犯和战俘，对于犹太人来说，这里可能只是临时关押场所，不久就会被转送到其他集中营。——译者注

何处。数不清的无名氏，只成了一堆数字。她们每个人都是我的母亲。

到达中转营后，登记，清点人数，检查劳动能力，分类。她们须进行消毒，身上有毛发的部位被喷洒着一种类似煤油的液体，或者，她们必须脱掉所有衣服，连同衣服行李在所谓的杀虫间进行消杀。如果有淋浴的话，她们可以淋浴。布赖洛夫的中转营估计也属于那种除了休耕地以外别无他物的营地，那里只有一块空地，人们必须露天坐在地上等待继续被运送。很多人虚弱病倒，又得不到任何食物，只能睡在又脏又冷的地上，忍受风吹雨打。这些营地里的死亡率同样居高不下，很多人根本到达不了目的地。

父亲的劳工证上显示，他于1944年5月14日抵达德国，但是劳工证是同年8月8日才签发的，我只能通过猜测填补中间三个月的空档。我的父母是否也像其他人一样，在混乱中被从一个中转营运送到另一个？经过一次又一次的登记，一轮又一轮的检查，过滤，清点人数，消毒，劳动能力确认？劳动局无法应付大量涌入的人，来不及分配工作。人们已经被拖垮了，早已习惯了他们无法做主，而是被当作货物一样随意处置。不过值得庆幸的是，我的父母省去了一个个中转营的漫长旅途，他们被从布赖洛夫直接送到了莱比锡。可能正因为此，当地的劳动局才晚了三个月签发劳工证。

他们经由哪条路线从布赖洛夫到莱比锡的，美国机构的文件没有提供任何线索。要么走水路，坐船经过多瑙河上的塞尔维亚、匈牙利,然后进入第三帝国,抵达帕绍附近的某处;要么由一列运送牲畜的车皮运到德国。人们被源源不断地从四面八方运送到德国,其中乌克兰人最多,还有俄罗斯人、波兰人、拉脱维亚人、立陶宛人、爱沙尼亚人、白俄罗斯人、阿塞拜疆人、塔吉克人、乌兹别克人、希腊人、保加利亚人、南斯拉夫人、匈牙利人、捷克人、法国人、意大利人还有其他国家的人,甚至还有中国人。母亲第一次出国就加入了国际社会。

跨越一千八百公里,从布赖洛夫到莱比锡,戈特弗里德·威廉·莱布尼茨、弗里德里希·尼采、卡尔·李卜克内西、约翰·塞巴斯蒂安·巴赫的故乡。而现在,这座城市属于国家社会主义的野蛮人。著名的莱比锡火车站被毁得只剩下一座大厅,一天之内就有四十六吨的美军炸药投下。母亲在城里看见了什么?也许只有飘荡着纳粹万字旗的废墟。还有营地。到处都是营地。她应该早就清楚,他们不是在进入天堂而是在堕入地狱,陷入她以为永远逃脱的古拉格。

有些强制劳工很幸运。他们在小型企业、私人家庭和农场里待遇不差,有人甚至融入所在家庭。可是我的母亲没被分配到这样的工作,不过对她来说,这样的工作并不是件幸运的事。因为她无法胜任任何一项日常劳动,例如德国家庭或者农场的劳作,就算她去了也只会惹德国雇主发火。另外,性剥削也很普遍,年轻的斯拉夫妇女特别容易受到侵犯,因为她们所处的空间,从外面根本看不见。

我想起了法兰克地区的农民。很久以前的一个夏天,为了能安静地工作,我曾经在一个村庄的边缘租住过农民的小屋。每个周末,我当时的男友都会来看我,周内大多数时间我都是一个人。租给我房子的人,在邻村里有家破落农场,因为酗酒早早地退休,时不时来找我,给我带鸡蛋或者一块猪肉火腿,这些全是他来拜访我的借口。他那酒鬼的眼神看起来别有用心。他摇摇晃晃、喘着粗气,浑浊的双眼贪婪地打量着我。尽管万不得已时,我可以轻而易举地对付他,因为他喝得烂醉,站都站不稳,但是每次他出现多半是晚上,我住的村边小屋已经被周边树林的暮色包围,我还是会陷入慌乱。他以本地方言称呼我为"俄国女",直到某一天我恍然大悟——"俄国女"一词不是他的发明,而是来自从前的年代,那时几乎每个德国农民在自己的农场中都有"俄国女"。法兰克地区的人当时就是这么称呼像我母亲一样的女人的,他们并没有恶意——他们也可以叫自己的奶牛"俄国女"。如果我处于母亲当时的情况下,这个农民完全不需要大费周章,用鸡蛋和火腿来博取我的好感,他根本没必要花费这个力气。

母亲避开了农场。可尽管如此,她还是倒霉,加倍的倒霉。她和我父亲不仅来到了整天被同盟国轰炸的地方,而且还被分配到了让人生畏的军工企业,而且偏偏是以极不人道的工作和居住条件而出名的弗利克康采恩下属的通用运输设备有限公司,简称ATG。公司位于莱比锡舜瑠尔大街101号,是一家战斗机组装工厂,德军战斗机飞行员热烈地赞颂它为:

马达隆隆作响，
开启自由时光，
自豪的鸟儿飞翔，
胜利凯歌高唱……

这些"自豪的鸟"是由九千五百名工人组装的，其中两千五百名是强制劳工，他们被迫建造攻击自己祖国的毁灭性机器。我的父母被分开，父亲进入男工营，母亲进入女工营。自此开始他们不再有姓名，而成为劳工证上的一串数字。他们必须在衣服右边胸口处佩戴蓝底白字的OST标志——"东方劳工"（Ostarbeiter）的缩写，只比犹太人佩戴的六芒星略好一些。其他国家的劳工不允许和他们交谈，违者处罚。

每个新来的工人会领到一张传单，上面用乌克兰语、俄语和德语三种语言写着：

以下规定针对来自苏联占领区的劳工：

1. 时刻服从监工的指令。

2. 离开营地必须有一名监工陪同。

3. 禁止与德国人以及其他国家的平民劳工或者战俘发生性行为，违者处死。违规妇女将被送往集中营。

4. 旷工者、煽动其他劳工者、擅自离开工作岗位者、从事反帝国活动者，将被送至集中营服强制劳役。情节严重者处死。

5. 依规，OST标志须佩戴于上衣右胸口处。

严守纪律并工作表现良好者，将按规章优待。

海因里希·希姆莱在他的波兹南秘密讲话中，对待斯拉夫强制劳工的纯功利主义态度一览无余：我完全不在乎俄国人过得如何，捷克人过得如何……除非他们被我们国家征用当奴隶，我才会对他们会不会饿死感兴趣。我根本不在乎一万个俄罗斯女人是不是在给德国挖反坦克壕沟时累倒，除非壕沟挖完。

显而易见，强制劳工根本不可能辞去工作，也不可能更换工作岗位。当然，也不会被允许返回故乡。

ATG的工人被分在二十个营地居住，莱比锡地区共有六百个这样的营地。ATG是一家巨型企业，一个由厂房、地下秘密生产点、居住棚屋、商贸棚屋、后厨棚屋、洗衣棚屋、厕所棚屋、食堂棚屋组成的小型城市。女性强制劳工禁止进入男劳工营地，男劳工同样。母亲到底知不知道父亲住在哪个营地、在广阔企业场地上的哪一处工作？他俩还有没有机会能碰面，和对方交换眼神或是说上只言片语？他们能在某个食堂棚屋里，或者其他允许男女劳工同时在场的地方碰见对方吗？整片营地有没有隔间？按照性别和国籍划分的强制劳工能躲进隔间碰面吗？

营地的名字无不美丽如画，如阳光玫瑰、梨树林、绿草坪、纸莎草、白雾、童话草地、祝你平安、明朗目光、黑色玫瑰、布伦希尔德女神、荆棘树、三叶草，深谷……这样的名字数不胜数。母亲在哪个营地呢？没有任何文件留存下来。ATG

的档案早已不复存在，可能被烧毁，也可能被美国或者俄罗斯占领者带走了，最可能的是企业领导在战争结束时自己销毁了，为了不留下任何证据。从一个纪念馆那里，我得到了一些模糊的信息，其中有一份ATG和公司营地的草图。我再次碰到了我寻踪过程中经常遇到的现象：ATG的二十个营地中，只有布痕瓦尔德集中营的一个外部营有文献记载，五百名匈牙利犹太女性在外部营中为ATG劳作。关于这个外部营有大量资料留存，在曾经的营地上还竖立起一座纪念碑。而其他约两千人，其中大部分是ATG的斯拉夫强制劳工，却没有留下任何文字记录，更谈不上也为他们立碑了。

我一再查看厂房的草图，用手指沿着道路划过。母亲肯定不在匈牙利犹太女工营里，还剩下十九个营，母亲可能在其中一个。她曾在草图上的某处走过，冬天，天还没亮，就已经在去往组装车间的路上；傍晚天色漆黑，她在回棚屋的路上。明媚的季节里，也许她看过一个个德语路牌：紫菀花路、玫瑰花路、大丽花街……她在去劳作的路上是会经过小花园，带草坪的私人住宅区，还是一片被战争摧毁的荒芜的工业用地呢？虽然地面上的街道以花卉命名，但那些已是看不见的过去，如今只剩下断壁残垣。

有的工作队允许自由行动，而有的则有看守在旁，看守又骂又打地驱赶他们。街上，妇女们的木鞋哒哒作响。从家带来的鞋子穿坏以后，她们就只有木鞋可以穿，别无选择。她们必须在公司花高价买下这种船形硬木鞋，尽管脚会变形，每走一步都疼,还会擦伤。更倒霉的,脚上会发炎、溃疡,如果有人没法走到劳动岗位,生了病,危险很快就会降临,即将到来的是被淘汰,然后等死。有些妇女把木鞋拿在手上,赤脚走路,不然跟不上队伍的行进速度。有时她们在走路时轻声唱歌。她们在家习惯了唱歌,几乎总是唱歌,在田里、家里或是路上。母亲也喜欢唱歌,用她那美妙清亮的女高音,后来我还经常听到她唱。现在多半是很多歌声汇在一起,就像在乌克兰火车站妇女们被塞进运输牲畜的车皮之前弗朗茨·菲曼听到的那样。像其他所有妇女一样,母亲也戴着头巾,也许还穿着她从马里乌波尔带来的裙子。但是,她的东西很可能已经变得破烂不堪没法再穿了,深色帆布工作服在她瘦削的、营养不良的身上直晃荡,脚上穿着梆硬磨脚的木鞋。住在街边的德国居民,每天一大早难道不会被强制劳工队那么多双木鞋的哒哒声吵醒吗?

车间大厅里,等待她的是每日十二小时的劳作。在我记忆中,她和父亲经常争吵,父亲要求她去工作,像其他大多数在"大房子"里工作的妇女一样,挣钱贴补家用。她每次都哭,因为她觉得自己做不到。劳动营也许永久性地摧毁了她的健康和神经,光是听到"工厂"这个词都会让她惊慌失措。尽管如此,有一次她还是尝试去生产卷帘百叶窗的工厂做工,但是一周以后她就累垮了。

那么,她是如何做到一周六天,供不应求时周日也无休,日复一日在流水线上劳作十二小时而没被累垮的?同时,因为饥饿,还因为寒冷喧嚣的夜晚在人满为患、寄生虫肆虐的棚屋里无法好好休息，她变得十分虚弱。况且，她做的并不是一般的活儿，而是组装战斗机，这些战斗机将用来杀死她的同胞。监工有体罚工人的权力，因为工作太慢她肯定没少被责打。

有个别人冒着性命危险在劳作时故意犯错，以此给德国的军工业带来破坏。我胆小又神经衰弱的母亲肯定不在其中。她会尽最大努力按规矩行事，不引人注意。这种态度可能早在她还在马里乌波尔的时候就已经成了她的第二天性：不惹人注目是一种生存策略。

辱骂和惩罚是所有工人的家常便饭。通常，在种族等级制度中排名非常低的乌克兰人，被认为比其他的东方劳工更懒惰、更不爱劳动、更诡计多端，而受到更多的责罚。没有佩戴东方标志、没有问候上级、物品互换、偷吃东西、无理由消极怠工、损坏物品等，都会被罚。轻则打耳光，重则鞭打、惩罚性劳作、不许吃饭、夜里每小时叫醒一次。偶尔有劳工会在寒冬被从头浇下冷水，随后关禁闭，死于体温过低。一点琐事都会被送去劳动教育营。将强制劳工和劳教营中关押的德国犯人一并惩罚可以一举两得：被和斯拉夫下等人同等对待，会让德国犯人感到更屈辱更降级。劳教营中的存活几率尤其低，有些营的条件甚至比集中营还恶劣。全德意志劳动力调配全权总代表弗里茨·绍克尔鼓励监工惩罚强制劳工：哪怕他们在劳动中犯了一丁点错，也要立刻通报警察，绞死，枪毙！我不在乎。

斯拉夫劳工住最差的棚屋，报酬最低，伙食更是糟糕透顶。他们最主要的食物是一种所谓的俄国面包，由粗磨黑麦、甜菜帮、秸秆粉和树叶制成,很容易引起肠胃炎。早先承诺的乌克兰饺子和炖牛肉压根没有,中午和晚上只各有一升浑浊的汤水,里面能捞到一些白菜叶、豌豆或者甜菜帮。菠菜汤就是换口味了,汤里有虫子在游泳。食谱里还有一百克人造黄油和八十克香肠作为补充,或者一周一次肉,多半是低档肉铺的生马肉。劳工们必须拿着他们的铝盆排队——这种盆大多是给猫狗喂食用的,谁来晚了,谁就没饭吃。

尽管口粮还不够填饱肚子,但是为了从劳工身上榨取更多的劳动成果,增添了所谓的"绩效口粮"。即谁活做得多,得到的食物就多。这根本不会增加弗利克公司的成本,因为不过是换了分配方式而已。绩效高的劳工多分到的食物,是从绩效低的劳工的口粮里扣的。这必然会使绩效低的劳工更虚弱,劳动效率更低下,从而陷入危险的恶性循环。然而这些,弗利克公司毫不在意。每时每刻都会有人补上来,被占领国家全新的、还未被使用的劳力。斯拉夫人在他们眼中尤其健壮结实。约瑟夫·戈培尔曾说过,有些生物结实,因为他们劣等。街上的野狗就比饲养的良种牧羊犬结实。

我想起八十年代给我做过虹膜诊断的那个医生。他知道我的出身,所以他对于仪器里的影像大为震惊。原以为斯拉夫女性应该具有健壮结实的基因,而他看到我的虹膜有很多构造缺陷,以至于他不再相信我的出身。战争结束四十年后,他的认知世界坍塌了。他打量我的眼神既惊愕又满怀狐疑,仿佛我是个女骗子。

通过劳役消灭尽可能多的斯拉夫人也是希特勒的计划之一，大量减少斯拉夫种族，为优越的雅利安种族挪出空间，并奴役剩余的斯拉夫人。剩余的人，只能是没有受过教育，没有相互联系，没有自己的文化和国家的人。他们可以被允许过得稍好，他们应该填饱肚子，被允许有唱歌跳舞的娱乐，以便强化劳动风纪，给千秋万代的帝国带来尽可能多的好处。被占领地区的大学等高等教育机构应立即关闭。有用的役畜不需要教育，他们只需听从命令。在著名的"餐桌谈话"中希特勒曾提到，对于这些未来的佣人，四年的基础培训已绰绰有余。

强制劳工得到的报酬简直是一种嘲弄，而女劳工比男劳工挣得还要少。扣除税费、社保金、东方劳工捐税、住宿费和伙食费，如果我计算得没错，母亲每周剩下的钱还不到六帝国马克。当时一个圆面包要卖大约十帝国马克，而且在黑市上，钱并不值钱，因为没有配给证，商店里几乎什么也买不到。

有时，劳工在营地上像动物一样争抢食物残渣，抢夺一些冰冻的或者腐烂的土豆或者菜根。有人冒着生命危险，夜里从上了锁、有人看守的住宿棚屋里逃出来，就为了到附近田里偷一切能偷的东西。还有一些尚有余力的劳工，在不用劳作的周日受雇于周围的农民，为了能多挣点钱或者吃一次饱饭，但是战争的最后几年，不用劳作的周日越来越少。有人用工厂或者营地上找到的旧材料手工制作装饰品或者玩具，把成品拿到黑市上换食物。如果被抓到，就很有可能被送到令人闻风丧胆的劳教营，只有少之又少的人才能从劳教营里活着离开。

母亲在她的生活中早已习惯了挨饿，但是营中的日常生活，还有每天十二小时的劳作，开始耗空她的身体。可能在那种毫无人道的营养不良的状态下，她脑子里只剩下了吃。一站在流水线上，她浮肿的双腿就会刺痛，背也疼，眼睛发涩，耳朵里回响着机器的轰鸣声，一直到她在棚屋里睡觉时回声还在耳边。可能她饱受视力损伤、眩晕、肠绞痛之苦，但她强迫自己只想那块坚硬的、砂浆般的"俄国面包"，她要把它藏在裤子口袋里，不让人偷走。如果她没有忍住，把留给晚上的那部分一起吃了，她夜里很可能会饿得无法入睡，进而第二天早晨没办法再从木板床上支起身子。那样的话她就完了。她劳作是为了活下去。她清楚，劳动力是她唯一的资本，如果她被虚弱压垮了，再也爬不起来工作，那她将失去生命。

煽动宣传里，承诺给在贫困中挣扎的斯拉夫人提供的宽敞明亮、配备浴室、无线电收音机等设施的舒适住房，沦为拥挤不堪的木头棚屋。越来越多的营地在空袭中被炸毁，越来越多的人被关进越来越狭小的空间。母亲不仅生于饥荒年代，也生活于苏联人被倾轧的时代，她早已习惯长期被迫和陌生人同住，对于所谓私人空间，她只有模糊的概念。在营中，她的全部生活空间只有一张睡觉的木板床。出于卫生原因，内部塞稻草的草褥子被塞木屑的纸床垫代替，不过这丝毫不影响寄生虫，它们整夜折磨着筋疲力尽的妇女们。

战争结束前的最后一个冬天，气温极低。木棚屋里虽然有两个炉子，但是缺少取暖材料。妇女们在野外寻找木头、树杈、树叶等一切可以点燃的东西。渐渐地，她们开始拆棚屋里的木头小板凳，最后她们扯下木板床上的床板拿去烧，只为了获得片刻的温暖。我的母亲可能只有一条又薄又破的被子。或许夜里她把所有的衣服全部穿上，然后盖上她的灰大衣，上面再盖上营地的被子。她几乎整个冬天都在伤风感冒，皮肤皲裂，双手裂口，嘴唇干得出血，双脚上布满通红的冻疮，每次把脚塞进木鞋都是一次酷刑，而当双脚在白天的活动中变热时，冻疮又开始令人难以忍受地发痒。她在强制劳役中患上的风湿病，还有因为营中饮食不卫生引起的肝脏损伤，一直折磨着她，直到她生命的尽头。

一天中最可怕的时刻是起床，清晨五点即被刺耳的哨声叫醒。也许我的母亲常常从噩梦中惊醒，可是，还有什么梦比营中的现实生活还要可怕呢？醒来的一刻，必须再次面对现实。每天没有止境，不知道要持续多久，也不知道到底会不会结束。犯人尚且知道他们的刑期，在德国的强制劳工营里，却没有允许离去的日期。母亲没有未来地活着，她的过去也离她如此遥远，她仿佛被遗落在世界之外的某个角落，在一颗无穷远的星球上，永远不会再回来。思乡的情绪撕扯着她，她必须竭尽全力不去想家，一旦让自己陷入乡愁，她精神的防御系统就会全面瓦解。她以前从未意识到，恰恰是日常生活中最平凡最理所当然的事情是多么珍贵，多么令人喜悦——能够随便走在大街上、走进厕所锁上身后的门、晚上随心所欲开关灯、穿上一条干净的熨过的裙子。当她站在流水线上不停地重复相同动作时——这些动作已经成为她身体自发的反应，她会想念曾经那些珍贵的事物，如同想念异常珍贵却永远失去的幸福。她的眼前总是一再，几乎强迫性地出现一张张熟悉的面孔，父母的，哥哥姐姐的，朋友的，还有熟人的。她和当中的每个人对话，在对话中找寻自己，找寻从前的那个自我。

营中的日常生活总是充斥着不平等和肆意专断。上面不断下达新的命令，看守喜怒无常，营地规章经常更改。一会儿把铁丝网移除，然后毫无缘由地又装回去；一会儿增加少许口粮，然后又降到最低；一会儿允许外出，然后又长期禁止。没有明显的理由就打死或者枪毙人的情况屡屡发生。饥饿、恐惧还有棚屋里难以忍受的拥挤导致告密、偷窃还有卖淫比比皆是。为了一块面包、一块肥皂，妇女冒着丢掉性命的风险，把她们消瘦的身体卖给德国人或者种族等级制度里排名较好的外籍劳工。依照弗里茨·绍克尔下达的指令：偷黄油面包，罚蹲一年监狱；亲吻，罚蹲两年监狱；发生性关系，直接砍头。

东方劳工使纳粹进退两难。为了确保德国军工业的持续稳定，东方劳工是绝对必要的劳力，但是使用这些劳力又违背了国家社会主义的种族思想，因为引入劳力会影响德意志帝国人民的纯正血统。德国男性被严格禁止和斯拉夫女性发生关系，尽管如此，强奸在营中仍旧司空见惯。母亲是怎么做到保全自己的呢？尤其是她比那些从俄罗斯和乌克兰农村里拽来的粗野丫头美貌很多。不过，可能视觉上的差异根本不起任何作用，所有女人都只是一具躯体，一个单独的、随时可供使用的性器官而已。被抓到现行的德国男人，只会受到轻微的处罚或者不受责罚，而被强奸的妇女则被判死刑或者送往集中营。被证实和斯拉夫男性有染的德国女人，将被开除德国国籍，剃光头并以有伤风化被游街示众。胆敢亲近德国女人的斯拉夫男人则被当众绞首，尸体一连数天挂在绞刑架上。

营地里，伤寒和痢疾肆虐。病人在人满为患的病人棚屋里，只能得到微不足道的医疗救治。最初，病人还被遣送回乡，后来也不再费这个工夫了。无法快速康复的病人，将被开具长期无法劳动的证明，这意味着他的死刑。病人不再被治疗，因为治疗会花费德国人民急需的大量药品；也不再有人过问，他们只能得到所谓的"病人食谱"，一般很快就会死去。

营中典型的传染病还包括肺结核。很大一部分劳工由于免疫系统被削弱而染上肺结核，但并不是所有人都会显出病征，只有当染病之人的体力到达极限，才无法再抵抗"白色死神"。不能继续从事生产的劳工，如果没有在短期内因营养不良和缺乏医疗救治而死掉，则将被送往所谓的"疗养所"，注射过量药物除掉性命。1944年9月，海因里希·希姆莱下令铲除精神病院里的所有斯拉夫人，只因德国医院过于拥挤，无法给斯拉夫人提供治疗，这些劳动力在可预见的时间内无法供德意志帝国差遣。其他资料也证明，除了犹太犯人，斯拉夫强制劳工也曾沦为医学试验品。他们被放入冷却后的水槽和压力舱中，被注射试验疫苗，照射强烈的伦琴射线等，多数被折磨致死。

随着时间推移，强制劳工的苦难越来越深重。当时外交部的一位官员记录道：

> 东方劳工普遍处于一种麻木不仁的状态，他们对生活不再有丝毫期许。女人会被用钉了钉子的木板条打脸。男人和女人因为极微小的错误被在冬天除去上衣，关进水泥砌成的冰冷土牢内，不给食物。基于"卫生方面的考虑"，东方劳工在冬天还要被冷水水管露天冲洗。饥饿难挨的东方劳工因为偷了一个土豆，就在全营人面前，被以最无人道的方式处死。[①]

东方劳工不受法律保护的情形甚至发展到，每个德国人都可以随心所欲地殴打他们。战争末期，即使德国人打死了东方劳工，一般也不会受到任何刑罚。

同盟国的狂轰滥炸越来越不留情。如果母亲住的棚屋离她的工作地点远的话，她每天就要费力奔波很长一段距离，但如果她住在工作地点附近，比如工厂场地上的"沃拉一号"营地，那就会遭到同盟国的空袭，因为德国军工厂正是空袭的目标。防空掩蔽所通常是留给德国人的，在夜间空袭中，大量东方劳工由于被锁在棚屋中无法逃脱而丧生。一个同样在莱比锡工厂的俄罗斯强制劳工描述道：

[①] 外交部前官员记录，出自乌尔里希·海尔伯特：《德国外国人政策史：季节性劳工、强制劳工、外来劳工和难民》，慕尼黑：C.H.Beck出版社，2008年。

英国人夜里空袭，美国人全天候空袭……人们甚至可以按空袭来校准钟点。天一黑，汽笛就开始鸣叫了。然后，他们开始轰炸。飞机多极了，人们给它们取名叫"飞行堡垒"。一抬头，飞机多到遮天蔽日。我们营被小燃烧弹击中过，它们像冰雹一样从天而降。燃烧弹在地上爆炸，闪着磷光。有一次我们一直到半夜都不能睡觉，因为要等下一波空袭，结果空袭一直没来。我们很诧异，最后还是睡了。结果凌晨四点，炸弹落了下来，没有任何事先的警报。您知道吗？半个城市或者更多……那可全是几吨重的巨大爆破炸弹啊。整座城市陷入火海。因为烟雾，白天天是黑的，而夜晚天却是亮的，因为天空反照了火光。我们工厂不知道什么时候被炸弹击中了，幸好我们住得离工厂远。因为生产停滞，我们被看守带到城里清理废墟。这样反倒好多了。在瓦砾废墟里，我们找到了食物，当然它们立刻进了我们的肚子，总算有点附加口粮了。有一次党卫队队员拿着机枪押送我们去干活。我们得填平爆破炸弹炸出来的弹坑。一个法西斯在那儿，他全家人都被炸弹炸死了。他拿出一个小酒瓶喝了一口，只是一口，德国人喝得真是不多，然后他把他的纳粹万字旗臂章拿下来擦鼻涕……[1]

---

[1] ATG员工在纽伦堡弗利克审判中的发言，节选自国家档案集外国记录，M891-33, RG 242。

一个陌生人描述了我母亲一定也亲眼见过的场面:"飞行堡垒",还有城市一片火海的反光。在经历了德国轰炸马里乌波尔,经历了乘船去罗马尼亚的途中被苏联炸弹危及生命之后,她又陷入了美国人和英国人的炸弹冰雹中。在马里乌波尔,她至少还可以躲进地下室,在德国营地上却没有任何防护,只能堕入人间地狱。她甚至不能跑到户外,而是被关在棚屋里,每时每刻都可能被火焰吞噬。

她是在这些被狂轰滥炸的夜晚,战争的高潮中开始丧失理智的吗?还是在噩梦般的灾难中早已失去了理智?尽管她的母亲是天主教出身,但是显而易见深受俄罗斯东正教影响,并把这种信仰也传给了她,信仰一位拯救众人的救世主。空袭时她在祈祷吗?她在呼唤她的庇护圣灵——受难的叶芙根尼娅吗?她在祈祷,还是已经在和神灵进行无望的对抗,神灵毫无怜悯之心的沉默让她走向了毁灭?如果她还抱有半点希望,那只能寄希望于同盟国军队,他们既可能解放他们,也可能杀死他们。

直到母亲离世几十年后,我才回头思考这个问题。结果再清楚不过:我的生命是"二战"最后时期,在弗利克康采恩的一个劳动营里开始的。一切是怎么发生的呢?就算强制劳工夫妻被允许性交,他们哪来的机会可以独自见面而无人看守?很难想象当时的情况,因为强制劳工的孩子是不受欢迎的,特别是低等斯拉夫人的孩子。

可能那是一个周日,这一天大多数工人在睡觉、洗衣服或者休息。但是早春三月的这个周日，对我父母来说是一个节日。他们得到了外出许可，一起离开了营地。他们拿着一张许可证，获准进城，无人看守。他们终于可以共度几小时，没有从早到晚无处不在的眼睛盯着。母亲饿得发晕，太多的自由空间让她不习惯，她紧紧挽着父亲的胳膊。她消瘦的身体裹在灰色大衣里，可能她还存有几双从马里乌波尔带来的打了补丁的鞋，穿起来总比吧嗒吧嗒拖着脚走路的木鞋强。气温还是有些低，或许她戴着头巾，包着厚厚的盘起的头发，当她打开头巾，头发垂落肩头宛如黑色瀑布。不过现在，为了防虱子，头发肯定剪短了。我父亲身上支棱着一件磨损的西装上衣，为了庆祝今天，他的细脖子上系着唯一一条家里带来的领带。两人上衣右侧胸口佩戴着规定的OST标记。因为是周日，他们身上可能还揣了些帝国马克，用来买些吃的。这里被毁坏得如同一座鬼城，很多店铺不招待衣衫褴褛的强制劳工，有的店门口还挂了"强制劳工禁止入内"的牌子，有的店则无所谓，反正从谁手上拿到的钱都是钱。或许他们能买得起一个用真正的面粉做的小圆面包，一瓶柠檬水。或许父亲去黑市上换东西，很可能母亲只有靠父亲这些秘密行动换来的食物才能勉力支撑下去。

　　走在满是废墟的大街上是件很危险的事。汽笛声随时都会响起，预告新一轮空袭即将到来。我的父母每时每刻都有可能被到处巡逻的国民卫队或者党卫队的军车拦下，他们可以随意处置他们，尤其在战争快结束时，针对强制劳工的暴力行为越来越肆无忌惮。母亲害怕地伸手去检查她大衣口袋里的外出许可，没有这个他们就完了，会立刻被逮捕，甚至有可能直接枪毙。也许路上能看见一些绿色的花蕾，小花骨朵儿刚冒头，母亲在无边无际的冬日营地中，兴许早已忘记了大自然的存在。

或许就是在这一天，他们在废墟或者市郊的灌木丛后找到了隐蔽之处。也许我是他们一次热烈而紧张的激情的产物，如果在营地里随时可能被发现，因为会被用来寻找逃跑者的德国牧羊犬嗅到。可能我的出生要归咎于他们的一时大意，因为战争结束在即，营里流传的即将解放的消息鼓舞人心，尤其是同盟国的空袭越来越具有攻击性。

无论如何，我的母亲有一天发现自己怀孕了。她的身体早就发出了信号，但她并没在意。营中很多妇女因为精疲力竭不再有月经，早晨的恶心感也被误以为是长期饥饿所致。她对于自己被耗空的身体早已陌生，身体不再属于她自己，而属于弗利克公司。终于她恍然大悟，她身体里有个孩子在长大，有第二个生物要和她分仅有的口粮。一个靠她才能活下去的孩子，需要她的生命力，她的保护，还需要这个世界上的一席之地。可她一样也没有。

她知不知道，营中出生的孩子将面临什么？如果再早些时候，很可能我就不存在了。刚开始，怀孕的强制劳工会被遣送回乡，但是，当越来越多的妇女为了离开营地而有意让自己怀孕时，弗里茨·绍克尔又改变了战术。德国妇女应该尽可能多地生孩子，目的是强化日耳曼种族，她们被禁止堕胎，违者将受重罚。而斯拉夫妇女不仅允许堕胎，而且德国人还帮助她们堕胎，低等种族的后代是不受欢迎的。成千上万的妇女被逼堕胎，否则就会受到惩罚。她们被希特勒称为"低级的只会跺脚的斯拉夫女人"。

能够成功保住孩子继续怀孕的妇女，不享受德国孕产妇保护法的保护。按照纳粹的观点，斯拉夫妇女不需要特别的保护，因为她们怀孕生产就像动物生崽一样毫不费力。新生儿一出生，即刻被从母亲身边夺走，送到别处。这些地方先是叫"外国儿童看护所"，后来改为"外来国民儿童院"，然后又改名叫"杂种饲养场"。所有名字背后隐藏了同一个事实——婴儿死亡营。有些新生儿被"仁慈"对待，刚出生就注射一针毒剂。大多数婴儿缓慢而痛苦地死去。他们的身体被疖子、湿疹、结痂性湿疹覆盖，他们挨饿受冻，缺乏卫生护理，无人照管，被刻意地无情冷落。充满排泄物、臭虫和蛆的棚屋里，堆满了婴儿尸体，一个压着一个，尸体最后被扔进人造黄油的盒子里掩埋。根据资料记载，在纳粹类似的机构中有十万至二十万东方劳工的孩子死亡。实际数据肯定远高于此。

1943年8月，党卫队地区总长埃里希·希尔根费尔特写信给海因里希·希姆莱：

> 只有一个选择。要么不让这些孩子活着——那就不要慢慢饿死他们，用这个方法还得从国民食品中抽走不少升牛奶。得换个无痛无害的方法。要么有计划地把这些孩子养大，让他们将来充当劳动力。那么就好好喂养他们，这

样将来他们才能被完全合格地投入劳役。[1]

显而易见,希姆莱采取了党卫队地区总长的第二条建议,因为至少出现了一些托儿所,接收了新生儿,并提供了足够的食物和照管。照此看来,负责劳动力调配的人直到战争最后阶段还没明白,所有力气都白费了,很快将不再需要劳动奴隶。

莱比锡一片混乱。越来越多的营地和厂房被击中炸毁。无主的强制劳工满城转悠找寻栖身之处和可食之物。他们被当成抢劫者,成了党卫队和德国武装力量临时军事法庭肆意捕杀的猎物,罪名是未经允许擅自离开工作岗位,尽管工作岗位根本不存在了。成千上万的强制劳工因为德国人害怕他们提供证词和报复而被枪杀。

但是,美国人终于还是来了。美国陆军走进营地棚屋,宣布:你们自由了。他们笑着说道:战争结束了。然后分发香烟和巧克力。

ATG 的领导和职员们早已四散而逃。劳工们毁掉公司领导的办公室,蜂拥进储备物资的棚屋,贪婪地哄抢食物、果酱桶、圆面包和圆形奶酪。在城里,他们洗劫德国商店,把一切他们能找到的都塞进嘴里,他们在大街上点火烤肉。城里所有营地里的人重获自由。他们跑出来,在大街上称兄道弟,俄罗

---

[1] 一位被委派到莱比锡的俄裔强制劳工的报告,出自"纪念·责任·未来"基金会录音,柏林。

斯人和意大利人，法国人和波兰人，乌克兰人和塞尔维亚人，每个人欣喜若狂。德国人恐惧万分，设置了路障。矛头调转了过来：优越的主人沦为失败者，而奴仆摇身变成了胜利者。成千上万的劳工穿过城市，所有人都没了工作，再也不需要强制劳工。其中部分人徒步踏上了回乡的路，另一些人在漫无目的地乱转，全是些没人管的、凄凉的、潦倒衰弱的人，他们一群一群地在路上蹒跚。一夜之间，新的一类人产生了：Displaced Persons，简称 DP，居无定所、流离失所的人。几百万一无所有、无名无姓的斯拉夫人，很快又引起了美国解放者的怀疑。和斯大林一样，美国人也怀疑他们和德国人勾结，美国军报《星条旗》把他们称为犯罪的流浪汉、法西斯主义者和布尔什维主义者。

雅尔塔会议上商定的把所有苏联公民强行遣返回国的决议不仅合了德国人的心意，他们不再需要这些血已榨干的劳工，而且害怕劳工们采取报复；决议同样也是美国人的意思，他们希望能尽可能快地重建秩序。几百万被运送到德国的劳工开始被遣返，等待他们的是回国后斯大林的制裁，直到生命尽头这些人都是悲惨的存在。斯大林视强制劳工为叛国者和通敌卖国贼，斥责他们没有反抗敌国的剥削，而与此同时，其余千万同胞为保卫祖国献出了生命。有些人回到家乡后被枪毙，其余人被直接从德国的劳动营送到苏联的劳动营，中间没有任何过渡。绝大多数人余生只能挣扎在社会边缘，他们找不到工作，只能依靠父母或者亲戚艰难度日，他们也根本不被允许上大学。他们不仅生活在贫困中，还被隔绝，因为所有人都害怕与返乡者"叛徒"接触。另外，女性强制劳工还被视为德国人的妓女。

直到几十年后，联邦德国才把向曾经的强制劳工支付赔偿金提上议程。申请赔偿金的被强制遣返者，必须提供证据，证明自己曾在德国服强制劳役。只有极少数人能拿出证据，因为文件或者在战乱中丢失，或者因为对苏联国家机器的恐惧而早已被销毁。而对于他们长年遭受的苦难来说，那些赔偿金不过是杯水车薪。

强制遣返回国期间经常出现可怕的场面。苏联籍的流离失所者扑倒在美国人脚边，乞求美国人，就算枪毙他们，也不要把他们遣送回苏联。有些人因害怕斯大林的报复而自杀，在棚屋里自缢。他们被暴力胁迫运送到德国，被榨干了最后一滴汗水，而现在还要被强制遣返回国，听任毫无怜悯之心的暴君肆意摆布。

对于战前生活在波兰国土上并从当地被送至德国的波罗的海东岸三国——爱沙尼亚人、拉脱维亚人和立陶宛人，还有白俄罗斯人和乌克兰人，有特别规定。这些人可以自由选择是遣返回国、留在德国还是流亡他国。这一政策漏洞救了我的父母。一个美国人在我父母出生地那栏填上了"克拉科夫"，虽然上面清楚写着我的母亲在马里乌波尔，父亲在卡梅申和马里乌波尔生活，两人被从敖德萨运送到德国，和波兰毫无瓜葛，运送的起点还是被填写为克拉科夫。这是美国文件中的巨大谜团：到底是我父母撒了谎，还是美国大兵的慈悲之举，或者根本是他缺乏地理常识。无论如何，小小的一个"克拉科夫"奏效了，保住了他们没有被强行遣返——所以，我不是在苏联，而是在德国出生的。

1945年7月，美国人从萨克森撤离，把这部分德国土地转让给了苏联红军。我的父母又落入了苏联政权之手，到了德国也没能逃脱这一宿命。他们又一次逃走，这次是往纽伦堡方向，美占区中邻近的大城市。此地在不久的将来将举行审判战争罪犯的纽伦堡大审判，其中，强制劳役被定为反人类罪行。弗利克公司也将被起诉。一名ATG员工发誓宣称，德国工人和外籍劳工之间没有区别，外籍劳工的待遇无可指摘，德国的劳动营领导对于外籍劳工非常欣赏和喜爱。他还继续说道：

> 当然，一名外籍劳工过的不可能是天堂里的生活，因为他远离家人，背井离乡。要我说，对待他们是完全公道的，公司领导倾尽所能给外籍劳工减轻生活上的负担。……按照当时的条件，伙食可以称得上好。……公司领导在配给之外，还靠一己之力在莱比锡周边乡村购置了大量食物，特别是土豆和蔬菜，提供给外籍劳工。工人们多元的需求也同样受到了真正的重视。……还会定期给外籍劳工安排文艺生活。ATG的营地长期被作为模范营，直到一些营地被空袭毁坏，其余营地不得不合并，营地看上去才不像以前一样在一片生机勃勃的绿地中那么好了。

起诉人给出的是另一番结论：

> 弗利克康采恩下属所有企业的条件都非常差。许多人的居住条件极其糟糕，工作时间过长。他们人为制造恐惧，剥夺人身自由，造成劳工身体上的痛苦和疾病，各种手段的虐待如鞭打经常发生。[①]

审判中列出姓名的被告中有弗里茨·绍克尔，我父母的最高领导。我恰恰是在纽伦堡方言中长大的，那正是全德意志劳动力调配全权总代表弗里茨·绍克尔说的语言，他的德语是我学的第一种德语。他深受法兰克地区方言的影响，以至于在审判中他一再被要求语言表述必须让人能够听懂。得知自己被判处绞刑时，他当场号啕大哭。他坚信对他的审判结果是因为翻译错误。

弗雷德里希·弗利克否认了每一项罪名，并把自己粉饰成国家社会主义暴力统治下的牺牲品。对他的判决很轻。他被判处监狱服刑七年，三年之后被释放，很快就一跃成为新成立的联邦德国中最富有的人之一。他的康采恩是唯一一家没有向奴隶劳工支付赔偿金的公司。苏联军队拆除了位于莱比锡的ATG，把工厂机器运回苏联，炸毁了工厂厂房。

[①]原告在纽伦堡弗利克审判中的发言，出自《绝对战争，绝对利益》，《时代周刊》第34期，2004年8月12日。

我再一次问自己，我的父母是如何能在躲避苏联人的逃亡途中，从一个地方成功到达另一个地方的？这次从莱比锡到纽伦堡，要在已毁坏殆尽的德国境内穿越三百公里。他们买了车票，乘坐火车？他们还有钱买车票？到底还通不通火车，还是铁轨全被炸断了？他们是不是一小段一小段地向前挪，坐一段火车，再步行一段？几百万人也和他们一样在路上，流离失所的人、各个国家的强制劳工、被解放的集中营的犯人和战俘、被疏散后想回家的德国人，无数被从西里西亚、东普鲁士和波西米亚逐出家园的人。所有人带着他们最后的家当向西行进，独自一人或者成群结队，这既是历史上最大的人类迁徙之一，也是"千年帝国"的世界末日。

我的父母和一对乌克兰夫妇同行，他们不是在莱比锡结识的，就是在逃亡路上结识的。当他们一行四人抵达纽伦堡时，才发现这座城市已经所剩无几。英国皇家空军在最后一次大空袭中，仅半小时就在法兰克地区首府上空投下了六千个爆破弹和一百万个燃烧弹。整个城市化为一片恐怖的废墟。但是尽管如此，我父母又一次躲过了苏联人。

他们瞎转了几个小时，天上下起了雨，天色渐暗。在纽伦堡和菲尔特两城交界处的一个工厂大院里，他们找到了一个没有上锁的简易仓库，很明显这是隔壁铁器厂的地盘。他们钻进了仓库，希望能在一堆旧铁条中睡上几小时不被发现。母亲并没有料到，她的哥哥谢尔盖也在德国，而且正在她逃出来的苏联占领区为红军战士演唱俄罗斯歌剧咏叹调。她也没有料到，她的母亲还活着，但是因为战争，和女儿莉迪娅一起被逼到了世界的另一个尽头，到了哈萨克斯坦的阿拉木图，几乎和中国接壤。又湿又饿、疲累得几近晕倒的她在坚硬的木板地上睡着了。她肚子里的孩子还活着，还在动。孩子引起的惊吓，一直伴随她进入无梦的睡眠中。

第四部

叶芙根尼娅的墓碑，墓碑后站着两个女儿及她们的父亲，1957年

从偷偷躲进纽伦堡工厂大院的简易仓库那夜算起，已经过去了五年。工厂厂主，简易仓库的所有者，看来是一个很特别的德国人。他并没有把斯拉夫下等人赶走，而是同情他们，允许他们在他的地盘上避难，但是他的举动违反了同盟国的规定。流离失所者不允许自行寻找落脚地，他们必须住在特定的流亡营中，营中虽然有监管，但是提供基本供给。不过，显然我的父母和同伴宁愿像鸟一样自由，尽管不稳定，但总好过住进新的营地。

他们是如何在没有供给的情况下度过逃亡后的最初阶段的，我并不知晓。也许德国工厂主不仅把简易仓库留给了他们，还帮他们找到了食物来源，弄到了"家具"。我还能记起有哪些"家具"：行军床、红十字会的被子、一盏煤油灯、一张桌子。在仓库又小又歪、一半不透光的窗户下，我总会把桌子看成一个站着的鬼怪。应该还有一个炉子，不然我们在这个老旧、腐朽又简陋的住处里根本无法挨过五个冬天。

母亲总是活在恐惧中。工厂主可以随时收回我们的住处，管理部门可能会注意到我们，有人会举报我们，简而言之，达摩克利斯之剑永远悬在我们头顶，我们随时可能被驱逐并遭送到流亡营。住在仓库里的日子是掰着手指头一天天过去的，五年中，德国工厂主一直冒着被惩罚的风险，为我们撑起保护伞，给我们提供庇护。他为什么要这么做？是我母亲动人的美貌吸引了他，所以他从来没想过要把这个无人保护的、流离失所的女人和她的伴侣一起赶走，还是他也用过强制劳工，现在想给无家可归的斯拉夫人提供一些补偿？

1945年12月的一个夜里，我母亲临产了。因为我的出生证明上写的出生地是菲尔特，所以我知道，我不可能是在纽伦堡的仓库里出生的，很可能我是在菲尔特的一家医院里出生的。我只能猜想母亲是怎样到医院的。这里距离纽伦堡和菲尔特的边界不足几百米，也许我父亲陪着她在黑暗的冰天雪地中步行，她在每两次还不太频繁的阵痛之间加紧脚步。或许有人叫来了救护车——那只可能是德国工厂主了，他住在工厂大院的另一端尽头，家里有电话。

在德国医院的妇产科时，我的母亲无人陪伴，当时她也许感到了从未有过的恐惧和惊慌失措。不管顺利与否，她只能任人宰割了。医院里的人不仅把她视作一个斯拉夫低等人，她的血会弄脏产房，而且还把她视作苏联胜利者的化身，代表了共产党和布尔什维克，他们杀害了几百万德国父亲和儿子，是德国的谋杀者、劫掠者和强暴者，还占领了德国大部分领土。她赤裸地躺在那儿，疼得快裂成碎片，却逼受害者给她接生。她能感受到这一切吗，还是生产这种天然的暴力和痛苦淹没了其他所有感知？将近清晨七点，她这个营养严重不良、体力极度衰弱的产妇，出人意料地产下了一个强健的女婴，女婴刚出生就染上了新生儿黄疸。

从第一眼，她就觉得面前这个硫磺色皮肤、青蛙一样、头上还长着白色和金色的绒毛、永无休止哭号的小生物，既不像她，也不像她的丈夫。从一开始她就感觉身体里面酝酿着邪恶的东西，她生下了一个小怪物，一个不断号叫的婴儿，没有任何事物可以让这孩子安静下来，对她来说这简直是一种身心折磨，是一种全新的暴力。她已经受够了暴力之苦，她被暴力损坏的神经已经无法承受一个把她的乳房咬得生疼的婴儿，婴儿只能喝到少得可怜的奶水。她给婴儿提供的一切全被拒绝，她把婴儿抱着走来走去、摇篮般轻轻摇晃、对她好言好语、给她唱歌、轻吻她、抱紧她，可所有的一切努力却只是让哭喊声越来越大。这婴儿是哪里疼吗？身体里充满了她遗传的恐惧吗？还是她生病了，病得很重，快要死了？她不能理解婴儿这种粗暴的长时间的索求，有时她甚至觉得婴儿是在恨她，哭喊着要另一个母亲。她把她抱在怀里摇晃着，因为绝望和筋疲力尽而哭泣。她害怕自己，害怕自己为了让婴儿彻底安静，好让她终于能睡上一小时整觉，而失控做出什么可怕的事情来。

一天夜里，她和我的父亲被美国军警逮捕了。我不可能记得当时的情景，那画面一定来自后来听父母讲述了多次后我自己的幻想，可是，我仿佛真的看到了一样，通过黑色幕布上的一个小洞目睹了当时的场景。仓库墙前站了两个赤裸的人，高举双手。一束神秘的、不知从何而来的光照亮了他们。可能是两个人偶，但是我很清楚，那就是我的父母，我从背后看见他俩蜡像般的身体，一股看不见的力量把他俩按在墙上。只有那么一瞬。然后那束光熄灭了，一切又陷入了黑暗。两个站在墙前，毫无抵抗能力的赤裸的人的画面却永远刻在了我的脑海中。这到底是我亲眼所见还是我幻想出来的？那画面对我来说，是这个世界的开始。

我的父母被捕，很可能是因为美国人怀疑他们和纳粹勾结，就像他们怀疑所有战后仍留在德国的苏联强制劳工一样。奇怪的是，只有我的父母被军警带走了，而和我们同住在仓库里的另一对乌克兰夫妇却没有，他们也同样逃脱了强制遣返回国。我饥饿的父亲在监狱里绝食，以此来迫使美国人释放我的母亲。没有她的奶水，留在同住的乌克兰夫妻那儿的婴儿不可能活下去。如果不是因为牵挂我，监狱对母亲来说简直是天堂般的存在。这么长时间里，她第一次可以吃饱肚子，又温暖又没有婴儿的哭喊声，她终于可以睡个好觉了。但是父亲的绝食奏效了，一周后，母亲被释放了。之后没多久，父亲也重获自由。

对我父母的怀疑并没有得到证实。他们不仅没把我父母送到流亡营，相反，父亲还被美国人雇用了。他那充满力量的，自童年起在俄罗斯教堂唱诗班里训练出来的男高音成了他在德国的资本。他的演唱事业开始于纽伦堡的一家剧院：他和其他来自苏联的流离失所者一起演唱俄罗斯著名歌曲。美国大兵愿意听这个。支付给他的全是些精美食品,其中大部分是德国战后民众做梦也得不到的:白面包、罐头奶酪、加盐黄油、奶粉、好彩香烟、块状或者罐装的好时巧克力……固体和液体的巧克力是我童年的基本食物。

工厂大院里的废旧仓库由两块狭小空间组成。朝向院子那边住着父母和我;紧挨着工厂墙壁的后半边住着另一对夫妻。我早已忘记他们的名字,可是在我试图说出的一瞬间,它们又从我的记忆深处冒了出来,立刻出乎意料地和那个熟悉的声音重叠在一起:泽甘恩科斯。我想不起来他们的长相,但是回忆起的名字至少向我证明了他们的确存在过,并且很久之前已留存在我的记忆中。

我们不仅要和同住的夫妻分享仓库的空间,还得和积满灰尘的废铁条分割地盘。这些铁条不知为何存放在这里,散发着刺鼻的铁锈味,让所有东西闻起来都像铁锈:我们的衣服、头发、被子,还有我们吃的白面包。我们没有柜子也没有存放物品的地方,我们把全部家当放在这些铁条上,不小心碰到就会把手指染红。工厂机器隆隆运转,一整天仓库都在跟随节奏振动,习惯了的我们,后来几乎听不到隆隆声,也听不到火车的轰鸣声,尽管火车就在不远处穿过铁路路堤。多数是运载沉重货物的货车,拖着铁皮车厢,车轮在战后垮掉的铁轨上隆隆作响,把看不见的货物不间断地送往看不见的终点。

仓库里既没有水也没有电。我们用挂在窗户把手上的煤油灯照明,而水则必须去工厂大院另一边的铁路巡道工的小屋去取。母亲为了能尽可能少地去那里,一次拎两只水桶。铁路巡道工依然忠于纳粹,毫不掩饰对俄罗斯人的仇恨。他没有拒绝让工厂大院里的低等人用他的水龙头,完全只是慑于工厂主的威严。工厂主允许我们住在他的地盘上,巡道工不敢反抗。尽管如此,母亲每次都不知道,巡道工会有什么样的反应,她还能不能把我们生活必需的水打满。

威胁我们的幽灵名叫瓦尔卡①,巴伐利亚州最大的流亡营,因为营中灾难般的境况臭名昭著,所有流离失所者都对其恐惧万分。这个营地其实就在我们住处旁边,位于纽伦堡长水区。如果我们不能继续住在仓库,我们就得去那里。作为水的掌管者,铁路巡道工成了我们最后的主宰者,他决定了我们是否要去瓦尔卡营。他看上去像在积攒怒气和勇气,为了不理会工厂主的意愿,也许甚至连工厂主也一并告发。他用怀有敌意,同时又贪婪的目光盯着我年轻的母亲,母亲穿着一条旧裙子,站在他面前,等着水龙头里流出的细流装满她的两个水桶。每一刻都仿佛有事情会发生,悬着她生命的丝一般的细线会突然断开,她必须去瓦尔卡营。她经常哭着回来,拎着两只沉重的桶,肩头都被水桶拉得坠下来,脸上写着"我再也受不了"的表情。父亲完全不能理解她的敏感,认为她歇斯底里,整天哀叹,一点用也没有。几乎所有的事情都得他来做,在汽油炉子上煮汤,

---

① 瓦尔卡营地,专为安置所谓的流离失所者而建。1946年,由联合国善后救济总署(UNRRA)利用先前的战俘营改建而成。营地名瓦尔卡来源于"一战"中被一分为二的拉脱维亚-爱沙尼亚的边境城市瓦尔卡。——译者注

缝补衣服上的洞，还要去挣钱维持生计。他希望自己的妻子至少把仓库弄干净些，把水打满。

除了铁路巡道工，其他人也反对一帮俄罗斯无赖住在工厂大院里。夜里常常能听见仓库前的脚步声、小声说话声、膝盖咔嚓作响声。有时突然有一束手电筒的光照在仓库窗户上，有时还有人摇动仓库门。婴儿哭叫起来，母亲跳起身惊慌失措地捂住孩子的嘴。没人知道是谁在外面蹑手蹑脚地走来走去。是流浪汉，还是贼？但是我们这里有什么好拿的？最有可能的应该是像巡道工那种仇视俄罗斯人的人，他们总是吓仓库里的非法居民，把他们从睡梦中惊醒，让他们陷入极大的恐惧，也许还想直接了结他们的生命。

尽管如此，我们也有所谓的日常生活。父亲除了作为俄罗斯娱乐艺术工作者，为美国大兵唱歌之外，还有其他工作。他把他报酬的一部分，一些美国香烟和巧克力拿到黑市上去交换物品。另外，像那个年代的很多人一样，他还捡废铁。这简直是多此一举，因为我们就住在一大堆废铁里，但是那堆废铁全都不属于我们。每天晚上，当父亲为美国人唱歌时，母亲和我必须把父亲白天在路上捡到的废铁分类。煤油灯下，我们坐在地上分拣。有一样神奇的东西可以把好铁和不好的铁分开：吸铁石。我母亲给我演示，用吸铁石不仅可以让铁块跳起来，甚至还可以让铁块在地上移动，完全不需要接触，铁块会一直跟着吸铁石。这种就是好铁，我们要从不好的铁里面大海捞针挑出来。第二天父亲可以拿到金属废料商人那里卖些钱。用卖废铁的钱，我们能买到德国黑面包、白菜、甜菜还有盐。

有一回，父亲从黑市上带回来一辆又重又老旧的男式自行车，还有一次带回来一块小巧的女士腕表。母亲从来没有过这种好东西，不敢戴如此贵重的腕表。我总算明白了，为什么德国人看不起我们，我想向他们证明他们错了。某天，我拿着这块漂亮的带着金色表链的手表，在工厂大院里拦下了一个素未谋面的男人。起先他笑着直摇头，但是我用有限的德语词汇和相应的手势告诉他，他可以直接把表拿走——这种手表我们多得是——他小心地环视四周，飞快地接过了这份意想不到的礼物，塞进裤子口袋，骑上自行车飞也似的走了。之后的几周内，母亲一直在找这块腕表，比起丢失手表，她更害怕父亲认为是她疏忽才把礼物弄丢了。关于这块无影无踪消失的手表，他俩争吵了好久，父亲一再拿这块表说事，指责母亲的没心没肺，不负责任。

母亲生活的环境——最初是乌克兰的，然后德国的，长时间给她灌输自卑感，即使她努力尝试至少获得哪怕一丁点儿自信，还是立刻被她丈夫先发制人占了上风。他从前对她的爱，看来也所剩无几，现在她对他来说，明显成了累赘。在德国，她唯一指望能爱她的生物，就只有我。也许她一半是为了安慰我，一半是为了抗议我的反叛，所以告诉我，她不是我真正的母亲。按照她的说法，我真正的母亲和我一样有一头金发，是一位美丽的德国女人，她住在一座有家具、有自己水龙头的体面的房子里，并且终有一天会接我走。她还和我讲了摩西小时候的故事：他被母亲装进一个小篮子，放在尼罗河上漂流，被一艘船上的国王的女儿发现救了上来。她给我唱俄罗斯歌曲《咕咕鸟》，咕咕鸟丢了自己的孩子，然后不停地用悲伤的声音呼喊着寻找它。所有的一切都让我相信自己是个弃儿，我既着迷又抗拒。一方面，我宁愿自己是德国母亲的孩子，可以住上好的德国房子，就像德国工厂主家一样。他的家位于工厂大院的尽头，在一个种着果树和玫瑰花的花园里；另一方面，我陷入无尽的悲伤，因为我竟然不是我母亲的孩子。我开始哭，开始大喊大叫，大吵大闹。母亲应该告诉我，她欺骗了我，她就是我真正的母亲，但是她从来没这么说过。

有时候，她给我讲神秘的玻璃之城的故事。城市中的一切全是玻璃做的，所有的房子、家具、街道，就连居民脚上穿的鞋也是玻璃的。所有人都带着一块雪白的布走来走去，他们擦亮玻璃，擦拭每一粒细小的灰尘，拂去每一小团细微的雾气。我不知道她给我讲这个故事是想表达什么，这座闪亮得耀眼的城市代表了什么。也许它是肮脏的穷人世界的反面，是她生活世界的反面？可能她觉得自己一钱不值，或许在当时，玻璃城的画面已表达出了她对无感和死亡的渴望。

流亡营中的绝大多数人和我们一样，活在将来能前往美国的希望中。美国人在占领区内设立了美国大使馆临时代表处。流离失所者提交的赴美申请材料审查期间，这些人统统被安置在一个灰色的兵营模样的地方。去那里大概是我这辈子第一次出门旅行了，可是我却一点也记不起来。我只记得那些破败的兵营，还有那个美国女人。我在有穿堂风而且摩肩接踵的走廊里排了整整一天队后，终于见到了一个美国女人。她一边用不连贯的俄语向我父母提问，一边用她涂着闪亮的鲜红色指甲油的手指，以让人喘不过气来的速度在铁制打字机上噼里啪啦。她烫着一头银色的卷发，涂着红得耀眼的唇膏，嘴里叼着一根冒着烟的香烟。香烟味儿和一种不知名的香水味混杂在一起。我对美国的第一印象来自于她。

时值冬天，兵营里寒冷刺骨，所有人都在咳嗽。我也患上了肺炎。夜里，我们睡在挤满了陌生人的大厅中。迷迷糊糊，仿佛有一只巨大的黑色兔子压在我胸口，黄色眼睛在黑暗中恶狠狠地凝视着我。它重极了，压得我不能呼吸，我浑身滚烫，喘个不停，拼命想吸进空气。随后，我感到了母亲冰凉的手指，她在我胸口涂抹着绿色的神效药膏，是美国医生开的。我从来没有像盼望药膏一样渴望过任何东西。药膏的辛辣味直冲进我的鼻子，我立刻得到了解救，又有空气进入了我的身体，那只可怕的兔子消失了。

在我记忆深处，那段时间中，在流离失所者聚集地见过的所有梦想前往美国的人里，我只记得那对俄罗斯双胞胎姐妹。我康复了，拉着母亲的手走在街上，迎面走来了扎着蜂蜜色粗辫子的双胞胎。她们是被选中的幸运儿，得到了签证，能和父母一起去美国了。那一刻，在德国战后荒凉的大街上，粗糙脏乱的兵营之间，她俩散发出自由又幸福的神秘国度之光，昭示着遥远的不一样的世界，也许那里有治疗一切的神效药膏。

母亲潜意识里害怕得到签证。她确信乘坐的船会在半路上沉没，从敖德萨横渡前往罗马尼亚途中的厄运会再次突然落在她头上。但是，她的恐惧完全没有来由：我们属于申请签证被拒的绝大多数之一。只有少数的幸运儿能够前往应许之地，其余的人必须回到各自的流亡营，而我们回我们的工厂大院。母亲根本不相信我们能拿到签证。幸运这种事从来没在她的生活中发生过，去美国让她觉得是对留在乌克兰被禁锢被折磨的同胞的一种背叛。就这点而言，回仓库也许对她来说等同于回家。

我们的同屋泽甘恩科斯夫妇足够理智，他们料到没有机会能拿到美国签证，就提交了移民巴西的申请，不久后收到了签证。我还记得，当巨型怪物载着我们的同屋和他们的家当从工厂大院嗒嗒开走时，我突然感到不可抑制、不知所措的痛苦，我才明白，原来我当作游戏的事情成真了。身边的人，我认为理所当然、不可侵犯的世界的一部分，是会离开的，他们会永远抛下我，不管我愿不愿意。我想死，自己挤进了仓库和工厂之间的缝隙，里面有老鼠，一切都在振动，除了工厂机器的轰鸣声，什么也没有。为了找我，母亲在大院里奔走了几个小时，正当她无计可施，打算向德国警察求助时，她的手电筒照到了缝隙，她发现了我。尽管她非常瘦削，她还是挤不进缝隙，缝隙的空间只够容纳幼儿的身躯。她只能请求我自己出来。我才刚出来，浑身脏透了，满脸泪水，整个人冻得完全呆滞，父亲的巴掌就已经落到了我的身上。母亲拽住他的夹克大喊着让他住手，他还是打了我很久，直到我躺在地上，温热的血从鼻子里滴下来。母亲扑在我身上叫嚷着，她一直叫嚷着，父亲已经回到仓库坐下喝起了酒，她依然没有停止叫嚷。那些日子，父亲喝酒的次数越来越多。

泽甘恩科斯夫妇答应会给我们写信，可是后来我们再也没有得到过他们的消息。母亲所有糟糕的预感看来全被证实：我们难友乘坐的前往巴西的船肯定是沉没了。后来我们不知道从何处听说，他们以更残忍的方式死去，巴西的食人族把他们杀了，还吃了他们的肉。也许这只是俄罗斯式粗野残暴的恐怖想象，就像我后来经常遇到的那样。

我的母亲和她的丈夫及孩子单独留在了仓库中。她失去了外界唯一保护她的人，失去了她在德国的乌克兰小圈子。她可能一瞬间完全觉醒过来，她真的永远和乌克兰分开了。在这个世界上，除了这个仓库，她再无容身之地。仅有的一个栖身之地，还得感谢一个德国工厂主的慈悲，她注定要永远生活在这个国家，永远是一个被排斥的外来者，听任一个看上去憎恨她的男人摆布。很可能当时我已经觉察到，她无法再忍受这样的生活，她常常想疏远我，离开我。或许在那个时候，角色已经发生了转变，只有四岁的我开始担负起照顾她的责任，一直害怕会失去她的恐惧，自我出生起就有了。

我的大多数时间是在工厂大院里度过的。我玩废铁或者坐在仓库的门槛上望着来来往往经过的火车，想象着它们从哪里来，到哪里去。我的母亲苦于思乡，而我则想去远方。我一直在想，工厂大院后面的世界是什么样子的？我不能离开大院，因为大院后面是宽阔危险的莱厄大街。当有人穿过大院时，我就利用机会显摆我的德语。我迅速地连着说完你好和再见，我不明白为什么德国人会笑。

有时候我实在忍不住了，就会通过一条窄路跑到大街上，然后我就站在街上张望。我观察德国的房子，那种体面的石头砌成的大房子，它们如同宫殿，让我惊讶不已。德国人在窗户上挂着白色的窗帘，窗玻璃后面放着绿色的盆栽植物。我充满渴望地盯着面包店橱窗里我不认识的撒了糖霜的蛋糕。当我们有钱时，母亲会到面包店来买德国黑面包，黑面包的口感和蓬松的美国白面包非常不同。我观察德国人的脸，他们的眼镜、头发，手提包、雨伞还有帽子。最让我吃惊的是，街上还有德国小孩。他们用粉笔在人行道上画格子，然后从一个格子跳到另一个。我好奇地仔细听这种陌生的语言，这些不一样的，我听不懂的语音，我预感到这是一把通向德国世界的钥匙，一个有水龙头和电的世界。

通常我会为出门游览付出高昂的代价。如果我被母亲抓到现行，受到的惩罚通常是光屁股用皮带抽十下。这是我和她的约定，我可以在疼痛和放弃游览之间选择。我母亲既不厉声责骂我，也不生气，她只是履行我们约定的条款。我选择了疼痛，那我就能挨。皮带抽在身上像火烧似的，可是，我婴儿时放声大叫得有多响，我现在装死装得就有多好。我从来不在母亲面前抽搐一下，也不会因为疼痛发出一声呻吟，因为那会告诉她罚得有用，我被她打伤了。

一天，我在绿色灌木丛后，德国工厂主家的房子前发现了一个小女孩，她是我在工厂大院里看见的第一个和我同龄的人。尽管我被明令禁止不许靠近工厂主家，但是那个陌生的小女孩站在花园大门后向我招手示意，我实在难以抵抗这种吸引力。她和我面对面站着，好奇地打量对方。小女孩穿了一条浅色蝴蝶袖连衣裙，一头棕色的卷发。她笑着打开了花园的门，我第一次踏入栅栏后的未知领域，走进了决定我们生死的主宰者的王国。小女孩向我展示她的洋娃娃，它像活的一样，眼睛可以睁开和闭上，还会叫妈妈。我接过洋娃娃抱在手中，激动得都要眩晕了。小女孩还有一辆儿童双轮滑车，她给我看如何骑车，还让我也骑上去试试。但是我并没有试成。因为母亲揪住我的领子把我硬拖出了花园。我因为跟不上她的脚步，摔倒在地，被一路拖着穿过整个工厂大院，从废铁和玻璃碎片上拖过，我的膝盖化脓了好几周。无论我多么期盼见到栅栏后的小女孩，我再也没有见过她。只有右膝的伤疤让我时至今日还会想起她。

母亲从一开始就害怕的意料中的那天，最后还是到来了。我们不知道德国官方机构到底为何责令我们搬去瓦尔卡流亡营。工厂主没法再帮助我们。他的法子用尽了。告别时，他送给我的母亲一个贵重的老式胸针：金色的蝶螈背后镶嵌着小而璀璨的祖母绿宝石。

后来不管我们过得多差，我的父母始终没有把这件首饰拿去换钱。母亲离世后，我自己佩戴了很长时间，后来不知何时不小心把它遗失了。可是，到今天我仍然不知道，这位勇敢的工厂主到底是谁。他让我们在他的土地上非法落脚长达近五年之久，他赠予母亲的胸针价值不菲，不亚于那笔弗雷德里希·弗利克拒绝向强制劳工支付的补偿金。我忘记了这位神秘的大善人的名字，或者我从来就不知道。有一次我为了找寻工厂主的踪迹而重回故地，开车来到纽伦堡和菲尔特的交界，找到我们曾经居住的仓库所在地时，已经物是人非。工厂不见了。眼前只有大市场和快车道，当年的火车道口还在，火车依旧疾驶而过。

位于纽伦堡长水区的瓦尔卡营的棚屋，直到1938年一直被用作帝国纳粹党党代表大会列队行进和万字旗神圣庆典参加者的住处。后来，又被暂时用来关押苏联战俘。当我们搬入瓦尔卡流亡营时，这座由棚屋组成的"小型城市"中住了来自三十个国家的四千名流离失所者，其中大部分人自战争结束起就居住在此，他们不知道被解救后的生活如何开始。几十种语言杂乱无章，嗡嗡作响，几乎没人会德语。所有人只有一个共同点：在希特勒的帝国中服过强制劳役。当初抢手的劳动奴隶如今失了业，成了帝国战败后剩余的累赘。

这座美国人管理的流亡营以拉脱维亚和爱沙尼亚边境上的城市瓦尔卡命名，但是苏联人在名字前加了个S，并称之为斯瓦尔卡，德语意为垃圾堆。正如波罗的海城市瓦尔卡一样，瓦尔卡营不久被划分为两部分：东边一半被用作关押纳粹高层，直至1949年；西边的一半留给流离失所者居住。受害者和凶手几乎门靠门，荒废破败的帝国纳粹党党代表大会会场落到和我们完全相同的命运：再也没用了。在这片石头沙漠上，巨大的看台下方，美国大兵正在希特勒曾经发表演说的地方玩橄榄球。

同盟国希望从被解放的劳动奴隶那里收获感谢和顺从，可是他们错了。德国的劳动营夺走了他们对权利和秩序的信仰，他们没有道德感，仍旧被视为无法控制的、好斗的人群。瓦尔卡营是一个因为无政府、犯罪率高居不下而出了名的让人生畏的地方，一个多种族融合的地方——各种族间有的相互交好，有的互相仇视，一个可能是全世界名声最坏的罪恶之城。每个人都在追求一样活计，一份收入和一种存在。所有能想到的和想不到的营生共存着。一些人在翻找垃圾堆里的废铁和其他还能用的废料，还有人走私免税香烟、贩卖色情照片、从事胰岛素和其他药品交易、夜间潜入小卖部盗窃、设欺诈赌局、以偷窃和欺骗为生。争吵、斗殴是家常便饭，刺杀、谋杀和自杀层出不穷。在德国人的认知中，斯拉夫人就是霍屯督人，他们的所作所为证实了德国人的所有偏见。纳粹的煽动宣传机器把斯拉夫人描绘成野蛮、危险的动物，甚至还长着角和尾巴。德国人依旧活在担心被报复的恐惧中，可是此类事件几乎从未发生过。营中居住者只待在原地，活在和德国人分割开的世界中，只有德国警察长期驻守此地，几乎每天进行一次大搜查。就连我的父亲也在做着某种见不得光的勾当，提也不能提。我母亲活在持续的恐惧中，害怕警察会找上我们。

营中居民一天得到三顿现成的、装在餐盘中的饭，必须要去食物分发处自取。除此之外，每人每月还能领到十二块半马克的零用钱。每两天供电一次，木棚屋和石屋轮流。每个棚屋大约住三十个人，配备一个厕所和一个水龙头。

我们住在一个木棚屋中，虱子和跳蚤整夜整夜地折磨我们。下雨时，雨水从屋顶缝里漏下来，我们必须迅速摆好所有可用的容器接水。变形的窗户关不紧，炉子里的火不通风，直冒浓烟。整个冬天，我们被冻得够呛，咳个不停。在这期间，我把所有常见的儿童疾病得了个遍，从麻疹到流行性腮腺炎，从水痘到百日咳。

这段时间，我发现母亲显出了怀孕的征兆。她不过三十出头，但在我的记忆中，她苍老，憔悴，满脸病容，中分的头发紧紧地盘在脑后。她身穿一件绿白相间的裙子，褶皱裙边被隆起的肚子撑得高耸起来，消瘦的身躯上如同贴了一个巨大的球。当我问她为什么肚子这么大时，我看见她和父亲相视一笑——这是我记忆中罕见的父母表露亲密的瞬间。我从没见过他俩拥抱，更不用说亲吻对方或是其他温柔的举动。我几乎整个童年都和他们在一间屋里睡觉，如果他们发生性行为——他俩之间毫无爱情可言，按理说我应该就在旁边。但是，要么这些发生得完全隐秘，毫无声响，要么就是我在黑暗中看到过，因害怕极了，我幼小的大脑立刻把可怕的场面压了下来。

瓦尔卡营中，母亲每日受到噪音的折磨，以至于她无法习惯嘈杂的声音。在劳动营里，听觉上可能稍稍能忍受些，因为所有人在辛苦劳作一整天后倒在木板床上沉沉睡去。而我们居住的瓦尔卡营中,人们生活在噪音中,白日里无所事事,绝大多数人饱受被现代人称为创伤后应激综合征之苦:失眠、噩梦、恐惧、易激动、抑郁、精神错乱、难以控制的攻击性以及其他很多症状。除此之外,还有身体疾病,不少流离失所的劳工刚被释放就死于身体疾病。棚屋狭小的空间里,紧张的情绪在共振。没人小声说话,为了能在一片喧闹中说话被听见,所有人都在喊叫。吵架声、号泣声、大笑声此起彼伏,能听到旁边人的每一句话,每一声喷嚏,每一声叹息,所有的声响汇成一种巨大的永不停息的杂音。尤其是在冬天和天气不好的时候,长而昏暗的走廊变成了孩子们玩耍的地方,他们不断地被着急去厕所或者拿着容器赶去走廊尽头接水的人大声呵斥轰开。

噪音让我的母亲更加觉得无家可归,不过反正她也没有家。她捂住耳朵,起身跑出棚屋,因为棚屋里除了噪声,她还受到患有妄想症的邻居的折磨。一个上了年纪的爱沙尼亚女人,透过薄薄的墙板,用俄语不停地疯狂咒骂她。不知为何,这个精神错乱的女人把所有仇敌的形象全部投射到我的母亲身上,她骂母亲是女共产党、犹太娼妓、美国间谍、纳粹轻浮少女。母亲没办法反驳,有时候她一整天都以泪洗面。她永远都在哭泣。她最严重的病是思乡,对故乡的思念不间断地折磨着她,就像口渴,永远不会减弱,只会变得越来越强烈,直到有一天因此死去。

对我来说,瓦尔卡营首先是一个有德语学校的地方。入学第一天的照片佐证了这一点。二十九个孩子排成三行,站在破败的棚屋前。两行女生站着,一行男生盘腿端坐在女生前。四个孩子没有书包,最明显的金色头发的我是其中之一,但我还是满心欢喜。

这是一所只有营中孩子上的学校,所有人必须先学习德语。因为母亲早在工厂大院的仓库里就教过我俄语,所以刚入学时,我的俄语已经到了能读会写的程度:我知道伊万·克雷洛夫[①]的寓言,还有萨莫依尔·马尔夏克[②]神奇的儿童故事,我能流利地背诵出至少一打普希金和托尔斯泰的诗——但是德语对我来说依然还是一种背景杂音。随着我进入德语学校上学,情况骤然发生了改变。德语词汇如同一道闪电照亮了我,就像所有的词汇蕴藏在我身体里面,只等觉醒的一瞬间。德语成为一条强有力的缆绳,立刻被我一把抓住,借助它,我希望能一跃而起,进入德语的世界。尽管我暂时接触不到那个世界,但是我知道,有一天我会成为它的一部分。

我和父母之间展开了一场语言战争。他们拒绝听我说德语。父亲是真的听不懂,直到他生命的尽头也不会德语,母亲德语说得比周围所有人都好,可她不愿意听我说。而我不愿意再听

[①]伊万·克雷洛夫(1769—1844),与伊索、拉·封丹齐名的寓言作家,诗人。他一方面把寓言变成现实主义的讽刺文学,另一方面将民间语言引入,为俄国文学的进一步发展奠定了基础。晚年的他和普希金互相推崇看重。《鹰与鸡》《大炮和风帆》《农夫与蛇》是他脍炙人口的作品。——译者注
[②]萨莫依尔·马尔夏克(1887—1964),儿童剧作家、翻译家。高尔基称其为"苏联儿童文学的奠基人"。——译者注

她说俄语，我根本不想再和她扯上任何关系。我们经常大吵，她试图打我，我从她身边溜开，而且她的巴掌实在是太轻了，不会让我感到疼。她在我面前毫无权威可言，我不害怕她，我只害怕父亲的巴掌。父亲很少打我，只在母亲把我交给他处置时才会动手。这是母亲对付我的唯一手段，也是唯一能让我害怕的一招："我告诉你父亲。"当我泪流满面地用俄语为我的无礼和谎言向她赔礼道歉时，有时候母亲会饶过我，但是大多数时候她会执行对我的裁决。晚上，父亲结束秘密工作回家，多半是醉醺醺的。他是那种酒精发作攻击型的人，母亲的告状来得正是时候。他把我叫作霍乱，寄生虫，脏水沟，一只手紧紧揪住我，另一只手像把斧子一样劈下来。母亲是法官，父亲是刽子手，是判决执行机构。

放学后，我总在营地里游荡。我记不起其他的孩子，只记得一片完全荒芜的、褐色的，仿佛被火焚烧过的空地，上面没有一棵树。可是跑得再远也摆脱不了我的父母，因为营地的占地面积虽然比工厂大院大很多，可它是一座监狱，周围一圈耸立着布满铁丝网的墙。只有营地入口的哨兵打开道口拦木，才可以进出。

不只是父亲在做见不得人的勾当，我也是。一个令人厌恶、身体肿胀，总是戴着一顶发网的男人，说着结结巴巴的俄语，从窗户里招手让我过去，到只有他一人居住的棚屋里。我必须脱下内裤，掀起裙子跳舞给他看。我既害怕又恶心，但是裸露自己展示给他看却并非毫无乐趣，我也并非不知道自己在暗中掌控他。他眯着眼睛盯着我，一边摇晃着他裤子里翘出来的令人费解的长物件，一边呻吟。我不明白他为什么要这么做，但是我知道，从这个谜一般的身体部位里很快会喷射出牛奶一样的液体，然后被男人用手帕接住。于是我的表演就结束了。他把耷拉下来的长物件重新藏进裤子，警告我这件事不许告诉任何人，还给了我十芬尼。我拿着我的报酬跑到小卖部买了樱桃味的棒棒糖还有口香糖。这种表演一再重复，直到有一天，男人抓住我，想把长物件塞进我嘴里。他许诺给我五十芬尼，如果我愿意的话。虽说五十芬尼是一笔巨款，可我实在没法克服我的恶心。我拼命挣脱逃开，从此结束了我的秘密赚钱生涯，继续抑制我对甜食的迫切渴望。

有时候，母亲会讲述她以前在乌克兰的生活，她曾经打算进入一家修道院成为一名修女。讲完她哭了，并说现在的生活是上帝对她的惩罚，因为她没有听从祂的召唤。我知道修女是不能有孩子的，所以我问她："那我呢？如果你成了修女，这个世界上就没有我了。"她用布满愁云的眼睛注视着我。"倘若你没有来到这个世界上，也许会好些。"她说道，"如果你看见过我曾见到的……"然后她的双眼又望向某个我看不见的地方，那里没有我。

白天，父亲不在的时候，经常会有一个虔诚的男人来我们家。他是俄罗斯人，看上去像我们俄国挂历上的列夫·托尔斯泰——尽管托尔斯泰已经过世很久了，但我们还是把他的像挂在棚屋的墙上。安德烈·萨哈洛维奇矮小，瘦削，素食主义者的肤色，脸上有稀疏的白胡子。他曾是一个矿场里的强制劳工，总是随身携带一本报纸包着的《圣经》。父亲认为，此人对我的母亲造成了不良影响，他引发了母亲的精神病，还怀疑两人之间有奸情，因此禁止母亲继续和他碰面。每当母亲再次威胁我，要把我交给父亲暴揍时，我也威胁她："那我就告诉父亲，安德烈·萨哈洛维奇又和你见面了。"

据我观察，萨哈洛维奇和我的母亲之间是一种纯粹神秘的、宗教式的关系，是一个救世主和一个受到阻碍的、背叛信仰的修女之间的关系。母亲想通过他转变观念，再次相信万能博爱的上帝是存在的，她曾经对上帝的存在笃信不疑。她全神贯注地倾听他说话或是读《圣经》，可是他们的会面几乎总以激烈的争吵而告终，争吵的内容我完全听不懂。我只能听明白，安德烈·萨哈洛维奇为上帝辩护，而我母亲控诉上帝，可能是为了那些她曾经目睹过的事情。我真的很想看看那到底是些什么，这样就能理解她的感受，知晓她永无止境、深不可测的痛苦的秘密来自何处。我害怕这种痛苦，但是我想感受一次，仅仅一次。我总在他们争吵之后虔诚地祈祷："亲爱的上帝，请让我感觉我的母亲感觉到的，只要一瞬间就好，这样我就可以理解她。"

安德烈·萨哈洛维奇每次来我们家时，不仅随身携带《圣经》，而且还经常带着同样用报纸包着的，他在家用煤油炉烤的小蛋糕。和我们每日的营地饭食，黏糊糊的汤或者麦糊相比，这美味简直来自另一个世界。营地饭食我只能吃几勺，多了根本吃不下去，这导致我当时瘦到威胁生命健康的地步。德国红十字会赞助我这个营养不良的战后儿童去休养。我必须再在巴伐利亚州山区的某个"饲养所"参加两次这样的休养，可我回来时变得比去之前还要瘦，因为那里的德国食品，土豆面粉丸子、血肠、烧牛肺、巨大的蒸面条我咽不下去，强行塞进我嘴里的所有东西，立刻被我吐了出来。

但是安德烈·萨哈洛维奇带来的奶油状的、甜甜的小蛋糕简直是我吃过的最美味的东西。我想，母亲曾给我讲过的《圣经》中记载的以色列人经过沙漠时从天而降的神赐食物应该就是这种味道。不过，安德烈·萨哈洛维奇不仅带来了甜食，还带来了一种苦味的黄绿色粉末：奎宁。据说这种粉末包治百病，可以治疗母亲的风湿、头痛、心脏疼痛、胃痛，还有其他所有的不仅折磨她的精神，还摧毁她身体的病痛。我也得按时吃这种粉末，餐刀尖那么多。然而母亲和我每次吃完后，都要立刻喝一大杯水，因为粉末苦不堪言。可是安德烈·萨哈洛维奇不用水就能吞下苦药，连眉头也不皱一下。"它不苦，"他说，"只是我们认为它是苦的。"

我真的感受到了奎宁带来的效果，我能跑得更快，而且跑得更久，在我体内出现了一种全新的未知的能量，几乎无懈可击。也许受我和母亲之间的斗争刺激，我变得越来越好斗。我不再听从别人允许我做什么不允许我做什么，几乎不待在家里，还张口就撒谎。谎言是我童年的污点，一个我无法逃脱的诅咒。我撒谎简直成了强迫症，没有任何缘由也不具任何意义，谎话张嘴就来，不知道为什么，我的嘴里从来吐不出真话。绝望的母亲不知道该拿我怎么办，她采用了《旧约》里的惩罚措施。她在墙上钉了一块巨大的纸板，用粗体黑色字母在纸板上写下：娜塔莎欺骗她的母亲。俄语和德语各一遍。我不能去外面，不然就得当众出丑。每当有人进屋时，会先瞥见墙上的字，再看向我，我羞愧得脸颊发烫。我最害怕安德烈·萨哈洛维奇来，他的目光让我感觉如同被火焰炙烤一般。他真的来了。他在纸板前站住了，戴上眼镜，长时间并且仔细地读了我母亲的字迹。"您在对您的孩子做什么，叶芙根尼娅·雅科夫列芙娜？"他气愤地质问我的母亲，"您是一位知识女性……这是斯大林式的，还是希特勒式的无神论的法子？我们所有人都变成什么人了？！"他又难过地接过话头。我看到母亲的脸红了。矛头调转了方向，现在她成了羞愧的一方。她目光低垂，转身对我轻声说："你可以出去了，去玩儿吧。"

妹妹的出生恰逢我们搬迁到新住处。尽管瓦尔卡流亡营在六十年代中期才解散，但是1952年我们已经搬迁。这一年中，美国人把流离失所者转交给新成立的德国难民机构管辖，流离失所者因此获得了新的身份。即刻起，他们不再被称为流离失所者（Displaced Persons），而是"无家可归的外国人"（Heimatlose Ausländer）。他们没有国籍，但是有留在德国的权利。在纽伦堡北边的一座法兰克县城的外围，为一小撮"无家可归的外国人"建立了一个居住点，类似一座小型的瓦尔卡流亡营。只不过这不再是临时落脚处，而是一个固定的住所，对于大多数流离失所者来说，这是他们在德国的第一个也是最后一个住所，是终点站。当地人把给我们建造的，位于雷格尼茨河边的住宅区称为难民楼。我们新的飞地，比我们曾经梦寐以求的还要舒适得多。它不再是棚屋，而是真正的石头砌的房子，四栋房子围成一个菱形，中间的庭院里栽种了三棵新梨树，东欧的居民看到应该会想念他们的故乡。每家分到一间公寓套房，配备自来水、电、一个带有热水贮槽和内置烘烤箱的大铸铁炉灶，还有难以置信的奢侈——自带热水锅炉的浴缸！我们的居住区位于城市最外围的楼房背后，这些楼房又小又高低起伏，同样也地处柏油马路的后方，从地理位置上看，几乎就是我们居住的楼房而不属于城市。尤其是在炎热的没一丝风的白天，空气里弥漫的全是把动物骨头加工成胶料的"骨头工厂"散发出来的腐烂的臭味，当地人称之为"毒气"。工厂排放的废气和邻近巧克力厂散发出的甜腻浓稠的香气混合在一起，变成一种令人头昏脑涨的、独特的气味鸡尾酒。

城市在战争中完好无损，老城区之于我宛如德国童话一般。夏日里，始建于中世纪的市政厅的木框架结构立面被五彩斑斓的鹳草覆盖。寂静无声、迷宫般的小巷，小木房子紧挨着，门窗永远紧闭。城里有一条小河，水流湍急，一个木制水车旋转着。斑驳的城墙上矗立着哨塔，射击孔清晰可见。曾经的皇帝行宫早已风化侵蚀，壕沟仍在。通往号称省中省——"弗兰肯小瑞士"（Fränkische Schweiz）的城门，如今只会让众多因战争致残的人回忆起曾经的灾难。去过俄国的男人们——我却没有去过，有的现在只剩下一只胳膊，空荡的夹克袖子垂在身旁，有的戴着一只黑眼罩,还有人拖着一条腿,拄着自制的木头拐杖踯躅而行。美军坦克也成了日常生活一景,往往一辆或者一整队穿过狭窄的街道,震得整座小城都在晃动。美国大兵坐着敞篷的吉普车,把糖和口香糖撒向满怀期待站在街边的孩子们。为了购物而进城的周边村庄的农妇,还穿着古老的法兰克民族服装。数年后,一部美国电影在此拍摄,片名叫《暴雨狂云》,电影主要讲述了小城居民的双重道德和迫害者心理,由克里斯汀·考夫曼饰演的影片女主角,和我的母亲有一个共同点:她也在雷格尼茨河里自杀身亡。

搬新住处的时候母亲没有同父亲和我一起,而是之后直接从医院过来。我站在新厨房的窗前,看着她从停在院子里的一辆汽车中下来。她看上去并没有搬新家的欣喜,脸上流露出无穷的绝望和平静的无望。她怀中抱着一个白色包裹,里面是我的妹妹,一个安静的、柔美的女婴,露出一绺黑色头发,才这么小就仿佛是和我母亲一个模子刻出来的。在我眼里,她是个谜一般的小生物,从不喊叫,而是很满足,无欲无求地躺在她的小床里,多数时间在安睡。

新住所不再给我们发放饭食,我们每个月必须去市政厅领一次救济金,设法自行解决膳食。慈善组织赠给我们一些家具,其中有一个带小窗的厨房碗柜、一个笨重的外国箱子,闻上去一股霉味和香烟味,还有一个古旧的带有花饰的五斗橱,这些在今天会被当作古董,而当时只能算是破烂。那个时候,房屋、家具,还有人,整个德国焕然一新,是从头开始、忘却战争的时代。正因如此，地处城市边缘的难民楼才不受欢迎，它们会让人们回忆起没人想重提的往事。瓦尔卡流亡营的臭名跟随我们来到了这里，我们又成了野蛮人，成了一群会犯罪的流氓无赖。

母亲应该感觉到了双重的陌生。在瓦尔卡营中有无数被强行遣返回国的俄国人、乌克兰人和苏联其他国民，好歹他们还说俄语，但是这里没有一个这样的人。最终我们来到一个东欧式的巴比伦国度，陷入语言的混乱中，只能听懂和自己语言类似的词。除了我们，只有一个俄罗斯人，一个只剩一条腿的男人，可他并没有在此久住。他是那么强烈地想家，连死也不怕。尽管我的母亲苦苦恳求他留下，可是他还是在攒够了车票钱后，拄着拐杖毅然踏上了回俄罗斯的路。他承诺会给我们写信，但是我们再也没有听到过他的消息，他也像泽甘恩科斯夫妇一样，消失得无影无踪。

作为俄罗斯人，我们不单是德国人公认的政治敌人，还是我们所在居住点的局外人。某天晚上，一场针对我们的类似集体迫害的可怕事件酝酿在即。醉汉聚集在我家窗户下面，叫骂诸如"共产党人""布尔什维克""斯大林党人"的词汇——所有语言中这些词是一样的。一块石头夹杂着玻璃碎片飞进我们的房间。

我脑海中有关难民楼的灰色记忆迷雾中，冒出几个印象深刻的人物来。一个叫玛丽安卡的波兰女人，身材高大、因酗酒而浮肿，她接触过的人好像全部从她手中滑走了。她在居住点里明显没有固定住所，而是一阵子住这里，下一阵子又搬到那里，带着她的一堆孩子从一个男人家辗转到下一个男人家。每个男人都会让她肚子又大了起来，揍她，然后把她赶出家门。最后她住在我们的邻居，一个装着一只玻璃眼珠的罗马尼亚人家里。在她死于肠梗阻后，她的一堆孩子和邻居住在一起。邻居不知道该拿这些孩子如何是好，只得留下了他们。多数时间，他都待在外面院子里，一边喝啤酒一边喋喋不休地捍卫他的男性尊严，到处寻找他养活的、无名无姓的孩子们的父亲。

还有我的秘密朋友，来自西伯利亚的法丽达。她被禁止和我一起玩耍，因为我引诱她一起去城里冒险，去河谷草地和采砂场一带闲逛，一直逛到天黑。没有人知晓我们亵渎神灵的罪行：我们俩在河谷草地上出乎意料地打开了一扇并未紧锁的门，门通向一间小礼拜堂。外面烈日当空，而礼拜堂里凉爽，寂静无声，散发出一股腐烂气味。我们打量着礼拜堂里整排的椅子，头戴五角星花冠、身披浅蓝色法衣的圣母和沉重的青铜烛台。我们用手抚摸着精美的白色圣坛台布，把手指伸进圣水盆，盆里的水存放已久，闻上去已经腐坏。我们盯着德国的基督，他的肋骨露在外面，只裹了一块遮羞布，高高悬挂在圣坛之上的木制十字架上。法丽达的父母是穆斯林，她对基督比我还要陌生。我们不知道该对我们的重大发现做些什么，法丽达不知道哪里冒出来的勇气，用手指去摸被长钉钉在十字架上的基督脚上的伤口，伤口还在流血，可是奇怪的是，居然什么也没有发生，德国基督连睫毛也没动一下。我们摇动十字架，他也毫无反应。我们骂他，他也无动于衷。我伸手打了他的胫骨，处于不可触碰的高度的他轻轻颤动了一下。然而，并没有闪电劈在我们头上，我们开始对着德国人沉默的神灵吐唾沫，我们把花从圣坛上的花瓶里拽出来撕扯，把又湿又滑、半腐烂的花茎扔来扔去。我们大肆破坏了很久，直到荆冠从黏土救世主的头上掉落下来，摔碎在石头地面上，我们方才从破坏行动中清醒过来。意识到我们都干了些什么之后，我们飞也似的逃走了。我们穿过田野，跑过成熟的庄稼地，这样要追捕我们的人就看不见我们的踪影了。我们确信，假如有人发现了我们的亵渎行为，肯定会把我们永远关在监狱里。

还有一个阴郁的、沉默寡言的像大力神一般的男人，没人知道他来自哪里。他总是和一个来自吉普赛棚屋的矮小女人经过院子。女人身穿一件男人的夹克，几乎长到脚踝，下面露出黑色裙子的褶皱裙边。我从来没见过两人说话，也许他俩听不懂对方的语言，或者根本无话可说。女人身上的金色首饰发出叮当的响声，油得发亮的头发上带了一朵鲜红的假玫瑰花。她就这么永远淹没在巨大的男式夹克中，走在沉默寡言、目光慑人的大力神旁边，像逃过了毒气室一样愉快。

和难民楼里的许多人一样，一个年轻的捷克人也身染肺结核，一种属于战后穷人中危及生命的疾病。他在不久前刚娶了一个德国女人，但却总在外面院子里拉手风琴，演奏《罗莎蒙德》《蓝色多瑙河》以及我们不熟悉的捷克曲目。我有点爱上他了，因为他的演奏如此美妙，尽管他的眼睛充满了悲伤，曲调中却洋溢着不倦的几乎狂热的轻松愉悦。一天，当他妻子下班回家时，发现他倒在地板上，死了。他脸朝下躺在血泊中，血全是从他被结核腐蚀的肺里咳出来的。

还有德舍米拉的母亲，从开着的窗户里整天都能听见她的悲叹，怪德国小孩们把她的小女儿扔进了雷格尼茨河。院子里死一般的寂静，没有人在外面，只有我坐在家门口的门槛上，仔细听着一声声陌生的痛苦哀叹像波浪一般，时起时伏，有时沉默，有时是一种我完全听不懂的语言，从昏暗的窗户里传出来。德舍米拉曾经住在窗户后面。院子里张贴着所有重要新闻的电线杆上，如今贴了一张单子，上面写了德舍米拉的葬礼何时举行。一起没人预料到的谋杀，却没人为此受到惩罚，德国警察根本不会去追查。

渐渐地，一些德国人也搬进了难民楼。我们不喜欢他们。他们是入侵者，让本来只属于我们的狭小空间变得更小。毫无疑问，他们觉得入住难民楼是一种耻辱。虽然他们也属于这个社会的边缘人，但是身处曾经的强制劳工中间，肯定让他们感觉像被扔进了垃圾堆。

我想起一对德国双胞胎，两个留着板寸的金发年轻人，身穿时髦的细方格花纹夹克，两人是油漆工，每天一起上班，一起回家，从来都是一副讳莫如深的表情。他们的母亲，一位安静的胖夫人，头发一丝不苟地盘着，推着她的残疾丈夫穿过院子。一家四口像隐居一般，从来不和任何人打招呼，也从来没和任何人说过半个字。

难民楼里最粗暴最爱打人的克莱勒先生，和他家人偏偏住在我家楼上。他是一名重度酗酒者，定时暴揍他的妻子和已经成年的女儿安娜丽瑟，他施暴的时候，我们家的天花板仿佛立刻要坍塌下来。母亲和我恐惧万分地蜷缩在一起，听着楼上雷鸣般的轰隆声，隐约的家具被砸声，克莱勒夫人和她女儿的尖叫声……整个院子都听得一清二楚。安娜丽瑟是理发师，她把挣的钱全部藏了起来。据克莱勒夫人后来向我的母亲透露，他殴打她们是为了这笔钱。克莱勒先生翻找女儿藏匿的钱，最后在缝纫机里找到了。很快，美丽又有志气的安娜丽瑟的人生翻了篇。她嫁进了主街上又堂皇又有声望的皮具店家，从最底层一跃进入受人尊敬的富裕中产阶层。在我当时的理解中，她到了最远的星星上面，遇到了最大幸运。她穿着白色婚纱，牵着新郎的手，从我们楼房门前停着的一辆天蓝色欧宝敞篷车里走下来。这成为难民楼里第一次也是最后一次轰动一时的事件。女儿婚礼后不久，克莱勒先生中风了。从此我们头顶上安静了，只是偶然还能听见他沙哑的咒骂和低声的呻吟。

对面楼里住着一个德国女人，她的身躯庞大如同一只猛犸象，没有前门牙。人们在背后议论她，说她为了款待她的情人，偷了商店里的咖啡豆和烧酒。她的丈夫骨瘦如柴，患有肺结核，经常坐在院子里拿着瓶啤酒喝，然后咳嗽，咳出血来，在太阳下晒着瘦弱不堪的身躯。大约十岁的女儿脖子细细的，一头浅褐色的卷发，是她母亲的女仆。人们瞧见她擦楼梯，打扫院子，买东西拖回家，擦窗户。冬天，她还得去煤店买煤，总是只买一点，因为没钱。她瘦弱而又面无血色，可能被她的父亲传染了肺结核。整整一个冬天，她每周拉着一辆排子车从院子里走过，车上装着一堆硬煤和一些煤砖。

我们的房屋主管汉什先生也是德国人，一个不起眼的年长男人，他从早到晚倚着窗户，疑神疑鬼地看守着院子里的草坪，他眼中的绿色德国圣物。只要我们当中有人胆敢把脚伸到草坪上，或者一个球滚进去，或是有人想穿过草坪抄近路，他就大喊大叫，"你这么做要倒霉的"。夏天，家家窗户开着的时候，所有人都能听见汉什先生全天都在大声叫喊和警告，他根本没法让我们这些霍屯督人遵守秩序。

对于我的母亲来说，在难民楼里生活是她新一轮痛苦的开始。她的第一个孩子已经是个灾难，现在她有两个孩子要养活，此外还有我们自己的公寓房，她终于不得不承担起一个家庭妇女的角色。父亲对她的耐心到了尽头，他不再帮她分担任何家务，从此她只得独自做所有事：做饭、打扫、洗衣服、补袜子、熨衣服——一个女人在那个年代和社会里天生该完成的所有工作。

她在瓦尔卡营中还能和一些人交谈，分享她故乡的回忆，最重要的是还有安德烈·萨哈洛维奇，坚定不移地用他虔诚的信仰来对抗她的无望，也许他就像她的父亲。而现在，再也没有任何人。她完全是孤零零的一个，无依无靠，四处碰壁，不仅在她身处的德国环境中，不仅在难民楼中——作为"俄国女人"她不属于这里。还有她的婚姻，这段婚姻变成了她的地狱。

在我被天主教学校无条件拒绝后，我进入了新教国民学校二年级。新教国民学校起初也不愿意收我，因为我信仰的是俄罗斯东正教，但是最后校长出于怜悯特别准许我入校。在营地学校里，我和其他孩子并无两样。而在新学校里，我从第一天起就和别人不一样，被另眼相看。

学校地处城市公园古老斑驳的城墙后面，学校大门上有城市的盾形纹章，上有两条鲑鱼。每天早上，我走进学校如同走进冥府的深渊，二十三个孩子在深渊里等着我。他们和我一样，都是战争结束时出生的，从喝第一口母乳开始就吞下了对俄国人的仇恨，才七八岁已经知道俄国人是劣等人，是全世界最邪恶的人。老师朔尔小姐，一个日耳曼金发女人，铁青色的眼睛，从没放下过手中的藤条，也从不吝啬人人惧怕的打手心，她并不是我的保护神，恰恰相反，她讲述俄国人的残暴、对杀人的贪婪和兽性，这直接促使了我的同学们大肆攻击我。我是所有孩子的出气筒，用来释放他们积攒的攻击冲动。这些孩子的家里，国家社会主义的阴魂不散，他们如此被教育，并在战后密不透气的沉默中忍受窒息般的气氛。通过对我的暴力袭击，他们获得一丝短暂的喘息。

比起每天课间休息的暴力攻击和放学后的追逐驱赶，更让我害怕的是嘲讽，我的德国同学靠冷嘲热讽毫不费力地掌握了最有效的武器。朔尔小姐从来不叫我的名字，而只称呼我的姓，可她并不会正确发音，我的姓应该是沃丁，可她说的是多温，然后我的同学就叫我"傻子"[①]。"傻子"是我在学校里的绰号。他们嘲笑我的一切,嘲笑我的脚、我的头发、我的鼻子还有我穿的衣服。有一次我因为害怕,在黑板前尿失禁,自此他们就叫我"撒尿人",还叫我"臭人"。"傻子没穿内裤,傻子从不洗澡,傻子臭烘烘,俄国人在马桶里洗土豆。"每当教室里少了东西,一块橡皮或者一个卷笔刀,嫌疑立刻会落在我头上。德语有句谚语,撒谎者会偷窃。我总是撒谎,理所当然也是个贼。只不过才提到"偷"这个词,血液就已经冲上我的头顶,坐在长凳上的我满脸通红,这简直显而易见地证明对我的怀疑确凿无疑,尽管我从来没有侵占过德国人的财产。

就算我偷,也只是从我母亲的钱包里偷钱,为了能在上学的路上买个美式甜饼,或者至少能在面包房买个小圆面包,可以作为德式课间餐的替代品。别的孩子全都带课间餐到学校,可我的母亲却准备不了——因为她没法笔直地切面包片,因为我们没有放在面包上的食物,也没有包裹面包的食品用纸,加上她觉得自己虚弱多病,以至于每天早晨我必须去学校时,她根本没办法从床上起来。最严重的看来是思乡造成的永无休止的神秘疾病,这让她越来越虚弱。她几乎每天都要提到她早逝的父亲,提到她的哥哥,她是那么爱他,当然还有她母亲,她不知道母亲是否还活着。她一边说一边哭,越来越像个泪人儿,我不明白,她到底失去了什么,能给她带来如此长久的、无底

[①]德语中"傻子"发音为多芬因,接近多温。——译者注

洞般的痛苦。有时，她坐在厨房餐桌边，用一支铅笔勾勒一些人的面孔，其实永远是同样的面孔。我想，她给我讲过的玻璃城里的居民就是长着这样的面孔，冰冷的双眼凝望着一片虚无。她把这些画放进我们厨房餐桌的抽屉里，几乎每天又多出几张。

唯一能短暂地把她从痛苦中解脱出来的只有一件事，唱歌。唱歌是我们的魔法，可以驱散妖魔鬼怪。我们的保留剧目不仅有俄罗斯和乌克兰歌曲，还有我在学校学的而我的父母也喜爱的德国歌曲，如《到处是寂静的夜》《如果我是一只小鸟》《在那里的雪山中》，等等。通常是母亲用她清亮的女高音开头，接着是我，然后是父亲。父亲其实是男高音，但因为他不像母亲能跟唱德语歌词，所以他用没有歌词的低音转调给我们伴奏。他的伴奏好似低沉的钟声，为我们的德语歌曲增添了一丝俄罗斯情调。夏天，常有邻居聚在我们家敞开的窗户下倾听我们唱歌，还鼓掌喝彩。我们的私人演唱会带来了双方短暂的和解。每当我们全家一同歌唱时，我们三人也重归于好，感受到家庭的归属感。

放学后，如果我没有一直被追赶到难民楼，或者我的同学们没兴趣再嘲弄我，让我能有一丝平静时，我会绕道经过公墓。先穿过城市公园，经过浓密的垂柳，它们的叶子垂挂在深色布满淤泥的池塘上，再经过公园。公园里，德国人坐在彩色的遮阳伞下吃着冰淇淋。我的目的地是遗体停放室，室内能看见存放在敞开的棺木中的死者，这些神秘的死人吸引着我。我仔细观察死去的德国人的面庞，玻璃柜后面的他们，脸上露出庄严肃穆的平静,身体两侧放着深色的柏树枝和白色的蜡烛。我细细研究他们闭着的双眼、嘴巴、头发,还有白色棺木盖子上交叠的双手。有一次,我观察到一只苍蝇在一个老妇人又小又干瘪的脸上散步,它从她的一个鼻孔进去,随即又从她张开的黑漆漆的嘴巴里飞了出来。我被一个念头纠缠着,死人不是真的死了,而是还能听见和感知,他们将会被活埋,没有人注意到他们其实活着。我总是等着,他们其中一个睫毛会抖动,或者嘴角抽动,就像我的母亲每次晕倒时都会躺在地上像死去一样。从父亲那里我才得知,她不仅继承了一位亲属的精神病,还继承了一颗过于小而且虚弱的心脏。她的心脏突然攥住她,她就会倒地。我早已熟悉这个游戏,可是我永远不知道,这一次是不是真的。我试着叫醒母亲。我掐她,拿东西砸她,拽她的头发,我越来越恐慌,因为她一动也不动,我大喊大叫,一直打她,直到她的嘴角浮出了一丝浅笑,轻巧地站起身,还因为我对她不停地动手动脚而惩罚我。我不清楚,我心里到底哪种愿望更强烈,是希望她真的死去,还是害怕有一天她真的无法苏醒过来,或者她真的像成天恐吓我的那样,去投河自杀。每天晚上,我都不敢睡觉,因为我担心醒来以后她就不在了。我在她的脚上系了一条绳子,把绳子的另一端拿到了我床上,紧紧地攥在手中,心惊胆战,既担心她出事,同时又害怕她离开。

她有一次问我,是更愿意留在父亲身边,还是愿意和她一起投河,带上我幼小的妹妹。"不疼的。"她对我说,由于我无论如何也不愿意留在父亲身边,而且又不疼,我立刻同意一起投河。我甚至觉得,她愿意带上我简直是对我的嘉奖。

母亲、妹妹和我去投河也许是以后的事。河水先找上了我们。连日的倾盆大雨后,一向平静的雷格尼茨河涨成了湍急的褐色洪流,吞没了树木和碎石。河水还在上涨,很快,我们的院子进了水,起初只是一些水洼,孩子们还觉得有趣,光着脚在水洼里蹦跳取乐。水洼很快变成了连成一片的水塘,漫到我们的房门前,起先平静无波,渐渐地开始波浪起伏。我整夜地醒着,不敢睡觉。可能我们已经在水中了,也许水已经漫到了窗前,下一刻就会冲进房间把我们全部淹没。幸好这次的水只是恐吓。院子里的水又飘荡了几天以后,慢慢退了下去,以一种神秘莫测的方式退走了,正如它神秘的到来一般。雷格尼茨河又重新变回了那条田园般宁静安逸的小河,如同往常一样,泛着蓝色的波光,穿过我们楼房后面的乡间。只是田野和草坪全被水冲毁了,还有我们在岸边的小菜园,小菜园里的黄瓜、西红柿和南瓜供给了我们整个夏天。

然后那一天到了。那天,我的父母坐在收音机前,仔细聆听掺杂着许多杂音的俄语广播,新闻间隙还播放了巴赫的曲子。斯大林濒临死亡了。我母亲从来没有像害怕斯大林一样怕过谁,也没有像憎恨他一样恨过谁。一个个头矮小、胳膊僵硬的格鲁吉亚人,鞋匠和农奴的儿子,原本姓朱加什维利,自己改名为斯大林,意为"钢铁般的"。母亲除了把他称为怪物外,没有其他多余的话。可是现在,他快要死了,这竟让我的母亲感到一丝难过。她倾听着巴赫的曲子,抹去了眼角的一滴眼泪。"可是他是个坏人啊。"我惊讶地提出反对意见。"是的，他曾经是坏人，"我母亲说道，"但是我们不知道，他现在正在经历什么。他首先要面对上帝的审判。"在我的记忆中，这是我最后一次从她口中听到她相信公正的上帝存在的话。

斯大林死后，一些闻所未闻的事情发生了，这些事可以改变一切。我们现在能回乌克兰了吗？这个世界将会再次从头开始吗？乌克兰又变回一个自由的国度了？我不知道，我的父母是否想到了这些问题，如果是，那么他们应当立刻认识到，斯大林的死并未给他们的生活带来任何改变。即便是在所谓的解冻时期，苏联依旧是一个对外封闭的集权国家，我的父母仍旧会被视为国家公敌、叛国者和通敌者。尽管如此，德国官方机构每次传唤我父母时都要求他们尽快返乡，至于他们回到苏联将发生什么，官方机构不感兴趣。母亲总是哭着从这些机构回来，看上去像被责骂过一样。

移居美国的希望不久后也破灭了。我们已经多次提交了签证申请，而现在，父亲在例行体检后接到通知，他患有肺结核。众所周知，美国只欢迎身体健康的人，父亲患有肺结核的诊断成为最终的、不可逆转的拒签理由。而且，这一诊断是父亲的死亡威胁，也是我们所有人的威胁，因为我们全都有可能被传染，只是还不知道而已。骤然间，除了偶然得过几次疟疾之外还从未患过病的父亲，成了我们中间身体最弱的人，比整天病歪歪的母亲离死亡更近。

我们一家四口必须去德国健康局。我们拍了X光片，抽了血,因为必须检查我们是否被感染。几天之后,门铃响了。让我们大吃一惊的是,门外站着一位健康局的医生,他没有穿白大褂,而是一身灰色西装打着领带。他屈尊亲自来难民楼找我们,告诉我的母亲,不用担心,我们所有人是健康的,美国医生只是误诊,父亲的肺上不过是一个老早的钙化斑点,可能来自他早年间的一次肺炎。母亲请他进屋,并请他喝添加果酱的茶,果酱是她用河边我们自己小园子里采摘的覆盆子熬制的。这位年轻英俊的医生甚至喝了第二杯,并和我母亲亲切交谈,我从来没有听过一个德国人这样说话。后来,母亲说,是上帝派了这位医生来找她。她确信,父亲的肺结核并不是误诊,而是美国人无耻的谎言,他们毫不掩饰地拿这么可怕的疾病当借口,目的是永远赶走我们这样的穷人。

但是这次惊吓改变了我的父母,他们放弃了移居国外的尝试,而失业的父亲想到的创业点子在酝酿成熟。他打算建一个养鸡场,至少买一百只母鸡和一些公鸡,产下的鸡蛋供应德国店铺,屠宰的鸡拿来供应火车站周边的大酒店。通过母亲的帮助——母亲在父亲和德国人之间一直充当翻译,父亲在主街上的城市储蓄银行提交了一份贷款申请。母亲不相信我们能从德国人手中拿到贷款,可是在我的父母于银行和德国机构之间奔波往返了几周后,贷款批了下来。数额是令人难以置信,听着发晕的天文数字:一千马克。

市里允许父亲只需缴纳少量的租赁费就能得到雷格尼茨河边的一块休耕地,在此建养鸡场。一个上了年纪、有胃病的阿塞拜疆人帮助父亲一起搭建。他的报酬是在养鸡场的鸡舍边建一个可居住的棚屋，作为他的第二住所。他自己的家在难民楼，和女儿、女婿以及四个孙辈一起挤在和我们一样狭小的两居室里。

从此，父亲整天不在家，可是我们生活在更大的恐惧和惊吓中，害怕他晚上回家的那一刻。每天晚上，我们从窗户看见他多半喝得酩酊大醉，骑着自行车从工地回来。现在，他在外工作，而我们才真正开始履行女性义务。

每天，母亲和我不得不和家里的脏乱无序进行无望的斗争。父亲把我们家称作猪圈。我们没人真的去过德国人家里，但是父亲总是拿母亲和德国女人比，他说，德国女人把家里收拾得干净整洁，整洁到可以把东西放在地上吃，也不知道他从哪儿听来的。这在我们家里是无论如何也不可能的，无论我们多么频繁地用鸡毛掸子掸灰，擦地，脚下总有沙子嚓嚓作响。我们没法把脏东西归到该去的地方，尽管我们尽了一切努力，我们的抹布，还有用来擦地的水总是不干净。也许我们房间里陈旧的、一半报废的家具以一种极快的速度在分解，我们怎么打扫也跟不上不断产生的灰尘，也可能这些家具本身就脏，我们要不断擦拭。除了脏，就是乱，我们真是毫无办法。我们家里总是要翻东找西，尽管我们永远都在收拾，可东西就是没有个固定位置。我们不知道有什么方法可以改变杂乱无章。

还有，母亲做的饭菜不合父亲的口味。有一次，父亲竟然在他的罗宋汤里吃到了一张十马克的纸钞，不知道这张钞票是通过哪种匪夷所思的途径到了锅里,又是如何正好落到了父亲的盘中。母亲的脸色煞白,我也是。父亲盯着母亲,好像他马上就要打死她一般。然后,他把盘子一下扫到了地上。霍乱,寄生虫,贱货。他大吼着,母亲颤抖着把地上的碎片一片片捡起来。他踹了她一脚,她倒在地上,脸栽在地上的那摊汤汁中,碎片划伤了她的颧骨,鲜红的血滴进了红色的罗宋汤里。

我隐约回忆起另一件有关父亲的危险事件。我们母女三人,母亲、妹妹和我,为了躲避危险,蜷缩在卧室的床上。突然,门被猛地打开,灯光照进了黑暗的房间。父亲摇摇晃晃地站在门口,显然又是烂醉,他扶着门框,口齿不清地说着母亲的"白嫩的小手",她的"蓝色血液"还有"天生的精神疾病"。母亲双臂紧紧地搂着我们姐妹俩,对着父亲大喊:"不要打孩子,请不要打孩子!要打就打我,放过孩子!"如果她在乌克兰,她可以抛下父亲逃走,和他离婚,但是在德国,她没有别的选择,只能任由父亲摆布。

我幼小的妹妹永远是那个温柔、安静、内向的孩子,正如她出生后那样。她继承了母亲的黑发,苍白的肤色和蓝色的好似蒙了一层薄雾的眼睛。我和妹妹无话可说,因为我总得照顾她,我不知道该和她说点什么才好。有一次我为了能自己清静清静,把她绑在桌腿上。她毫无怨言地承受着,就像她承受着其他所有事情一样。每当我们能有一点稀罕的好吃的,比如一些樱桃,我多半能享受到双份,我立刻把我那份狼吞虎咽地吃下肚,而我妹妹却长时间只看不吃。她把樱桃一颗颗地放在手中，聚精会神地从各个角度观察每一颗樱桃，然后用它们在桌上拼出一个神秘图案，时不时用一颗换掉另一颗，好像她在独自摊摆纸牌。她把享受美食这件事一推再推。她应该早就知道，一切会以什么样的方式结束，因为每次的结果都如出一辙。我不需要从她手里拿走任何东西，我只需请求她给我，甚至，我其实并不需要求她。她很自然而然地给我第一颗，第二颗，第三颗，她给我每一颗樱桃时都带着仁慈的微笑，直到最后一颗，她才迟疑了一下。她也想至少吃一颗，只吃一颗就够了，可是她没法保护自己的财产，她办不到。她了解我对吃的渴望，只能把最后一颗樱桃也给了我，优雅极了。

我体内经常性的饥饿感和缺乏感，妹妹看来并不了解。最让我倍感煎熬的是对其他孩子的羡慕，我不仅羡慕德国孩子，而且还羡慕难民楼里的孩子。我也好想有一个会煎土豆和烤蛋糕的母亲，她能为我们的窗户缝制窗帘，不会因为觉得捡起零钱很丢人就不拿店铺放在桌上的找零。在学校里，我总是被嘲笑，因为我的长袜上有洞，因为我在手工课上只得到五分。"这样可不能算一个真正的女孩，"老师朔尔小姐说道，"就你这样，其他科目也不会好。"我又多了一个新的污点：我不是德国人，我撒谎，还偷东西。然后现在我才知道，我也不是一个合格的女孩。德国孩子的母亲会用缝纫机，会织毛衣，而我母亲连一个纽扣都不会缝，对于手工活她更是一窍不通。她没法给我演示如何绣十字绣，如何从左边针脚开始编织，如何使用编织钩针。显而易见，我继承了她的"白嫩小手"，我的针脚总是从钩针上滑下来，然后我不得不从头开始。其他人已经可以织袜子了，而我还一直在织锅垫。

夏初，父亲建好了他的养鸡场。养鸡场位于雷格尼茨河边的偏远休耕地上，一百只白色来亨鸡在草坪上散步，还有一些白色的、鸡冠鲜红肥大的公鸡。木头鸡舍像极了瓦尔卡流亡营的棚屋。鸡舍有两扇活动板门，母鸡们可以通过狭窄的鸡舍梯子到户外去。阿塞拜疆人的简易房只是鸡舍分割出去的一部分，房里放着一张他自己做的床，还有一扇小窗。父亲还建了一个菜园，他给我看如何在一个小南瓜上刻上他的名字，然后整个夏天可以观察南瓜表面的字母随着南瓜一起变大。一只叫艾达的德国牧羊犬，拴着狗链趴在狗窝前，舔我光着的脚。

母亲经常带着我和妹妹一起去农场，因为我们必须帮父亲劳作。遥远的路途中，母亲用一个装了拉手和轮子的木板拉着妹妹，因为她还太小，没法走那么远的路。我们沿着雷格尼茨河一直走啊走，天气炎热，我们又累又渴，但是路好像没有尽头。有一次，当我们终于走到农场时，母亲停在大门前，呆呆地望着父亲为妹妹和我搭造的木头秋千出神。"秋千上挂着一具骷髅。"她毫无感情地说出这句。我什么也没看见，可是母亲一动不动地站在原地，脸色煞白，像被秋千的木板和支架催眠了一样，直愣愣地盯着秋千在空中前后摇晃。

这段时间，她的话变少了。她变得越来越古怪，越来越魂不守舍，越来越频繁地告诉我们她要去投河。与此同时，她又显得毫无压力，轻松愉快，我之前从来没见过她这般模样。

她突然开始梳理她乌黑的长发，并且尝试新发型，她时常站在镜子前，长时间端详自己，而后惊叹，就好像她忘记了自己长什么样，或者第一次看见镜中的自己一样。父亲在养鸡场工作时，她就期待德国健康局医生到我们家来。自从他第一次来我家后，经常白天来造访。她会穿上有花饰带有褶皱下摆的黑色连衣裙，在裙子上牢牢别上那枚纽伦堡工厂主送给她的蝶螈胸针。她突然开始和妹妹还有我打趣，又重新唱起了《蓝手绢之歌》，曼妙的歌声飘荡在河边的风中。有时候，她还哼唱起小调《在满洲的山上》，一首古老的俄罗斯华尔兹曲调，想必她的母亲也曾经哼唱过，还一边唱一边随着节拍转圈，又猛地停下，惊讶地看着自己的双脚，仿佛不能理解自己刚才做了什么，又仿佛她必须检查这双脚是否真的属于自己。

那位年轻的健康局医生名叫威尔弗里德，身材高大得如果我想看见他的脸，我得像仰望一座教堂塔楼一样抬起头来。他的一切都是那么明亮，他的头发、他的西装还有眼镜后的双眼。他每次来我家时都带东西给我母亲，橙子和巧克力、一瓶深色小瓶子装的法国香水，有时是一个挂钟，此后那个挂钟就一直挂在厨房收音机上方嘀嗒作响。他坐在一把我们从慈善捐赠得来的椅子上，仔细倾听母亲讲述她的人生。也许他是第一个向我母亲提问的德国人，又或许其实是长久以来第一个对母亲的人生经历感到好奇的人。对妹妹和我来说，也从来没有一个德国人如此和蔼可亲。他亲切地称妹妹和我为"白雪公主"和"红玫瑰"，他和我们开玩笑，把幼小的妹妹放在他膝头，和她玩骑马游戏,妹妹开心得不得了,她喜欢这个一上一下的游戏。记不清楚哪天了,母亲让妹妹和我去外面院子里玩,天气不好的话可以去别的房间。在其他房间里,我透过门听见了窃窃私语的德语,时而低语时而大声,全是些我听不懂的话,能听懂的只有母亲惊恐而抗拒的"不,不要"的声音。然后又是轻声低语和唉声叹气。

不知何时,威尔弗里德不再来我家了。母亲对此未置一词,她再次像只蜡烛般渐渐熄灭。她像冻结了一样。她的身体萎缩了。她再也不去照镜子,再也不唱歌,并且再也不开口说话。

在此期间,事情变得明朗,父亲的生意远不如他设想的那般顺遂。城里没有一家店铺愿意购买他的养鸡场产出的鸡蛋,所有商铺早已有固定的供应商。显然,他没有考虑到潜在的问题,完全忽略了他的鸡蛋对于德国商铺店主来说太贵了。他原本打算靠新鲜的鸡蛋来卖个好价钱,可我们的鸡蛋的确过于昂贵,以至于堆在我们家的地下室里,几个星期都无人问津。绝大多数鸡蛋我们自己吃了,还分给阿塞拜疆人和他的多口之家。偶尔也有难民楼里的一两个邻居来敲我们家的门,成为我们的顾客,但是顾客人数少得可怜。就算在我们这儿,大多数人也宁愿去德国店铺也不愿意从我们手里买。

至少火车站旁边的大酒店还买了一些父亲拿过去的鸡,正如他希望的那样。不过,这些生意的前奏是一种可怕的演出。父亲追赶母鸡,母鸡四散逃开,它们好像已经知晓父亲的意图。当他终于抓住一只鸡后,一斧子砍下了鸡头。即使这样,他还得牢牢抓住鸡的身体，因为鸡还在试图顽强抵抗并发疯般扑棱着翅膀。有一次，真的有只鸡成功逃脱，没有头还能扑扑振翅，还飞了一小段，鸡血在空中喷溅，直到跌落在草丛中，一动不动，距离被砍下的鸡头足有百米远。

每周末放学后，我都得去兜售鸡蛋。我按响德国人家的门铃，然后说："养鸡场新鲜鸡蛋。"楼梯间里格外凉爽，死一般的寂静，而且真的干净到可以把东西放在地上吃。从打开的门望去，我第一次瞥见德国人家里面的样子，地毯、灯罩、橡皮树和其他东西，全是我们家里没有的。德国女人烫着卷发，系着围裙，穿着家居鞋，这些我同样也没见过，这一定都属于德国人保持干净整洁的秘诀。不过，大多数人并不想买我们的鸡蛋。"哪家养鸡场？"她们问道。"到底是哪里的养鸡场？哦，原来你是难民楼来的啊……你的鸡蛋卖的也太贵了，维曼家的每个要便宜三芬尼。"我为出自难民楼的昂贵鸡蛋羞愧不已，我真宁愿把鸡蛋送给德国女人们，还衷心感谢她们愿意接受。

可是，我自己的所作所为也增添了我的羞愧，因为我把父亲定下的鸡蛋价格擅自提高了一到两芬尼。某个周六下午，我提着沉重的篮子慢腾腾地挨家挨户走过，虽然疲惫不堪，但是我卖出了三十个鸡蛋，我净挣了三十，甚至六十芬尼。我可以用这笔钱在面包店买一个巧克力手榴弹面包，剩下的钱存起来买一个笔盒，一个真正的德国笔盒，全班同学都有，除了我。有一次我挣的钱多到足够我去看下午场的《兰巴雷内之夜》——阿尔贝特·施韦泽在原始森林建立医院的故事。这是我有生以来看的第一部电影,好几天后我还恍惚得像做梦。

即使没有我的蒙骗伎俩,才九岁的我也明白,父亲的养鸡场完全失败了。我们没有足够的食物可以吃,晚上经常要饿着肚子睡觉。母亲暂时找到了解救的法子,开始在家做活。这项工作她倒是做得很好。每周会有一大包原材料送到我家,然后,母亲和我坐在厨房桌边,制作并粘贴假花。先把小的浅色玫瑰贴上一片绿色叶子,放在有洞的木板上晾干,然后放在花秆上,每十二支扎成一束。除了粘贴花,我们几乎什么也不做,连上学也变成了次要的,我也几乎不再跑到外面和其他孩子一起去属于我们的沙砾堆和河谷草地游荡玩耍。我只坐在厨房桌边,不停地粘贴,尽管手指和眼睛因为胶水而刺痛,依旧没有停下手里的活儿。我和母亲比赛,我俩都越来越快,可是,就算我们贴得再多,挣的也不足以糊口。

再这样下去难以维持生计。父亲决定,再次靠他的歌喉去试试运气。他加入了一个哥萨克合唱团,该团全年在欧洲各个音乐厅和教堂巡回演出。父亲把母鸡数量大幅减少的养鸡场交给了阿塞拜疆人,收拾出了一个巨大的厚纸板行李箱,箱子是靠母亲从慈善机构弄来的,然后上路去了位于杜塞尔多夫的合唱团管理部门。巡回演出的大巴车在那里启程。我不知道合唱团成员是否真的是哥萨克人,或者只是特地起了这个名字,因为哥萨克在德国人心目中显得格外浪漫。不管怎样,合唱团成员有伊万·雷博洛夫,他后来因音域被称为俄罗斯灵魂的化身而出名,可是他其实和俄国没有任何关系。他是德国人,既不叫伊万也不姓雷博洛夫,本名叫汉斯·李波特。

我们难以想象父亲现在的日子。几乎每天去一个新的城市,晚上睡在酒店,吃在饭店。他寄钱给我们,还寄彩色明信片:白雪覆盖的阿尔卑斯山,山谷中有小房子,广阔的荷兰郁金香花田,埃菲尔铁塔,一位西班牙弗拉明戈女舞者,手中拿着响板。妹妹用这些明信片在我们很久没打扫过的地板上玩她的神秘纸牌游戏。母亲从来不看明信片,父亲寄来的钱,她也漫不经心地放在桌上,妹妹和我可以随心所欲拿去。我们买了一大堆法兰克香肠、樱桃味道的棒棒糖,还有冰淇淋小蛋糕,把肚子塞得满满的,简直要吐出来。以前,每当街上路灯亮起的时候,我必须在家,而现在母亲不关心我在不在家。我几乎不再去学校,而是在外面闲逛到天黑。母亲偶尔去养鸡场拿鸡蛋回来,但是她这么做也只是为了做做样子。我不再拿去兜售的鸡蛋,就堆在我们的地下室,任其腐坏。当有难民楼里的顾客按响我家的门铃时,母亲也不去开门,她不再给任何人开门,就像根本没听见门铃一般。一位邻居察觉到了我家的异样,给我们带来了蛋糕。可是母亲不允许我们吃蛋糕,她说蛋糕有毒,然后把它扔进了垃圾桶。

我们不再打扫房间,只是有时我还在水龙头下冲洗一些碟子,或者把垃圾扔到地下室的大垃圾桶里。屋里的一切肮脏不堪。妹妹和我不再有干净的内衣可换。已经秋天了,晚上家里变冷,可是我们没有取暖,因为我们没有木头和煤。

当妹妹和我临睡前习惯性地跪下默念晚祷告时,我们的母亲开口说道："上帝不存在。"随即禁止我们祷告。第二天，她却在胸口画十字，开始哭泣，并且命令我们继续做祷告。她时常看见我看不见的东西：白衣修女从窗外走过，院子里的梨树在燃烧。还有一次，她看见厨房里有条蛇逼近，她吓得直向后退，背紧贴着墙大声尖叫。多数时间里，她只是坐在厨房的椅子上呆呆出神。不管我们怎么晃她、掐她、拽她的头发，都无济于事。她承受着一切，毫无半点反应。"妈妈，我们什么时候去投河？"有一次我问她。她这才开口说话："很快就去。"

有一天，她的双眼突然恢复了生气。她从椅子上跳起来，抓起我的跳绳，开始勒我的脖子。她坚信我是撒旦之子，是她在这世界上生下的坏人。她必须杀死我，因为是上帝命令她这么做的。还有一次，为了躲避她，我藏在床下，她把我拖出来，拿了把刀架在我的脖子上。我没命地号叫，她才放开了我。

在此之后，我尝试杀死她。我悄悄把针放在床上，希望在她睡觉时针扎进身体，顺着血液流到她的心脏。她自己曾和我说过可以用针来玩这样的把戏。我整夜屏住呼吸，可是第二天早晨，她还是像往常一样起来了，似乎完全没有发现床上的针。

我知道，我们家不久将会发生一些可怕的事情，但是只有我一个人知晓。我没法告诉任何人，也无法拉响任何警报。我无计可施。从头到尾，我寄希望于有人能够察觉我家的异样，可是没有任何人察觉任何事。父亲现在在哪儿，我一无所知，我也从来没有动过打电话向他求助的念头。

母亲有位俄罗斯女友名叫玛利亚·尼科拉耶芙娃。她不住在难民楼中，而是和她的德国丈夫住在位于维因噶尔特小道的房子里。在她家，在一间铺着地毯、墙上挂着油画的房间里，我曾经听过母亲弹奏钢琴。那曲调是那么的美妙和忧伤，我以前从来没有听过这样的钢琴曲。回家路上，母亲紧紧地牵着我的手，告诉我她弹奏的是弗里德里克·肖邦的《雨滴前奏曲》，这位波兰作曲家在贫穷中英年早逝。我真想跑到玛利亚·尼科拉耶芙娃家，请求她的帮助，然而，我知道我不能这么做。很长一段时间里，母亲和她定期互相拜访，但是后来，她丈夫禁止并中断了这种互访。他得注意他律师事务所的名声，他不愿意他的妻子与难民楼的人有来往。

我母亲又开始称我为撒旦之子了，她拼命摇晃我，我几乎失去意识，我挣脱开去，冲进卧室并把门反锁。然后我拿起剪刀，怒火中烧地把母亲衣柜里的所有衣服，一件接一件地剪坏。我一直破坏到除了母亲身上穿的，没有一件衣服幸免。当我意识到自己闯下了多大的祸时，我宁愿立刻跳窗逃走，但是外面天已经黑了，还下着雨。不知过了多久，我除了把门打开，别无他法。我攥着剪刀傻站在门口，等着母亲进来。当她终于迈进卧室，看见地上一堆被剪坏的衣服时，她愣住了，但是她脸上立刻浮现了一丝游离出神的微笑。"你做得很好，我的女儿。"她一边说一边温柔地用手抚摸着我的头，"你做得非常好。"

从这一刻起，她完全不再开口说话。我请求她、乞求她，我用力摇她，但是她始终一言不发。她又开始目光游离地呆坐，她在另一个神游世界中到底看见了什么，从她的目光中没有透露出分毫。

十月十日那天终于到来了。这一天我去上学，学校里没人在乎我经常旷课，即使是新来的老师也明显没有把我算成她的学生。我回到家，又开始习惯性地喋喋不休，我说话就像瀑布一样倾泻，没句号也没逗号。我拼命地说，告诉我的母亲，我们班第二天有学校郊游，去瓦尔贝尔拉。然后，母亲突然开口了："明天你不要一起去。"接着再次一言不发。我向她解释，明天我必须参加郊游，这是学校的要求。我大哭大叫，用脚猛跺地。"我必须一起去，"我大声嚷嚷，"所有人都去的。"可是她对我的话充耳不闻。

我愤怒地冲出家，重重地关上了身后的门。永远都是如此。我永远被禁止做所有事情，这些事情对于德国孩子来说，不仅是理所当然，而且甚至是必须做的。永远只有一句：我们不是德国人。而我不可能知道，这次母亲的话不是禁令，而是一个预言。明天你不要一起去——这是我从她口中听到的最后一句话。

我那天很晚才回家，比平时还要晚。当我把钥匙插进家门的钥匙孔时，已经是晚上九点了。可是门打不开。我使劲推门，门稍稍往后开了一点，然后我突然听见年幼的妹妹悲恸的叫喊声。她给自己设置了重重障碍，把我们家所有的椅子全部靠在一起并且摞在门口，搭建了她的堡垒。我再次大力地撞门，伴随着一声巨响，椅子们掉落在地。我冲向走廊，一眼看出来，妹妹生病了。她的眼睛烧得发红，她的手臂上、脸上布满了红点。

以前我得麻疹时也是这般模样。

母亲不在家。第一次这么晚了她还不在家。如果她出门，也只是去养鸡场拿鸡蛋，即使那样她也早就应该回来了。这个点，雷格尼茨河边黑得伸手不见五指。妹妹想不起来母亲是什么时候离开家的。她发着烧，完全糊涂了。我们坐在厨房桌边等着。死一般的寂静，只听见收音机上方健康局医生送给母亲的挂钟在嘀嗒作响。我的眼睛眨也不眨地盯着指针每分钟往前跳动一次。挂钟下悬挂的日历上，今天的日期下面被画叉做了标记。

也不知几点了，我走进卧室，拿被子给妹妹盖，她在打寒战。我立刻发现了房间里的变化。房间墙上一直挂着母亲个人照的放大照片，相片中她带着乌克兰头巾，展示着惊人的美貌。而现在，墙上的照片被拿了下来，放在床上，照片被从中间撕成两半。

我跑去找法丽达的父母，告诉他们我的母亲失踪了。法丽达的父亲按铃把德国房管从床上叫了起来，他家里有电话，打给了警察。法丽达的母亲把高烧的妹妹从家里接了出来，安置在她家中。而我，给开汽车前来的两名警察指通往养鸡场的路。这是我第一次坐汽车，对我来说是破天荒的。清冷的夜里，我们沿着雷格尼茨河岸边行驶，河水在月光下闪闪发光。

阿塞拜疆人睡眼惺忪地从他的棚屋里走出来，看到警察吓了一大跳。他否认见过母亲，说她今天并没来过养鸡场，最近她不经常来养鸡场。拴在链子上的艾达在哀鸣，它琥珀色的眼睛是在一片漆黑中唯一能看见的东西。蠢笨的公鸡在夜里还在打鸣。

"母亲在雷格尼茨河里。"我对警察说道。他俩交换了一下眼神,然后对我说:"哎,瞎说的。"但是回程的路上,他们用携带的聚光灯照向河里,以极慢的速度沿着河岸往前开。我害怕极了,害怕在聚光灯光柱中陡然看见母亲躺在岸边的尸体。然而,眼前只有黑色的河水。

那天后半夜,我也睡在法丽达家里。第二天,玛利亚·尼科拉耶芙娃接走了我,把我带到维因噶尔特小道的她家里,母亲曾经弹奏钢琴的地方。我害怕她的德国丈夫,他肯定会对我的到来很生气,但是他只是透过眼镜,用意味深长而悲伤的目光注视着我。

接下来的两天中,玛利亚·尼科拉耶芙娃总是想和我说些什么,可是欲言又止,她摇了摇头,开始哭泣。"我做不到,"她啜泣着,"我做不到。你的母亲只是离开了,去熟人那儿了,她很快会回来的。"我很惊诧。母亲会去找谁了呢?她谁也不认识啊。如果去熟人家的话,她肯定会穿上她那双漂亮鞋的,可鞋还放在家里走廊上。

维因噶尔特小道到墓地的路很远,但我是一个有经验的飞毛腿。我飞奔着,一次也没有停下过,从城市的一端跑到另一端,直到我气喘吁吁地站在停尸房前。我的母亲,她在里面。我从来没想过在这扇玻璃后看见她。虽然我很早以前就已经知道,总有一天我会站在这里端详她,总有一天她经常和我们玩的邪

301

恶游戏会成为现实。现在，再去摇晃她，掐她，都没有任何意义。现在，我再也不能逗她发笑，我做不了任何事来对抗她的死亡。长久以来，我的想象纠缠着我，玻璃后的死人是假死，尽管他们能够听到和感知一切，但他们没办法使人察觉。然而，我的母亲再也感知不到任何事，这点我很清楚。现在，她是真的死了。

我想，她该有多高兴，再也感觉不到生活给她带来的苦痛，这些苦痛折磨了她那么久。或者，她在最后一刻还是回头游向岸边，如果她会游泳的话？她在最后一刻不是自愿死去的？不知出于何种原因，最让我感到害怕的是十月冰冷的河水。我琢磨着，也许她不是溺水身亡的，而是在她走入冰冷彻骨的河水后，还未溺水前，她又小又虚弱的心脏就已经停止跳动，裂成了碎片。

黑色的头发散落在白色的棺枕上，她看上去变得陌生起来，像德国童话书里的白雪公主。她右边面颊上，眼睛下方，有一块瘀青。她在水中撞到了什么？她的双手被交叉摆放在棺盖上，和旁边两个今天被送来的死者一样。但是她的手中没有摆放十字架。她的棺木前也没有安放花环和花束。她躺在那里，没有任何装饰，只是一个人静静地躺着，和旁边的两个死者相比，像完全躺在另一个地方。

后来我才得知，在河岸边，距离她毫无生气的躯体不过百米的地方，找到了她的灰色大衣，这是她从乌克兰带出来的最后一件衣服，袖口的丝绒早已磨损。她把大衣脱了下来，整齐地叠好，放在草地上。也许她在很久之前就已经选好了此处，可能就是她在日历十月十日下方打叉的那天。这些全部是她留下的符号：日历上的叉号标记，撕开的照片和岸边的大衣。她为什么把大衣脱了下来？难道她不知道大衣的重量可以帮助她下沉吗？

  她死的时候，城里公园般的旧墓园中已经没有空余墓地可用了，而新墓园恰好才刚刚开始建。时至今日，新墓园外观好似一片私人住宅区，前面有漂亮的花园。花园曾经是一块建筑工地，很长一段时间里，刻着俄语铭文的墓碑就立在一片被挖掘机和推土机犁过的荒漠中。后来，墓碑也不在了。除了几张年代久远的黑白照片、一张左右颠倒的结婚证复印件和一个她从乌克兰带出来的圣像——可能是家族财产中的一件，意外在没收充公中幸免——没有任何关于她的东西还存在于世。

  我长时间注视着玻璃后的她，直到天色变暗，墓园的大门将要关闭，我不得不离开。她的面庞遥远而神秘，没有透露半分她死时的情形，也没有透露，为什么最后她还是没有带上妹妹和我，为什么她最终还是选择了独自离去。

致 谢

感谢所有为本书做出贡献的人。首先是伊戈尔·塔西斯，他在我的寻亲过程中给我提供了源源不断的专家支持。

此外，我还感谢奥列格·多布罗兹拉科夫、阿列克谢·多布罗兹拉科夫和迪米特里·多布罗兹拉科夫、柳德米拉·多布罗兹拉科娃、塔特亚娜·阿诺奇娜、叶芙根尼娅·伊瓦申科、伊琳娜·雅库巴、叶莲娜·苏叶缇娜、迪米特里·莫洛佐夫、奥尔加·提莫费耶夫娃、罗曼·列夫申科、叶莲娜·列维娜、玛莉亚·皮尔果、斯维特拉娜·丽恰绰娃、塔特娅娜·玛提特希娜、蒂姆·沙纳茨基博士、阿列克斯·科勒、芭芭拉·海因策、贝蒂娜·冯·克莱斯特、艾尔科·李普思艾特金德博士、加布里埃尔·勒罗维尔，以及莱比锡强制劳役纪念馆的安娜·傅里波尔。特别感谢沃尔克·施特劳斯。

也特别感谢来自乌克兰的我的长辈亲属，他们也参与了这本书的撰写，他们是：玛蒂尔达·德·马尔蒂诺和雅科夫·伊瓦申科、莉迪娅和谢尔盖·伊瓦申科、伊皮凡·伊瓦申科和安娜·冯·爱伦施泰特、瓦伦蒂娜·奥斯托斯拉夫斯卡娅、奥尔加·切尔班诺夫和格奥尔吉·切尔班诺夫、娜塔莉亚·马尔提诺维奇、娜塔莉亚·佩尔科夫斯卡娅、莱奥尼德·伊瓦申科、特蕾莎·帕切莉和朱塞佩·德·马尔蒂诺、安吉丽娜·瓦伦蒂诺、费德里科和安东尼奥·德·马尔蒂诺、玛露斯佳和沃洛迪娅·皮查切奇、莉迪娅·苏叶缇娜、艾蕾奥诺拉·朱博兰斯卡娅。必须特别感谢我的姨母莉迪娅·伊瓦申科，她的回忆录是我的无价之宝。

2016年秋，于柏林

娜塔莎·沃丁家族树状图

```
                                                                朱塞佩·德·马尔蒂诺
                                                                      石匠
                                                                  (1818—1912)

                                          特蕾莎·帕切莉            朱塞佩·德·马尔蒂诺
          安娜·冯·爱伦施泰特    伊皮凡·伊瓦申科      (1860—?)                 船长
             (1845—1908)        (1835—?)                          (1839—?)

   娜塔莉亚·伊    莱奥尼德·伊    叶莲娜·伊    雅科夫·伊瓦申科    玛蒂尔达·    瓦伦蒂诺·    费德里科·    安吉丽娜·    伊利亚·皮
     瓦申科         瓦申科         瓦申科       (1864—1937)     德·马尔蒂诺  德·马尔蒂诺  德·马尔蒂诺  德·马尔蒂诺    查切奇
   (1873—?)    (1874—1901)   (1865—?)                    (1877—1963)     (—)          (—)      (1879—1953) (1870—1930)

格奥尔吉·切  奥尔加·伊    瓦西里·奥斯托  瓦伦蒂娜·伊                              特蕾莎·      艾雷奥诺拉·
 尔班诺夫    瓦申科       斯拉夫斯基     瓦申科①                              德·马尔蒂诺   德·马尔蒂诺
(1862—1936)(1863—1906)     (—)        (1879—1918)                          (—)           (—)

                                                                                       玛露斯佳·皮
                                                                                         查切奇
                                                                                      (1910—1930)

       伊万·奥斯托      尤里          莉迪娅·伊瓦   尼娜       谢尔盖·伊    叶芙根尼娅·伊瓦申科   尼古拉
       斯拉夫斯基②   莉迪娅的丈夫      申科       谢尔盖之妻    瓦申科       娜塔莎·沃丁的母亲   娜塔莎·沃丁的父亲
       (1904—1977)     (—)      (1911—2001)    (—)      (1915—1984)      (1920—1956)        (1900—1989)

           叶莲娜·齐     柳博芙      伊戈尔           叶芙根尼娅·伊瓦申科
             莫瓦      伊戈尔的妻子  莉迪娅的儿子         娜塔莎·沃丁的表姐
          (1943—2001)    (—)      (1936—)              (1943—)

                                                                           娜塔莎·沃丁    希娜
                                                                            (1945—)    娜塔莎·沃丁的妹妹
              基里尔·齐莫夫                                                                (1952—)
                (1967—)
```

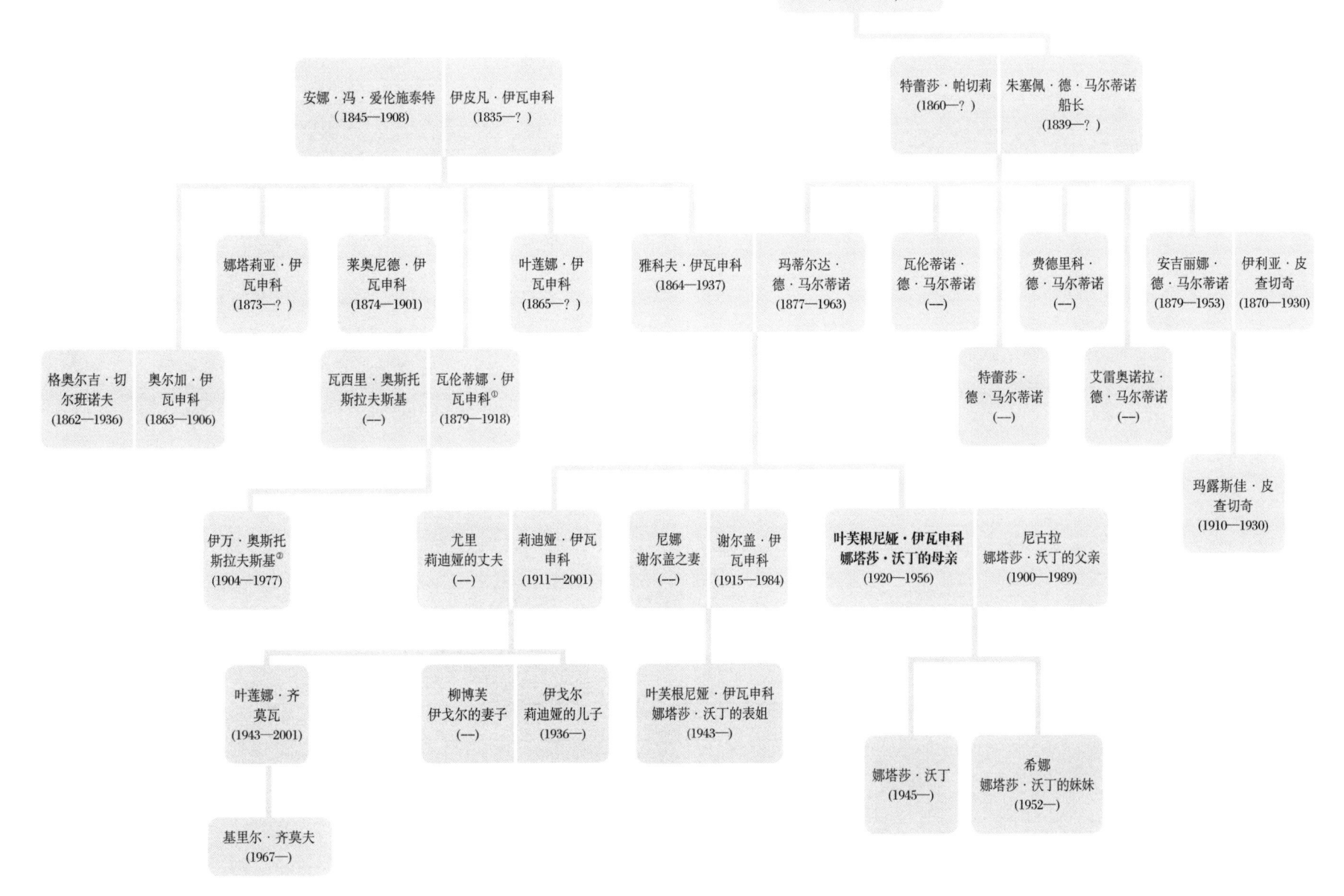

①据正文,瓦伦蒂娜的生卒应是1870—1918年。
②他旁边应该还有姐妹,伊莲娜·奥斯托斯拉夫斯卡娅(Irina Ostoslawskaja)。